T0290362

CUENTOS

ALFONSO REYES

CUENTOS

OCEANO HOTEL DE LAS LETRAS

Imagen de portada: Carlos Aguirre

CUENTOS

© 2016, Fondo de Cultura Económica.
Todos los derechos reservados.
Ciudad de México.

© 2016, Enrique Serna (por "Alfonso Reyes o la abstracción del sabor")

D. R. © 2016, Editorial Océano de México, S.A. de C.V.
Eugenio Sue 55, Col. Polanco Chapultepec
C.P. 11560, Miguel Hidalgo, Ciudad de México
Tel. (55) 9178 5100 • info@oceano.com.mx

Segunda edición: 2016

ISBN: 978-607-527-017-3

Impreso en México / Printed in Mexico

Estudio preliminar

«**N**o tardé en descubrir los tesoros de la biblioteca paterna, refugio de mi fantasía. Leí a una edad inverosímil *La Divina Comedia*, traducción de Cheste, más bien por el deseo de comprender las estampas; y eso sí, señores, leí el *Quijote* con las admirables ilustraciones de Doré, en una edición tan enorme que me sentaba yo encima del libro para alcanzar los primeros renglones de cada página. Descubrí el *Orlando furioso*; descubrí el Heine de los *Cantares*, y aun trataba yo de imitarlo, así como a Espronceda; *descubrí mi inclinación literaria.*[*] Todo esto, por de contado, se leía en el suelo, modo elemental de lectura, lectura auténtica del antiguo gimnasio, como todavía nos lo muestran los vasos griegos de Dipilón.»

Reyes ha titulado el capítulo xv de su segundo libro de memorias «El equilibrio efímero», y en él nos confirma cómo el ambiente familiar y las circunstancias hicieron que su infancia se desarrollara bajo las mejores influencias, entusiasmándolo a vivir: «Mi padre, primer director de mi conciencia...». «Nunca le sorprendí postrado,

---

[*] El subrayado es mío.

como era del buen pedernal que no suelta astillas sino destellos, me figuro que debo a él cuanto hay en mí de Juan-que-ríe.» Su madre, pulcra sin coquetería, pequeña y nerviosa, no fue plañidera, lejos de eso; pero en la pareja sólo ella representaba para Alfonso el don de lágrimas. A ella le debió, tal vez, el Juan-que-llora y cierta delectación en la tristeza. Mujer sin par y valiente, que lo mismo supo llevar de la mano a los hijos que recorrer montes y valles por el esposo herido, «capaz de seguir a su Campeador por las batallas o de recogerlo ella misma en los hospitales de sangre. Para socorrerlo y acompañarlo, le aconteció cruzar montañas a caballo, con una criatura por nacer, propia hazaña de nuestras invictas soldaderas».

El primer poema de Alfonso, que por cierto no he encontrado escrito, sino que lo oí en boca de tío Alejandro (hermano menor de Reyes), fue compuesto cuando el perro de don Francisco Bulnes mordió a varias personas y, entre ellas, al propio Alejandro. El perro rabioso fue sacrificado a balazos, pues era un verdadero peligro ambulante:

Allá en lontananza
venir se divisa
una horrible panza
que provoca risa
es don Pancho Bulnes
el viejo panzón
que viene a cobrar
la indemnización.[1]

---

[1] «Alfonso y Alejandro», *Boletín de la Capilla Alfonsina*, núm. 14, México, 1969, pp. 20-22.

Sigamos en este pequeño recorrido –a manera de introducción– de las primeras experiencias literarias de nuestro Alfonso. No se puede hablar de su prosa sin recordar que «empezó escribiendo en verso». En los cuadernos infantiles, consta ya un cuento titulado «El mendigo». «Creí [escribe Alfonso niño] que mitigaría un poco mis sufrimientos escribir aunque para mí solo, mis impresiones. Pero ¡ay! ¡Cuán ardua es la tarea y cuán difícil llevarla a cabo!» Amor, soledad, desesperación y reflexiones un tanto ingenuas. Despertar del adolescente enamorado de la belleza y al que, como a Goethe, le molestaba la fealdad. Su primera salida en letras de molde fue el «Nuevo estribillo» (parodia de intención política al «viejo estribillo» de Amado Nervo) y publicado en *Los Sucesos* el 24 de mayo de 1905.

Ese mismo año, aparecen en *El Espectador* de Monterrey sus tres sonetos «La duda», inspirados en un grupo escultórico de Cordier... El original manuscrito se halla precisamente en los cuadernos infantiles antes citados.

Reyes comenta:[2] «Pero volvamos a mis sonetos. Mi padre los encontró aceptables; don Ramón Treviño, el director del periódico, los publicó; y luego los reprodujo en México el diario *La Patria,* el que dirigía don Ireneo Paz, abuelo de Octavio.

—¿Qué dice el poeta? –me saludó cierto amigo de la familia.

—¡No! –le atajó mi padre–. Entre nosotros no se es poeta de profesión.»

[2] «Historia documental de mis libros», *Revista de la Universidad de México,* vol. ix, núm. 5-6, México, 1955.

Pues si, por una parte, aplaudía y estimulaba sus aficiones, por otra temía que ellas lo desviasen de las «actividades prácticas» a que se está obligado en las sociedades poco evolucionadas.[3]

Reyes sufrió, durante varios años, la soledad que le provocara cierta insatisfacción del ambiente de México, pero parece ser que el poder incorporarse a la revista *Savia Moderna* dio nuevos bríos a su natural inclinación a las letras. Ahí fueron agrupándose los nuevos valores, muchos perdurables, algunos pasajeros. Existían –recuerda Reyes en su «Pasado inmediato»– escritores que escribían y otros que no escribían. Entre este último género se contaba, ante todo, a Jesús Acevedo: «El nombre de Jesús Acevedo anda en nuestros libros, pero su obra, que fue sobre todo de precursor, obra de charlas, de atisbos, de promesas, no podrá recogerse». *Savia Moderna* nació en 1906. Duró poco, pero lo bastante para dar la voz de un tiempo nuevo. Su recuerdo aparecerá al crítico de mañana como un santo y seña entre la pléyade que discretamente se iba desprendiendo de sus mayores. «La redacción –escribe Rafael López– era pequeña como una jaula. Algunas aves comenzaron allí a cantar.» A muchos metros de la tierra, sobre un edificio de seis pisos, abría su inmensa ventana hacia una perspectiva exquisita: a un lado, la Catedral, a otro, los crepúsculos de la Alameda. Frente a aquella ventana el joven Diego Rivera instalaba su caballete. Desde aquella altura cayó la palabra sobre la ciudad. Palabra de los integrantes del Ateneo de la Juventud que, por esas épocas, se iba conformando. Los lectores de Reyes

---

[3] Alfonso Reyes se recibiría de abogado en 1913.

–como opinara Manuel Olguín–[4] conocen perfectamente la historia de la etapa 1906-1913, desde la publicación de su ensayo «Pasado inmediato». «En este ensayo, que puede completarse con varios documentos dispersos en los volúmenes *Dos Caminos*, *Los trabajos y los días* y *La experiencia literaria*, Reyes ha trazado en forma magistral el cuadro de las circunstancias culturales de la época inmediatamente anterior a la Revolución en que se desenvuelven sus últimos años de estudiante y primeros de escritor, lo que sucede en la educación, en la cultura, en las masas universitarias, en las letras, la crisis que provocan esas circunstancias en los escritores y estudiantes, crisis vivamente compartida por Reyes; y las campañas de renovación que emprende con su grupo generacional.»

Cuando empieza a tambalearse la *pax augusta* del porfiriato, Reyes se lanza por el difícil sendero de la prosa y envía *Cuestiones estéticas* a la Casa Ollendorf de París. Su libro vería la luz en 1911. En 1912, el *Bulletin de la Bibliothèque Américaine* publica una de las mejores críticas sobre este primer libro de ensayos de nuestro mexicano universal. «Este crítico[5] –escribe Reyes– sin desconcertarse ante la apariencia fragmentaria del libro, acertó a seguir su nervio central, aproximadamente como yo mismo lo hubiera hecho.»[6]

«Lo antiguo y lo moderno se mezclan en el libro de Alfonso Reyes, y los títulos de las dos divisiones de su obra,

---

[4] «Alfonso Reyes ensayista», *Studium*, núm. 11, México, 1956, p. 17.

[5] Jean Pères.

[6] Véase Alicia Reyes, *Genio y figura de Alfonso Reyes*, 3ª ed., México, Ex Libris Ediciones, 1997.

"Opiniones e intenciones", expresan bien el movimiento de un pensamiento que se hace primero comprensivo y receptivo, para volverse después más doctrinario. Estamos ante un espíritu joven y enterado que –en las manifestaciones del arte literario que analiza, y por los maestros que discute y cita– nos descubre el secreto de su formación intelectual. Pero de la diversidad de sus ensayos que van desde Esquilo a Góngora, hasta los refranes populares, se desprende una estética personal que toca las relaciones entre el arte y la vida. Satisfactoria es en verdad la idea desarrollada por nuestro autor; de un necesario equilibrio natural, de una reciprocidad entre arte y vida...»

En el capítulo II de su *Historia documental*, Reyes cuenta los sucesos que van de las Conferencias del Centenario –dictadas por él y sus compañeros del Ateneo de la Juventud– a su libro *Cartones de Madrid*, pues entre las *Cuestiones estéticas* y sus libros posteriores han de pasar unos cuatro años, últimos días en México, primeros en España, pasando antes por París.

Resumanos con las propias palabras de Alfonso Reyes: «Son las nueve dadas –apunta en "Una noche de mayo". Yo entreabro los ojos y lanzo un chillido inolvidable. La vida me ha sido desigual. Pero cierta irreductible felicidad interior y cierto coraje para continuar la jornada que me han acompañado siempre, me hacen sospechar que mis paisanos –reunidos en la plaza como en plebiscito, para darme la bienvenida– supieron juntar un instante su voluntad y hacerme el presente de un buen deseo... Adentro, ordenando pañales, la vida andaba de puntillas.[7]

[7] Alfonso Reyes nace el 17 de mayo de 1889, en Monterrey.

»Yo salí de mi tierra, hará tantos años, para ir a servir a Dios. Desde que salí de mi tierra me gustan los recuerdos. En la última inundación, el río se llevó la mitad de nuestra huerta... Después se deshizo la casa y se dispersó la familia. Después vino la Revolución. Después, nos lo mataron...[8] Después, pasé el mar... Y acá, se desató la guerra de los cuatro años [1914-1918]... Y hoy, entre el fragor de la vida, yendo y viniendo –a rastras con la mujer, el hijo, los libros– ¿qué es esto que me punza y brota, y unas veces sale en alegrías sin causa y otras en cóleras tan justas? Yo me sé muy bien lo que es: que ya me apuntan, que van a nacerme en el corazón las primeras espinas...»

La presente antología reúne textos de diferentes épocas. Nos ha parecido interesante el darles un orden cronológico en cuanto a su creación. Con ello, pretendemos seguir, en cierta forma, la evolución de su prosa narrativa, sus recuerdos, sus inquietudes y ese necesario equilibrio entre arte y vida, señalado ya por el crítico de su primer libro *Cuestiones estéticas*.

«La primera confesión» formaría parte de *El plano oblicuo (cuentos y diálogos)*, publicado en Madrid en 1920. «Las viejas daban saltitos y charlaban. La abuela rifaba con el sacristán. Abiertos los ojos y las orejas, yo –chiquillo de quien no se hacía caso– discurría por entre los grupos, oyéndolo todo...» Ojos y orejas abiertos, chiquillo al que los mayores transparentan. Hay aquí una inquietud naciente, tal vez autobiográfica, ya que Reyes se había declarado «librepensador» desde su más tierna infancia.

«Silueta del indio Jesús», de 1910, albores de la Revolu-

---

[8] Muerte del general Bernardo Reyes, el 9 de febrero de 1913.

ción mexicana en que –como escribiera Ernesto Mejía Sánchez–[9] ya se da completo el Alfonso Reyes narrador de lo vivido (según el juicio de Amado Alonso, comentado después por J. W. Robb).

«La cena», escrito en 1912, es –sin lugar a dudas– uno de los más importantes. Borges reconocería la enorme influencia que tuvo en su obra. Así, me decía: «Yo era un Borges antes de leer "La cena" y uno, muy diferente, después...». Carlos Fuentes escribiría *Aura* inspirado en los personajes y en la trama misma. Alejo Carpentier descubriría en él «lo real maravilloso», y Rulfo la inspiración de los murmullos... Cuento de vanguardia, adelanto de suprarrealismo que toca el plano onírico. Círculo narrativo logrado a la perfección. «La cena» es el primer cuento de *El plano oblicuo*. En el ejemplar que guarda la Capilla Alfonsina consta la siguiente dedicatoria: «A Manuelita mía, Alfonso».

«Floreal», aunque escrito en Madrid, febrero de 1915, es, totalmente, de ambiente mexicano del Norte. Se publicaría por vez primera en *Vida y ficción* (edición y prólogo de Ernesto Mejía Sánchez). «La narración en tercera persona –comenta Ernesto– deja aflorar el "yo" con delicada estrategia: aparece en el centro mismo del relato pero esfuminado bajo la nota pronominal del "me", y sólo en cuatro ocasiones: "Ella solía enviar*me* fotografías del pueblo... *Me* escribía cartas breves... sólo *me* decía las cosas esenciales". El último es el más disimulado: entre guiones dice simplemente "–*me* explicaba–"...» Sí, es

[9] Prólogo a *Vida y ficción*, México, Fondo de Cultura Económica, 1970 (Letras Mexicanas, núm. 100).

autobiográfico, lo señala Ernesto, pero existe algo más: «El calor llenaba de ansias las cosas»... Narración que termina en cuadro, toques pictóricos que nos lanzan a una especie de misterio ecológico detonador de fantasía.

«La casa del grillo (sátira doméstica)» reúne textos escritos en 1918, publicados en *Quince presencias*, Obregón, México, 1955. Aquí, Reyes colabora con el mundo; alcanza una especie de libertad en el cultivo de una «actitud ágil y eléctrica, que acecha la idea, y, en cuanto brota, la trasmuta en nervio y en chispazo».[10] No diré más, sería desvirtuar la sonrisa alfonsina.

«Fuga de navidad»: la historia de su vida va volcándose en muchos de sus cuentos. En la navidad de 1923 escribiría esta «fuga». Norah Borges de Torre (hermana de nuestro Georgie) lo ilustraría en Buenos Aires, cuando Alfonso Reyes era embajador de México en Argentina. Hermosa primera edición de 1929. La prosa de Reyes es «diamante puro» en el que se refleja toda una época de dificultades económicas: los cinco primeros años españoles de lucha, de enriquecimiento intelectual y de nostalgia.

«El testimonio de Juan Peña», 1923. A manera de epígrafe Reyes apunta: «Quise recoger en este relato el sabor de una experiencia...». «Lo dedico a los dos o tres compañeros de mi vida...» Uno de ellos era Julio Torri, quien, junto con el propio Alfonso Reyes, estudiara la *Ética* de Spinoza... Reyes y Torri fueron los benjamines del Ateneo de la Juventud, unidos, además, por el gusto de los relatos breves.

---

[10] Alfonso Reyes, *El suicida*, en *Obras completas*, tomo III, México, Fondo de Cultura Económica, 1956.

«Romance viejo», «El buen impresor», «El origen del peinetón», «Del hilo, al ovillo» y «Diógenes» (publicados en Madrid, 1924) forman parte de su libro *Calendario*. La prosa de nuestro Alfonso se nutre de escenas que invitan a la reflexión y sigue depurándose.

En «Campeona» y «La Retro», entresacados de su *Árbol de pólvora*, se hace presente la malicia y el buen humor. «Calidad metálica», ¿otro sentido del mundo? (incorporado a *Vida y ficción*, Fondo de Cultura Económica, 1970).

«Tijerina», inspirado en un colaborador de la embajada mexicana. No se puede revelar su nombre... Otra vez, *Árbol de pólvora*.

«Descanso dominical», Teresópolis, 1931. Divagar del alma cautivada por el trópico, por el Brasil de Alfonso Reyes, maestro de las sensaciones.

¡Ay!, «La Obrigadiña», «la de los orbes elocuentes», chispa nuevamente, humor y pólvora.

¿«La fea» y su metamorfosis? (*Quince presencias*.)

«La servidumbre femenina es mucho más competente cuando atiende a hombres solos que cuando hay señora de por medio.» Reyes, y su indiscutible sentido de observación, destaca en el relato «Los estudios y los juegos» (*Quince presencias*). De este mismo libro, «Fábula de la muchacha y la elefanta», «Pasión y muerte de dona Engraçadinha», Copacabana, Río de Janeiro, música, sol, mar; sonrisa y reflexión.

«Entrevista presidencial», amarga realidad de nuestra, muchas veces, absurda burocracia y un enfrentarse con la muerte... (*Vida y ficción*, 1970.)

«El vendedor de felicidad»: al analizar este cuento, viene a mi mente aquello que Alfonso Reyes señalara en uno de sus primeros libros de ensayos, titulado *El suicida*. Y dice así: «Hay dos modos fundamentales de saludar la vida: uno es la aceptación, y otro el reto». Rebeldía ante el acontecer de los sucesos de la vida, amplitud proporcionada por la sonrisa, pues dicha actitud de *sonrisa* es un primer paso de movimiento libre e inteligente del espíritu humano, del espíritu de Reyes, porque «la libertad [moral] será de aquel para quien el raciocinio sea un peldaño ligeramente tocado, rozado apenas, y que guarda en su tesoro interior fondos inagotables de instinto, sana animalidad; la libertad del "que se hace señas con las cosas". Cuando la intuición, cabalmente educada, puede lanzarse sobre el objeto que se quiera...; cuando el conocer no es comparar, sino un sumergirse de buzo, una compenetración, una metempsicosis espiritual, entonces se ha alcanzado el pleno conocimiento». ¡Hasta dónde nos ha llevado «El vendedor de felicidad», pliego suelto enviado, como tarjeta de navidad, en 1948! «La sonrisa» se hace presente una vez más como símbolo, la filosofía, estudiada por Alfonso Reyes, confirma su validez al convertírsele en *Estética*. ¿Fenomenología de su propia vida?

«La venganza creadora»: «Sol y mar, pereza y calor», sensualidad en suma, bien enmarcada por el ambiente acapulqueño. Las pieles –¡qué importante fue para Alfonso Reyes la magia de la piel humana!–, los rostros y las sensaciones de los personajes de este cuento. Pero no vendamos prenda, hay que dejarse llevar por la belleza de la narración y disfrutar la malicia de nuestro «duende Alfonsino», conocedor sin par del alma femenina.

«El "petit lever" del biólogo» o *la sencilla forma* en que el biólogo narra sus propias reflexiones al emprender su diaria toilette. Cuánta compostura y adorno biológico... El autor decide dar por terminada la entrevista, y a mí me hace pensar que este texto hubiera hecho las delicias de Jean Rostand –hijo del célebre dramaturgo Edmond Rostand, autor de *Cyrano de Bergerac*–, biólogo y autor de importantes trabajos sobre la partenogénesis experimental.

«La muñeca»: en este relato, Reyes penetra la psicología infantil de manera admirable. ¿Hay acto más sencillo que el de regalar una muñeca? Mas el abuelo regalón se maravilla por lo que la muñeca representará para su propia nieta: escudo, «biombo protector contra la brutalidad del suceder». «Nos tapaba los ojos con el juguete»... Sensibilidad atrapada en la red del creador que comprueba –una vez más– el cultivo del *arte de ser abuelo*, diría Victor Hugo.

«El destino amoroso» y la personalidad inatrapable de Almendrita, personaje cautivador en más de un aspecto. «Vanidad», no. ¿Tal vez «orgullo»? «El dios de las criaturas la modeló y la hizo para la seducción.» «En Almendrita, ante todo, algo hay de "Donjuana"»...

«San Jerónimo, el león y el asno», diciembre de 1948. «Ésta es la estación de los cuentos, al amor de la lumbre, mientras la criaturas rodean al abuelo. También yo quiero contar mi fábula sencilla»... ¡Escuchémosle!

«La mano del comandante Aranda»: El tema de la mano destroncada que adquiere autonomía de intenciones y movimientos llegó a Reyes por el camino de la literatura francesa. El mérito de «La mano del comandante Aranda» consiste en que Reyes dio a la mano conciencia de ser un tema literario.

«Érase un perro»: «A Cuernavaca voy, a Cuernavaca» dice Reyes en su «Homero en Cuernavaca». Estaba, entonces, traduciendo la *Ilíada* y allá se llevó a Homero. Mientras eso sucedía, Alfonso –en ciertos ocios– observaba la conducta del protagonista de este cuento. El perro, «como el hombre en el sofista griego –fundamento del arte y condición de nuestra dignidad filosófica–, es capaz de engañarse solo...».

«La asamblea de los animales»: admirable don de penetración que hace surgir la sonrisa o la franca risa. Me encanta la descripción que Reyes hace de los animales que no fueron admitidos a la asamblea. ¡Ay, la avestruz!, «gallina abultada...», «maniquí de alta costura», etcétera... O bien –de los admitidos– la sátira tremenda del «elefante enjaezado», «elefante de circo, escapado de alguna pista del Far West» que «estaba lleno de sofismas y ardides».

«El hombrecito del plato»: experiencia «ovni», diríamos hoy en día, e importancia –nuevamente– de la sonrisa.

«La cotorrita» de Reyes tiene un antecedente en su propio *Anecdotario* que me gustaría recordar:

«Cuando yo era muchacho, allá en mi tierra, la manera de disfrutar de un reloj (de "una molleja") consistía en desarmarlo y volverlo a armar. Cuando lucía un reloj nuevo, los compañeritos me decían invariablemente:

—Es muy bonito. ¿Y ya lo desarmaste?

Por este camino, me pregunto, ¿cuántos relojes no habrán retornado al caos?»

Los tres cuentos anteriores y «Ninfas en la niebla», «El invisible», «La cigarra», «Encuentro con un diablo», «Apólogo de los telemitas», «Analfabetismo» y «El bálsamo universal» forman parte de *Las burlas veras* (primer ciento), publicado en 1957. *Las burlas veras* llegarían a formar dos libros más (segundo y tercer cientos). El último cuento permanecería inédito hasta el momento de incorporarse a las *Obras completas* de Alfonso Reyes. Muchos de estos textos vieron la luz en *Revista de Revistas* (1954-1955). En general, son textos breves, bellos en su brevedad, porque «más obran quintaesencias que fárragos», decía Gracián.

El arte de escribir, el arte de los sentidos llevados a la prosa. El arte de lo que veo y cómo lo transformo. Hay en Alfonso Reyes un «narrador de lo vivido», es verdad, mas hay también el narrador de la experiencia metafísica o filosófica. Allá por el año de 1910, en su primer estudio sobre Mallarmé, Reyes observó que una preocupación filosófica en general es un ingrediente necesario para la buena literatura. Pero Mallarmé se había dejado llevar por su entusiasmo ante el sistema de Hegel, y eso había originado algunas dificultades en su magnífica obra poética. Su preocupación filosófica, al volverse doctrinaria, limitaba la amplitud necesaria para mantener un alto nivel poético. A Alfonso Reyes, al contrario, la filosofía le ayudaba a crear una obra vasta, rica y profunda, en la que el espíritu siempre llevó de la mano a la muy acabada realidad lingüística:

«—¿Qué escribes ahora? –te preguntan. Y tú no sabes ya si contestar con rabia o con risa: ¿Qué escribo? Escribo: eso es todo. Escribo conforme voy viviendo. Escribo como parte de mi economía natural... He aquí lo que estoy escribiendo: mis ojos y mis manos, mi conciencia y mis sentidos, mi voluntad y representación; y estoy procurando traducir todo mi ser inconsciente en esa sustancia dura y ajena que es el lenguaje... Mi vida parece un engendro de mi fantasía. Yo no he estudiado, sino practicado, mis humanidades y mis clásicos.»

De nuevo *Vida y ficción* con «El hombre a medias», «El mensaje enigmático», «El Indiscreto Africano», «De algunos posibles progresos» y «La basura». Filosofía del ser y del suceder, matizada de sonrisa. Lucrecio en la naturaleza de las cosas.

«La basura» es, a mi manera de ver, perfección en literatura.

Cerramos esta antología con «La Caída (Exégesis en marfil)» porque, dice Reyes en su teoría de la literatura: «El hombre es capaz de autocontemplarse e intuir dentro de su conciencia el valor estético de una experiencia personal. La actividad que llamamos "literatura" es la expresión en letras de esa intuición. La literatura se apoya en un mínimo de realidad y desde allí opera con máxima fantasía. Su intención es inventar un mundo libre que se destaque del mundo real. O sea, que la literatura es fingimiento, ficción. Una obra de ficción, en cuanto mero lenguaje, dispone de dos funciones materiales: prosa y verso. Y en cuanto a sus modos mentales de atacar la realidad, se manifiesta con tres funciones formales: poesía, drama y narrativa. La función narrativa nos cuenta un suceder ficticio: acciones ausentes en el espacio y pretéritas en el tiempo».

El propio Alfonso Reyes –en su libro *Ancorajes*, de donde entresacamos «La Caída»– parece darnos la conclusión esperada en «La catástrofe», que –como opinara Ernesto Mejía Sánchez– nos sugiere un verdadero poema en prosa: «Hay un derrumbe cósmico en marcha constante hacia nosotros. Tardará milenios en llegar, o tardará sólo unos segundos. Pero el corazón, siempre profético, adivina que el tiempo, el espacio y la causa son endebles, y que una amenaza, llena de explosiones de astros, está suspendida, zumbando, sobre nuestras cabezas».

ALICIA REYES

Alfonso Reyes o la abstracción del sabor

CUALQUIER ACERCAMIENTO A LA NARRATIVA DE Alfonso Reyes debe tomar en consideración que el cuento fue para él un género subsidiario, una especie de divertimento que a veces utilizaba para ejercer de otro modo, con distintas reglas del juego, su vocación de poeta y ensayista. Acostumbrado a navegar con gran libertad entre las formas literarias canónicas, sabía que los géneros en estado puro no existen, y que las combinaciones entre ellos son infinitas. Si en *El deslinde,* su gran obra de teoría literaria, los había separado y catalogado con precisión quirúrgica, en su narrativa jugaba a entrecruzarlos como un botánico aficionado a los injertos raros, con la idea de alcanzar en cada híbrido el mayor grado de condensación posible, es decir, la mayor riqueza de significado expresada con el menor número de palabras. Esa exigencia estilística lo llevó a reducir al mínimo los elementos accesorios del relato, la albañilería meramente referencial que en géneros como la novela, el más opuesto a su poética, contextualizan la acción o introducen al lector en la conciencia de los personajes. A semejanza del célebre chef catalán Ferran Adrià, que ha logrado abstraer la esencia de la paella cocinando con nitrógeno líquido,

Reyes escribió una narrativa en donde el sabor del guiso tiende a independizarse de la materia.

Para la mayoría de los narradores, incluyendo a algunos de los más célebres, el lenguaje es un instrumento, no un fin. Pérez Galdós, Hemingway o Vargas Llosa, por ejemplo, supeditan los artificios verbales a la fluidez de sus historias, y sobre todo, a la construcción de los personajes. A contrapelo de esa tradición, que hunde sus raíces en el realismo objetivo de Flaubert, un orfebre de la palabra como Reyes utilizaba la fabulación como pretexto para ensanchar su poderío verbal. Como él mismo confiesa en «La casa del grillo», una especie de arte poética en clave, llena de guiños autobiográficos, «el encanto de mis propias palabras tiene poder de arrancarme lágrimas. ¿No hay quien quiere alcanzar a Dios, encaramándose sobre una montaña de palabras? Si hiciera profesión de creer, yo acabaría en eso». Reyes nunca abandonó ese credo, ya escribiera cuentos, teatro en verso, ensayos filosóficos, traducciones de los clásicos, poemas en prosa o artículos eruditos. Dueño de una prosa elegante, flexible, rica en matices, que Borges y Paz ensalzaron con admiración, tenía el don de suavizar con ella hasta los asuntos más áridos. Su capacidad asombrosa para saltar del vuelo lírico a la precisión analítica no tiene parangón en nuestra lengua. Por eso es una delicia leerlo en cualquier género, aunque las piezas literarias contenidas en este volumen no se ajusten, por lo general, a lo que el lector promedio entiende por ficción.

La sabiduría filológica reunida en la voluminosa obra ensayística de Reyes no debe hacernos olvidar que tuvo en alta estima el arte de cautivar a los lectores y, de hecho, empleaba en el ensayo estrategias de seducción propias de los publicistas o los encantadores de serpientes. Se trata, pues, de un escritor ligero en el sentido más noble de la palabra. El presente volumen de cuentos nos revela, además, otra faceta de su personalidad literaria mal conocida y poco estudiada: un conocimiento profundo de las lides amorosas, del fluido magnético irradiado por el cuerpo femenino y de sus efectos sobre el espíritu. Ningún aprendizaje de esa índole se puede adquirir en los libros. A diferencia de su amigo Jorge Luis Borges, un genio asexual amurallado en la cultura libresca, Reyes se dejó hechizar por las tentaciones del mundo y esa experiencia fecundó su literatura. En varios cuentos picarescos reunidos en este volumen («La fea», «La venganza creadora», «El destino amoroso») describió con admirable sutileza el proceso de compenetración afectiva que transfigura en beldad a una joven poco agraciada, las argucias de una guapa mujer madura que seduce a un muchacho para cobrarse una ofensa, o la encantadora falta de escrúpulos de una «tercera en concordia» que seduce a los maridos de sus amigas sin ánimo de destruir hogares, por una especie de caridad libidinal espontánea. Almendrita, la protagonista de «La venganza creadora», que reaparece luego en «El destino amoroso», es una vampiresa tropical sin móviles mercenarios, liviana por naturaleza, a quien el autor absuelve de sus pecados con una calurosa indulgencia. En las antípodas de la prédica moralizante del melodrama cinematográfico, que obligaba a los guionistas de Hollywood y a los del cine mexicano a castigar cruelmente a las devoradoras de hombres, Reyes defendió los caprichos del instinto, el amor sublevado contra todas las prohibiciones, con un fino manejo de la ironía que impugnaba la pacata moral dominante en la primera mitad del siglo xx.

Si Reyes dominaba con soltura el tratamiento humorístico de las pasiones, cuando se las tomaba en serio tenía mayor agudeza y penetración aún. Entre los cuentos de esa tesitura sobresale «Calidad metálica», una carta de amor avecindada con el poema en prosa, donde un amante más o menos reprimido por sus hábitos intelectuales confiesa su pasión a una hembra incandescente de la estirpe de Almendrita: «Esa retórica de la ternura –la caricia por la blandura de la caricia– está lejos de ti. En ti, contigo, el amor es bravo, puro, sin ternezas inútiles ni disimulos infantiles. Sagrado, algo feroz». En apenas dos páginas, Reyes desmonta las bisagras del cuerpo y el alma, insinúa las delicias del vasallaje erótico, retrata a un tipo de mujer libérrima con veleidades de planta carnívora y nos incita a imaginar las circunstancias en que se produjo esa venturosa conflagración. Se trata, pues, de una estupenda paella concentrada en un vasito de tequila. Muchas novelas eróticas o románticas dicen menos sobre el amor que esta sucinta crónica del goce carnal como vía de acceso al conocimiento del propio carácter.

Los vasos comunicantes entre la fantasía onírica y la libido tampoco le fueron ajenos a Reyes. Sólo escribió por desgracia un cuento fantástico, «La cena», pero esa solitaria aportación al género le valió el aplauso de los mayores narradores latinoamericanos del siglo xx, entre ellos Gabriel García Márquez, que lo incluyó en una antología de sus cuentos mexicanos favoritos. Ensoñación juvenil con una mórbida carga de erotismo lúgubre, en la que se difuminan los contornos entre la realidad y las apariencias, o entre los cuerpos y las sombras, su atmósfera de pesadilla lúbrica reside no tanto en la irrupción de lo sobrenatural, sino en la percepción distorsionada del protagonista, como si el deseo que lo arrastra a la cena tuviera la propiedad alucinatoria del opio. El presentimiento del placer y la revelación del horror, dosificados a la perfección, confieren a este cuento ya clásico un encanto imborrable. «Creo haberles oído hablar de flores que muerden y de flores que besan; de tallos que se arrancan a su raíz y os trepan, como serpientes, hasta el cuello», delira el protagonista cuando llega al reino fantasmagórico donde lo introducen sus dos anfitrionas. La vena poética de Reyes había encontrado en el cuento fantástico un campo de acción que pudo haberlo llevado a grandes alturas, si la filología y el servicio diplomático no lo hubieran desviado a otros menesteres.

En la vejez, Reyes colaboró con asiduidad en *Revista de Revistas*. Muchas de las minificciones contenidas en este libro aparecieron ahí por primera vez. Al parecer, Reyes quiso mover en reversa las manecillas del reloj y recuperar el vuelo imaginativo que tanto lo había estimulado en la juventud. La fantasía juguetona, engolosinada con las paradojas, que mostró en esas fábulas punzocortantes revela que iba en busca de las fuentes primarias de su talento. Buscaba conjurar, tal vez, el peligro expuesto en «La cotorrita», donde una niña curiosa, dotada con gran habilidad mecánica, ya no pude volver a jugar con el juguete que desarmó. A pesar de haber construido algunos edificios conceptuales arduos, como los graves filósofos a quienes compara con esa niña, Reyes nunca permitió que su rigor intelectual lo apartara de la creatividad y el juego. Si los lectores de las nuevas generaciones entran en su obra por la puerta de la narrativa descubrirán que el gran sabio versado en todas las disciplinas, el maestro de grandes escritores, el humanista con una cultura enciclopédica, el fundador de instituciones señeras como El Colegio de México, era por encima de todo un duendecillo travieso, mordaz y alucinado, con la mirada fija en el escote de las señoras.

ENRIQUE SERNA

La primera confesión

I

SE ABRÍA JUNTO A MI CASA LA PUERTA MENOR DE UN convento de monjas Reparadoras. Desde mi ventana sorprendía yo, a veces, las silenciosas parejas que iban y venían; los lienzos colgados a secar; el jardincillo cultivado con esa admirable minuciosidad de la vida devota. El temblor de una campanita me llegaba de cuando en cuando, o en mitad del día, o sobresaltando el sueño de mis noches; y más de una vez suspendía mis juegos para meditar: «Señor, ¿qué sucede en esa casa?».

Cuando mi imaginación infantil había poblado ya de fantasmas aquella morada de misterio, me dijo mi abuela, entre una y otra tos:

—Niño, ése es un convento de Reparadoras. Ya te llevaré a rezar a su capilla.

Fuimos. Ardían los cirios, y la luz corría por los oropeles de los santos; la luz muda, la luz oscura, si vale decirlo; la que no irradia ni se difunde, la que hace de cada llama una chispa fija y aislada, en medio de la más completa oscuridad. De la sombra parecían salir, aquí y allá, una media cara lívida, un bazo ensangrentado del Cristo, una mano de palo que bendecía. Cuando entraba una mujer vestida de negro, era como si volara por el aire una cabeza. «Señor, ¿qué sucede en este convento?» Había en el ambiente algo maléfico.

Al salir de la capilla aquel día, oí a tres viejas contar el secreto que en aquel convento se escondía. La abuela enredaba con el sacristán no sé qué historia sobre las lechuzas y el aceite de la iglesia, y yo pude deslizarme hasta el grupo donde las tres comadres, como tres Parcas afanadas, tejían sus maledicencias vulgares. Y dijo una vieja:

—Estas monjas, señoras mías, son las que han arreglado esas famosas recetas del arte cisoria y culinaria que nos han legado nuestras madres y aún están en boga.

Y otra vieja dijo:

—Lo sé. Soy antigua amiga del convento, y, por cierto, aquí me casé. ¡Qué día aquel!

Y dijo la otra:

—En esta capilla hace muchos años que nadie se casa. Sólo el sacramento de la Misa está permitido. Sobre esto hay mucho que contar. La santa madre Transverberación, de esta misma comunidad, fue siempre la mejor bordadora de la casa, la más diestra en aderezar una canastilla o unas donas; por eso hasta la llamaban «la monjita de los matrimonios»; porque a ella acudían las recién casadas y las por casar. Bien es cierto que la santa madre no había visto nunca un matrimonio, y su ciencia de las cosas del mundo comenzaba y acababa en la canastilla. Era también la primera en cerner y amasar la harina para el pan del cuerpo, y asimismo era la primera en la oración, que es el pan del alma.

Las viejas daban saltitos y charlaban. La abuela rifaba

con el sacristán. Abiertos los ojos y las orejas, yo –chiquillo de quien no se hacía caso– discurría por entre los grupos, oyéndolo todo. Continuó la vieja:

—Al fin, un día, la santa madre asistió a un matrimonio en esta capilla. ¡Pobre madre Transverberación! Salió de allí como poseída, con descompuestos pasos. Corrió por el jardín la cuitada, y a poco se desplomó con un raro éxtasis,

dejando su cuidado
entre las azucenas olvidado.

»Desde ese día, la monja mudó de semblante y de aficiones; no rezaba, no bordaba, no amasaba ya. Si rezaba, caía en desmayos; si bordaba, se pinchaba los dedos, manchando su sangre las telas blancas; y los panes que ella amasaba, como al soplo de Satanás, se volvían cenizas.

Las tres viejas se santiguaron. Y la narradora continuó:

—¡Oh, fatal poder de la imaginación, tentada del malo! A los nueve meses cabales, la madre Transverberación dio un soldado más a la República. Desde entonces se ha prohibido la celebración de matrimonios en la capilla de las Reparadoras, y a ellas no se les permite aderezar más canastillas ni donas. Lo tengo oído de Juan, mi sobrino, a quien Pedro el manco le dijo que se lo había contado su suegra.

Y las tres alegres comadres ríen escondiendo el rostro, se santiguan contra los malos pensamientos, dan saltitos de duende.

Tú, lector, si llegas a saber –que sí lo sabrás, porque eres muy sabio– dónde está la tumba de Heinrich Bebel, el

«Bebelius» del renacimiento alemán, grítale esta historia por las hendeduras de las losas, para que la ponga en metros latinos y la haga correr en los infiernos. ¡Así nos libremos tú y yo de sus llamas nunca saciadas!

II

—SEPA, PUES, MI ABUELA QUE YA HE AVERIGUADO LO QUE sucede: que por ese convento de Reparadoras ha pasado el mismo demonio endiablando monjas.

Yo lo suelto con toda la boca, orgulloso de mi nuevo conocimiento. Con toda la boca abierta me escucha la pobre mujer –que buen siglo haya–, y, creyéndome en pecado mortal, me manda a confesar al instante ese simple error de opinión.

Yo: Padre mío, vengo a confesarme.

El cura: Niño eres; ya sé cuáles son tus pecados. ¡Oh, ejemplar de la especie más uniforme! ¡Oh, niño representativo! Tú te comiste, sin duda, las almendras para el pastel: tú te entraste anoche a robar nueces por los nocedales de tu vecino. ¿Que no? Pues ahora caigo: eras tú, eras tú, pillastre, quien meses pasados destruía los tubos del órgano de la iglesia para hacerse pitos. ¿Que no has sido tú? ¿Cómo que no, si eres chicuelo? La semilla humana, ¿ha de estar tan diferenciada en tan tierna edad para que os podáis distinguir los unos de los otros? Tus pecados tienen que ser los pecados de los otros niños; tú apedreas a las viejas en la calle y rompes los vidrios de las casas; tú te comes las golosinas; tú echas tierra a la boca de los que bostezan, ¡raza bellaca!; tú atas cohetes a la cola del gato; tú has embravecido a la vaca en fuerza de torearla, ¡así fueras tú quien la ordeñase! Tú, en fin, todo lo haces a izquierdas y desatinadamente, como el «Félix» del poeta alemán, que bebe siempre en la botella y nunca en el vaso, y como aquel muchacho que pone Luis Vives en sus *Diálogos latinos*, el cual ni se levanta con la aurora, ni sabe peinarse y vestirse por sus propias manos, ni echar agua en la palangana precisamente por el pico del jarro.

Yo: Padre, yo no me acuso de tantas atrocidades. Acúsome, padre, de haber creído que el diablo se metió en un convento de monjas.

El confesor: ¡Negra sospecha! No eres tú el primero que la abriga: lo mismo creía Martín Lutero.

Yo: Padre, ¿y quién fue ése?

El confesor: Un feo y lascivo demonio que tenía unas barbas de maíz, y en la frente unos cuernecillos retorcidos; por nariz, un hueso de mango; dos grandes orejas de onagro; unos puños toscos de labriego. Nació de labriegos, se hizo monje, se alzó contra el Papa, robó a una monja endiablada, tuvieron unos como hijos endiablados... Ya sabrás más de él cuando más crezcas. Ve en tanto a decir a tu abuela que yo te absuelvo, y te doy por capital penitencia el tomar esta misma tarde una jícara de chocolate con bollos. Esta misma tarde, ¿lo entiendes?

Alejéme pensando en el demonio Lutero y en si tendría cola, rasgo que olvidaron explicarme. Desde entones me creí obligado a la travesura por ser niño. De donde deriva la serie de mis males. El padre confesor, con sus reprimendas abstractas, y sin parar en mi inocencia, había conseguido apicararme el entendimiento, pervirtiéndome la voluntad.

Fuime a la abuela con el mensaje; no pensé desconcertarla tanto. En cuanto supo mi penitencia, toda fue aspavientos y exclamaciones. Yo, inocente, me daba ya por el mayor pecador, según la enormidad del rescate.

Lo creeréis o no: me es de todo punto imposible saber si me dieron al fin el chocolate con bollos. Sólo recuerdo, como entre la niebla de lágrimas que el espanto me hizo llorar, que una voz cascada me decía:

—No llores, pequeñín; si casi no has pecado en nada. Si tu abuela se angustia, no es por eso. Es que bien quisiera daros gusto a ti y al señor cura; pero no tengo, no tengo, ¿entiendes? ¡Y todavía dijo que esta misma tarde había de ser!...

[1910]

Silueta del indio Jesús

VINO EL DÍA EN QUE EL INDIO JESÚS, A QUIEN YO encontré en no sé qué pueblo, se me presentara en México muy bien peinado, con camisa nueva y con un sombrero de lucientes galones, a la puerta de mi casa. Sólo el pantalón habido a última hora en sustitución del característico calzón blanco, para que lo dejaran circular por la ciudad los gendarmes, desdecía un poco de su indumento. Había resuelto venir a servir a la capital –me dijo– y dejar la vida de holganza. No contaba el tiempo para Jesús. Recomenzaba su existencia después de medio siglo con la misma agilidad y flexibilidad de un muchacho.

—¿Pero tú qué sabes hacer, Jesús?

Jesús no quiso contestarme. Presentía vagamente que lo podía hacer todo. Y yo, por instinto, lo declaré jardinero, y como tal le busqué acomodo en casa de mi hermano.

Aquel vagabundo mostró, para el cuidado de las plantas, un acierto casi increíble. Era capaz de hacer brotar flores bajo su mirada, como un fakir. Desterró las plagas que habían caído sobre los tiestos de mi cuñada. Todo lo escarbó, arrancó y volvió a plantar. Las enredaderas subieron con ímpetu hasta las últimas ventanas. En la fuente hizo flotar unas misteriosas flores acuáticas. De vez en vez salía al campo y volvía cargado de semillas. Cuando él trabajaba en el jardín, había que emboscarse para verlo; de otro modo, suspendía la obra, y decía: «que ansina no podía trabajar», y se ponía a rascarse la greña con un mohín verdaderamente infantil.

Y las bugambilias extendían por los muros sus mantos morados, las magnolias exhalaban su inesperado olor de limón; las delicadas begonias rosas y azules prosperaban entre la sombra, desplegando sus alas; los rosales balanceaban sus coronas; las mosquetas derramaban aroma de sus copitas blancas; las amapolas, los heliotropos, los pensamientos y nomeolvides reventaban por todas partes. Y la cabeza del viejo aparecía a veces, plácida, coronada de guías vegetales como en las fiestas del Viernes de Dolores que celebran los indios en las canoas y chalupas del Canal de la Viga.

¡Qué bien armonizan con la flor la sonrisa y el sollozo del indio! ¡Qué hechas, sus manos, para cultivar y acariciar flores! De una vez Jesús, como su remoto abuelo Juan Diego, dejaba caer de la tilma –cualquier día del año– un paraíso de corolas y hojas. Parecían creadas a su deseo: un deseo emancipado ya de la carne transitoria, y vuelto a la sustancia fundamental, que es la tierra.

Jesús sabía deletrear y, con sorprendente facilidad, acabó por aprender a leer. El esfuerzo lo encaneció poco a poco. Comenzó a contaminarse con el aire de la ciudad. La inquietud reinante se fue apoderando de su alma. Él, que conocía de cerca los errores del régimen, no tuvo que esforzarse mucho para comprender las doctrinas revolucionarias, elementalmente interpretadas según su hambre y su frío. A veces llegaba tarde al jardín, con su elástico paso de danzante, sobre aquellas piernas de resorte hechas para el combate y el salto, aunque algo secas ya por la edad.

Es que Jesús se había afiliado en el partido de la revolución y asistía a no sé qué sesiones. Yo vi brillar en su cara un fuego extraño. Comenzó a usar de reticencias. No nos veía con buenos ojos. Éramos para él familia de privilegiados, contaminada de los pecados del poder. A él no se le embaucaba, no. Harto sabía él que no estábamos de acuerdo con los otros poderosos, con los malos; pero, como fuere, él sólo creía en los nuevos, en los que habían de venir. A mí, sin embargo, «me tenía ley», como él decía, y estoy seguro de que se hubiera dejado matar por mí. Esto no tenía que ver con la idea política.

Una tarde, Jesús depuso la azada, se quitó el sombrero, me pidió permiso para sentarse en el suelo, diciendo que estaba muy cansado, y luego dejó escapar unas lágrimas furtivas. Comprendí que quería hablarme. Siempre, en él, las lágrimas anunciaban las palabras. Había una deliciosa dulzura en sus discursos, una quejumbre incierta, una ansia casi amorosa de llanto. Era como si pidiera a la vida más blanduras. Hubiera sido capaz de reñir y matar sin odio: por obediencia, o por azar. Porque el indio mexicano se roza mucho con la muerte. Caricia, ternura había en sus ojos cierto día que tuvo un encuentro con un carretero. Éste acarreaba piedras para embaldosar el corral del fondo. Yo los sorprendí en el momento en que Jesús asió el sombrero como una rodela, dio hacia atrás un salto de gallo, y al mismo tiempo sacó de la cintura el cuchillo −el inseparable «belduque»− con una elegancia de saltarín de teatro. Yo lo oí decir, con una voz fruiciosa y cálida:

—¡Hora sí, vamos a morirnos los dos!

Costó algún trabajo reconciliarlos. Pero hubo que alejar de allí al carretero. Todos adivinamos que aquellos dos hombres, cada vez que se encontraran de nuevo, caerían en la tentación de hacerse el mutuo servicio de matarse.

Aquella melosidad lacrimosa que hacía de Jesús uno como bufón errabundo, frecuentemente lo traicionaba. Iba más lejos que él en sus intentos; disgustaba a la gente con sus apariencias de cortesía servil; daba a sus frases más palabras de las que hacían falta, cargándolas de expresiones ociosas, como de colorines y adornos. Indio retórico, casta de los que encontró en la Nueva España el médico andaluz Juan Cárdenas, mediado el siglo XVI. Indio almibarado y, a la vez, temible.

Pero no era esto lo que yo quería contar, sino que Jesús se puso de pronto un tanto solemne y me pidió un obsequio:

—Quiero –me dijo– que, si no le hace malobra, me regale el niño una Carta Magna.

—¿Una Carta Magna, Jesús? ¿Un ejemplar de la Constitución? ¿Y tú para qué lo quieres?

—Pa conocer los Derechos del Hombre. Yo creo en la libertad, no agraviando lo presente, niño.

Entretanto, comenzaba a descuidar el jardín y algunos rosales se habían secado.

Jesús volvió al campo un día, donde no permaneció más de un mes. ¿Qué pasó por Jesús? ¿Qué sombra fue ésa que el campo nos devolvió al poco tiempo, qué débil trasunto de Jesús? Todo el vigor de Jesús parecía haberse sumido como agua en suelo árido. Ya casi no hablaba, no se movía. El viejo no hacía caso ya de las flores ni de la política. Dijo que quería irse al cerro. Le pregunté si ya no quería luchar por la libertad. No; me dijo que sólo había venido a regalarme unos pollos; que ahora iba a vender pollos. Inútilmente quise irritar su curiosidad con algunas noticias alarmantes: la revolución había comenzado; ya se iban a cumplir, fielmente, los preceptos de la Carta Magna. No me hizo caso.

—Hora voy a vender pollos.

—Pero ¿no te cansas de ir y venir por esos caminos, trotando con el huacal a la espalda?

—¡Ah, qué niño! ¡Si estoy retejuerte!

Y cuando salió a la calle lo vi sentarse en la acera, junto a su huacal, y me pareció que movía los labios. ¿Estará rezando?, pensé. No: Jesús hablaba, y no a solas: hablaba con una india, también vendedora de pollos, que estaba sentada frente a él, en la acera opuesta. Los indios tienen un oído finísimo. Charlan en voz baja y dialogan así, en su lengua, largamente, por sobre el bullicio de la ciudad. La india, flaca y mezquina, tenía la misma cara atónita de Jesús.

Estos indios venían a la ciudad –estoy convencido– más que a vender pollos, a sentirse sumergidos en el misterio de una civilización que no alcanzan; a anonadarse, a aturdirse, a buscar un éxtasis de exotismo y pasmo.

Nunca entenderé cómo fue que Jesús, a punto ya de convertirse en animal consciente y político, se derrumbó otra vez por la escala antropológica, y prefirió sentarse en la calle de la vida, a verla pasar sin entenderla.

[1910]

41

La cena

La cena, que recrea y enamora.

SAN JUAN DE LA CRUZ

TUVE QUE CORRER A TRAVÉS DE CALLES DESCONO-
cidas. El término de mi marcha parecía correr delante de mis pasos, y la hora de la cita palpitaba
ya en los relojes públicos. Las calles estaban solas. Serpientes de focos eléctricos bailaban delante de mis ojos.
A cada instante surgían glorietas circulares, sembrados
arriates, cuya verdura, a la luz artificial de la noche, co-
braba una elegancia irreal. Creo haber visto multitud de
torres –no sé si en las casas, si en las glorietas– que osten-
taban a los cuatro vientos, por una iluminación interior,
cuatro redondas esferas de reloj.

Yo corría, azuzado por un sentimiento supersticioso de
la hora. Si las nueve campanadas, me dije, me sorprenden
sin tener la mano sobre la aldaba de la puerta, algo funesto acontecerá. Y corría frenéticamente, mientras recordaba haber corrido a igual hora por aquel sitio y con un
anhelo semejante. ¿Cuándo?

Al fin los deleites de aquella falsa recordación me absor-
bieron de manera que volví a mi paso normal sin darme

cuenta. De cuando en cuando, desde las intermitencias de mi meditación, veía que me hallaba en otro sitio, y que se desarrollaban ante mí nuevas perspectivas de focos, de placetas sembradas, de relojes iluminados... No sé cuánto tiempo transcurrió, en tanto que yo dormía en el mareo de mi respiración agitada.

De pronto, nueve campanadas sonoras resbalaron con metálico frío sobre mi epidermis. Mis ojos, en la última esperanza, cayeron sobre la puerta más cercana: aquél era el término.

Entonces, para disponer mi ánimo, retrocedí hacia los motivos de mi presencia en aquel lugar. Por la mañana, el correo me había llevado una esquela breve y sugestiva. En el ángulo del papel se leían, manuscritas, las señas de una casa. La fecha era del día anterior. La carta decía solamente: «Doña Magdalena y su hija Amalia esperan a usted a cenar mañana, a las nueve de la noche. ¡Ah, si no faltara!...».

Ni una letra más.

Yo siempre consiento en las experiencias de lo imprevisto. El caso, además, ofrecía singular atractivo: el tono, familiar y respetuoso a la vez, con que el anónimo designaba a aquellas señoras desconocidas; la ponderación: «¡Ah, si no faltara!...», tan vaga y tan sentimental, que parecía suspendida sobre un abismo de confesiones, todo contribuyó a decidirme. Y acudí, con el ansia de una emoción informulable. Cuando, a veces, en mis pesadillas, evoco aquella noche fantástica (cuya fantasía está hecha de cosas cotidianas y cuyo equívoco misterio crece sobre la humilde raíz de lo posible), paréceme jadear a través de avenidas de relojes y torreones, solemnes como esfinges en la calzada de algún templo egipcio.

La puerta se abrió. Yo estaba vuelto a la calle y vi, de súbito, caer sobre el suelo un cuadro de luz que arrojaba, junto a mi sombra, la sombra de una mujer desconocida. Volvime: con la luz por la espalda y sobre mis ojos deslumbrados, aquella mujer no era para mí más que una silueta, donde mi imaginación pudo pintar varios ensayos de fisonomía, sin que ninguno correspondiera al contorno, en tanto que balbuceaba yo algunos saludos y explicaciones.

—Pase usted, Alfonso.

Y pasé, asombrado de oírme llamar como en mi casa. Fue una decepción el vestíbulo. Sobre las palabras románticas de la esquela (a mí, al menos, me parecían románticas), había yo fundado la esperanza de encontrarme con una antigua casa, llena de tapices, de viejos retratos y de grandes sillones; una antigua casa sin estilo, pero llena de respetabilidad. A cambio de esto, me encontré con un vestíbulo diminuto y con una escalerilla frágil, sin elegancia; lo cual más bien prometía dimensiones modernas y estrechas en el resto de la casa. El piso era de madera encerada; los raros muebles tenían aquel lujo frío de las cosas de Nueva York, y en el muro, tapizado de verde claro, gesticulaban, como imperdonable signo de trivialidad, dos o tres máscaras japonesas. Hasta llegué a dudar... Pero alcé la vista y quedé tranquilo: ante mí, vestida de negro, esbelta, digna, la mujer que acudió a introducirme me señalaba la puerta del salón. Su silueta se había colorado ya de facciones; su cara me habría resultado insignificante, a no ser por una expresión marcada de piedad; sus cabellos castaños, algo flojos en el peinado, acabaron de precipitar una extraña convicción en mi mente: todo aquel ser me pareció plegarse y formarse a las sugestiones de un nombre.

—¿Amalia? –pregunté.

—Sí. Y me pareció que yo mismo me contestaba.

El salón, como lo había imaginado, era pequeño. Mas el decorado, respondiendo a mis anhelos, chocaba notoriamente con el del vestíbulo. Allí estaban los tapices y las grandes sillas respetables, la piel de oso al suelo, el espejo, la chimenea, los jarrones; el piano de candeleros lleno de fotografías y estatuillas –el piano en que nadie toca–, y, junto al estrado principal, el caballete con un retrato amplificado y manifiestamente alterado: el de un señor de barba partida y boca grosera.

Doña Magdalena, que ya me esperaba instalada en un sillón rojo, vestía también de negro y llevaba al pecho una de aquellas joyas gruesísimas de nuestros padres: una bola de vidrio con un retrato interior, ceñida por un anillo de oro. El misterio del parecido familiar se apoderó de mí. Mis ojos iban, inconscientemente, de doña Magdalena a Amalia, y del retrato a Amalia. Doña Magdalena, que lo notó, ayudó mis investigaciones con alguna exégesis oportuna.

Lo más adecuado hubiera sido sentirme incómodo, manifestarme sorprendido, provocar una explicación. Pero doña Magdalena y su hija Amalia me hipnotizaron, desde los primeros instantes, con sus miradas paralelas. Doña Magdalena era una mujer de sesenta años; así es que consintió en dejar a su hija los cuidados de la iniciación. Amalia charlaba; doña Magdalena me miraba; yo estaba entregado a mi ventura.

A la madre tocó –es de rigor– recordarnos que era ya

tiempo de cenar. En el comedor la charla se hizo más general y corriente. Yo acabé por convencerme de que aquellas señoras no habían querido más que convidarme a cenar, y a la segunda copa de Chablis me sentí sumido en un perfecto egoísmo del cuerpo lleno de generosidades espirituales. Charlé, reí y desarrollé todo mi ingenio, tratando interiormente de disimularme la irregularidad de mi situación. Hasta aquel instante las señoras habían procurado parecerme simpáticas; desde entonces sentí que había comenzado yo mismo a serles agradable. El aire piadoso de la cara de Amalia se propagaba, por momentos, a la cara de la madre. La satisfacción, enteramente fisiológica, del rostro de doña Magdalena descendía a veces al de su hija. Parecía que estos dos motivos flotasen en el ambiente, volando de una cara a la otra.

Nunca sospeché los agrados de aquella conversación. Aunque ella sugería, vagamente, no sé qué evocaciones de Sudermann, con frecuentes rondas al difícil campo de las responsabilidades domésticas y –como era natural en mujeres de espíritu fuerte– súbitos relámpagos ibsenianos, yo me sentía tan a mi gusto como en casa de alguna tía viuda y junto a alguna prima, amiga de la infancia, que ha comenzado a ser solterona.

Al principio, la conversación giró toda sobre cuestiones comerciales, económicas, en que las dos mujeres parecían complacerse. No hay asunto mejor que éste cuando se nos invita a la mesa en alguna casa donde no somos de confianza.

Después, las cosas siguieron de otro modo. Todas las frases comenzaron a volar como en redor de alguna lejana petición. Todas tendían a un término que yo mismo no sospechaba. En el rostro de Amalia apareció, al fin, una sonrisa aguda, inquietante. Comenzó visiblemente a combatir contra alguna interna tentación. Su boca palpitaba, a veces, con el ansia de las palabras, y acababa siempre por suspirar. Sus ojos se dilataban de pronto, fijándose con tal expresión de espanto o abandono en la pared que quedaba a mis espaldas, que más de una vez, asombrado, volví el rostro yo mismo. Pero Amalia no parecía consciente del daño que me ocasionaba. Continuaba con sus sonrisas, sus asombros y sus suspiros, en tanto que yo me estremecía cada vez que sus ojos miraban por sobre mi cabeza.

Al fin, se entabló, entre Amalia y doña Magdalena, un verdadero coloquio de suspiros. Yo estaba ya desazonado. Hacia el centro de la mesa, y, por cierto, tan baja que era una constante incomodidad, colgaba la lámpara de dos luces. Y sobre los muros se proyectaban las sombras desteñidas de las dos mujeres, en tal forma que no era posible fijar la correspondencia de las sombras con las personas. Me invadió una intensa depresión, y un principio de aburrimiento se fue apoderando de mí. De lo que vino a sacarme esta invitación insospechada:

—Vamos al jardín.

Esta nueva perspectiva me hizo recobrar mis espíritus. Condujéronme a través de un cuarto cuyo aseo y sobriedad hacía pensar en los hospitales. En la oscuridad de la noche pude adivinar un jardincillo breve y artificial, como el de un camposanto.

Nos sentamos bajo el emparrado. Las señoras comenzaron a decirme los nombres de las flores que yo no veía, dándose el cruel deleite de interrogarme después sobre sus recientes enseñanzas. Mi imaginación, destemplada por una experiencia tan larga de excentricidades, no hallaba reposo. Apenas me dejaba escuchar y casi no me permitía contestar. Las señoras sonreían ya (yo lo adivinaba) con pleno conocimiento de mi estado. Comencé a confundir sus palabras con mi fantasía. Sus explicaciones botánicas, hoy que las recuerdo, me parecen monstruosas como un delirio: creo haberles oído hablar de flores que muerden y de flores que besan; de tallos que se arrancan a su raíz y os trepan, como serpientes, hasta el cuello.

La oscuridad, el cansancio, la cena, el Chablis, la conversación misteriosa sobre flores que yo no veía (y aun creo que no las había en aquel raquítico jardín), todo me fue convidando al sueño; y me quedé dormido sobre el banco, bajo el emparrado.

—¡Pobre capitán! –oí decir cuando abrí los ojos–. Lleno de ilusiones marchó a Europa. Para él se apagó la luz.

En mi alrededor reinaba la misma oscuridad. Un vientecillo tibio hacía vibrar el emparrado. Doña Magdalena y Amalia conversaban junto a mí, resignadas a tolerar mi mutismo. Me pareció que habían trocado los asientos durante mi breve sueño; eso me pareció...

—Era capitán de Artillería –me dijo Amalia–; joven y apuesto si los hay.

Su voz temblaba.

Y en aquel punto sucedió algo que en otras circunstancias me habría parecido natural, pero que entonces me sobresaltó y trajo a mis labios mi corazón. Las señoras, hasta entonces, sólo me habían sido perceptibles por el rumor de su charla y de su presencia. En aquel instante alguien abrió una ventana en la casa, y la luz vino a caer, inesperada, sobre los rostros de las mujeres. Y –¡oh, cielos!– los vi iluminarse de pronto, autonómicos, suspensos en el aire –perdidas las ropas negras en la oscuridad del jardín– y con la expresión de piedad grabada hasta la dureza en los rasgos. Eran como las caras iluminadas en los cuadros de Echave el Viejo, astros enormes y fantásticos.

Salté sobre mis pies sin poder dominarme ya.

—Espere usted –gritó entonces doña Magdalena–; aún falta lo más terrible.

Y luego, dirigiéndose a Amalia:

—Hija mía, continúa; este caballero no puede dejarnos ahora y marcharse sin oírlo todo.

—Y bien –dijo Amalia–: el capitán se fue a Europa. Pasó de noche por París, por la mucha urgencia de llegar a Berlín. Pero todo su anhelo era conocer París. En Alemania tenía que hacer no sé qué estudios en cierta fábrica de cañones... Al día siguiente de llegado, perdió la vista en la explosión de una caldera.

Yo estaba loco. Quise preguntar; ¿qué preguntaría? Quise hablar; ¿qué diría? ¿Qué había sucedido junto a mí? ¿Para qué me habían convidado?

La ventana volvió a cerrarse, y los rostros de las mujeres volvieron a desaparecer. La voz de la hija resonó:

—¡Ay! Entonces, y sólo entonces, fue llevado a París. ¡A París, que había sido todo su anhelo! Figúrese usted que pasó bajo el Arco de la Estrella: pasó ciego bajo el Arco de la Estrella, adivinándolo todo a su alrededor... Pero usted le hablará de París, ¿verdad? Le hablará del París que él no pudo ver. ¡Le hará tanto bien!

(«¡Ah, si no faltara!»... «¡Le hará tanto bien!»)

Y entonces me arrastraron a la sala, llevándome por los brazos como a un inválido. A mis pies se habían enredado las guías vegetales del jardín; había hojas sobre mi cabeza.

—Helo aquí –me dijeron mostrándome un retrato. Era un militar. Llevaba un casco guerrero, una capa blanca, y los galones plateados en las mangas y en las presillas como tres toques de clarín. Sus hermosos ojos, bajo las alas perfectas de las cejas, tenían un imperio singular. Miré a las señoras: las dos sonreían como en el desahogo de la misión cumplida. Contemplé de nuevo el retrato; me vi yo mismo en el espejo; verifiqué la semejanza: yo era como una caricatura de aquel retrato. El retrato tenía una dedicatoria y una firma. La letra era la misma de la esquela anónima recibida por la mañana.

El retrato había caído de mis manos, y las dos señoras me miraban con una cómica piedad. Algo sonó en mis oídos como una araña de cristal que se estrellara contra el suelo.

Y corrí, a través de calles desconocidas. Bailaban los focos delante de mis ojos. Los relojes de los torreones me espiaban, congestionados de luz... ¡Oh, cielos! Cuando alcancé, jadeante, la tabla familiar de mi puerta, nueve sonoras campanadas estremecían la noche.

Sobre mi cabeza había hojas; en mi ojal, una florecilla modesta que yo no corté.

[1912]

FLOREAL

ESTABA RECIÉN CASADA. VIVÍAN EN UNA CIUDAD DEL Norte llena del zumbido de las locomotoras. Se cruzaron varias líneas de ferrocarril en medio de unos llanos polvosos, y en el cruce brotó una estación; cercano a la estación, un hotel; al lado dos o tres comercios, y junto a ellos las posadas de los traficantes, los paradores de los viajeros, las casas de juego. La ciudad era una estación grande, un campamento de comercio, con mucha población de chinos y yanquis.

De cuando en cuando bajan del tren unos viejos pálidos, erguidos. Entran en los garitos, echan un peso en la ruleta, ganan ciento, los guardan en el bolsillo del pantalón, vuelven al tren que ya silba, impacientes por seguir el viaje rumbo al Norte. Aquel peso que aventuraron, es el último peso que traían consigo.

Por el andén, un ciego canta al roncar de un descoyuntado acordeón:

> Soy transitante de Torreón a Lerdo,
> mis sufrimientos son por un amor.

Ella solía enviarme fotografías del pueblo, de su casa, de su jardincillo, donde se la veía muy enflaquecida, junto a un mocetón de buenos ojos que estaba en mangas de camisa, el puro en la boca y el rastrillo en la mano.

Me escribía cartas breves. Como no sabía escribir, sólo me decía las cosas esenciales. Como el polvo de la región lagunera flota en el aire durante el verano –me explicaba–, los crepúsculos lucen aquí unos colores, unos tornasoles insospechados.

—Pero ¿qué sal tiene este polvillo que se come los muebles? Mi juego de sala se ha envejecido en unos meses.

Su marido tenía instintos de obrero. Un día quiso hacer una mesa para la cocina: tomó unas ramas y las clavó toscamente en una tabla. Era primavera. (Como los hombres se nos mueren, este recuerdo me es amargo.) Los crepúsculos de Torreón estaban como nunca gloriosos. El calor llenaba de ansias las cosas.

Una mañana, encontraron que la mesa había echado brotes, en la cocina, y la llevaron a florecer en paz al jardín.

Los ojos de ella habían cobrado un misterio singular, y, vista de cerca, en su epidermis había también unos como brotecitos pequeños.

[Madrid, febrero de 1915]

La casa del grillo
(Sátira doméstica)

I
Martes

Cuando vino la mañana
que quería alborear,
salto diera de la cama,
que parece un gavilán.

SALTÓ DE LA CAMA. TENTALEANDO, VOLCÓ EL VASO
sobre la mesilla y sintió caer, en la oscuridad, el hilo
de agua.
Nunca pudo hallar la pantufla del pie derecho (o del izquierdo).
Con una pantufla en un pie y un zapato en el otro, el
espacio ofrece una cuarta dimensión. A través de esta dimensión, dio con la cabeza en la luna del armario y todavía tropezó tres veces antes de alcanzar el tirante de la
persiana.
Pleno día, de luz amarilla y grosera. Rechinaban las golondrinas. Frente a la ventana –nueva geórgica– la acacia
casada con el farol, suma del paisaje madrileño.
En el grifo de la fría, no había agua; y en el de la caliente,

helada. Allí se dejó el torpor del sueño, aligerados los párpados y la nuca.

La hora del desayuno no tiene sorpresas. Y el periódico
de la mañana es un amigo bilioso, solterón.

¡Solterón!

La palabra se le quedó en el hueco del alma, y estaba
bullendo todavía cuando se asomó a la ventana, para consultar la hora ¡en las nubes!

Poco a poco, su ánimo empezó a brillar como un espejo sin vaho. Las golondrinas venían casi a rayar su frente.
Llameaban, a lo largo de la calle, en los terrenos sin construir, tres amapolas espontáneas, casi intrusas. Y después,
el campo desaparecía en el mar del aire. La luz matinal
reverberaba.

...Y la conciencia del día aciago, solitario, mientras la
casa se gasta de desuso, el desorden irrumpe por entre las
cosas domésticas, diezma los ejércitos de la cocina y confunde las reservas de arcas y armarios...

Un día amanecen todas las corbatas raídas, traspillado el gabán, desvencijado el sillón; y a un mismo tiempo,
hay que reponer los pequeños utensilios de vestir, comer
y dormir, faltos todos de providencia. Así sucumbe todo,
sin la restauración incesante del hilván, remiendo y zurcido, menesteres de esposa, de santa y de araña.

Y grita de pronto, amenazando a la calle con el puño
cerrado:

—¿Yo vivir solo? ¿Yo no tener a quién decir: «Cósanme
este botón»?

Y, a los pocos meses, se casaba.

II
Capitulaciones

Por mayo era, por mayo
cuando los grandes calores,
cuando los enamorados
van servir a sus amores.

—Voy a hacerte —le dijo— mi confesión, con la sequedad de un corte de caja. Voy a hacerte mi psicología mínima o esencial. (Parque de tennis. Rodaba la pelota blanca en el pasto verde. En la pista, blanca, se perseguían dos conejos. Cielo de barrio apartado. Es por la tarde.)

—Los grandes enemigos de mi vida —continúa— han sido, por su orden: primero, la timidez (cobardía); segundo, la pereza (voluptuosidad); tercero, la mala educación (poca sociabilidad y cultura incompleta).

»Mis virtudes, mis fuerzas en la vida, por su orden: primero, el don verbal; segundo, la inteligencia; tercero, la duda metódica, o más claro: la desconfianza. Quizá debo decir: la malicia, según más allá lo explicaré.

»Tengo, además, una cualidad mixta: el disimulo.

»Los maridajes de virtud y defecto siempre han exacerbado en mí los defectos. Ejemplo de una combinación funesta que siempre me ha perjudicado: timidez-malicia. Éste ha sido mi peor monstruo enemigo.

»Por más que busco, nunca creo haber sido verdaderamente vanidoso. ¡Ojalá lo supiera ser, a veces, con cálculo! Porque donde digo «malicia» no quiero decir «doble intención», ni siquiera condición positiva ninguna, sino

57

una cavilosidad contemplativa, una sagacidad singular para adivinar intenciones ajenas, con su poco de manía de persecución.

»Tampoco creo que la imaginación haya hecho estragos en mí. Mi desdén a la vida es enteramente intelectual, sin decepciones del corazón. La tristeza nunca fue para mí más que un reflejo de la incomodidad material. El hombre me parece más hecho para soportar los dolores que las molestias. La muerte de un ser querido se puede tolerar mejor que una casa húmeda o un forúnculo pertinaz en la nuca.

»Pero, con todo, soy de una sensibilidad enfermiza. Sólo que no me detengo en el sentimiento como en un plano último. Siempre puedo ir más allá, siempre puedo contemplarme sufriendo: expectación del todo intelectual, y sin sombra ya de sentimiento aparente.

»Mi imaginación ha tendido siempre a ponderarse con cierto clásico equilibrio. Pero puedo soñar despierto durante largas horas: lo cual viene a la vez de mi pereza y de mi literatura.

»¡Mi pereza! ¡Soy tan perezoso! En el fondo, naturalmente. Porque como no me deja la vida, como estoy rodeado de cosas mal hechas y torcidas que sólo yo creo poder enderezar, agoto frecuentemente mis días, y mis noches, en una actividad febril.

»Mi timidez es la causa de todos mis fracasos. Yo no soy, precisamente, un fracasado. Pero he tenido algunos fracasos, de que quizás sólo yo me doy cuenta. Sin mi timidez, de que también sólo yo me doy cuenta, yo sería un grande hombre. El disimulo me permite disfrazarla bien. Me consuelo de ella pensando que es cosa principesca, propia de un ser exquisito abandonado de pronto en mitad del aire de la calle. Y en efecto, ésa es, casi, mi propia historia.

»No he tenido crisis religiosa. Me educaron en una creencia templada, y la Virgen me hacía milagros con gran naturalidad. Pero no recuerdo a qué hora dejé de practicar, ni me he preocupado de ello. Mi padre era cristiano histórico, no religioso, aunque tampoco ateo. Quiero decir que del cristianismo tomaba lo que atañe a este mundo, sin preocuparse del otro. Mi madre no se interrogaba: rezaba. A veces, creo llegar a la emoción religiosa, y sólo llego a la emoción verbal. El encanto de mis propias palabras tiene poder para arrancarme lágrimas. ¿No hay quien quiere alcanzar a Dios, encaramándose sobre una montaña de palabras? Si hiciera profesión de creer, yo acabaría en eso. "Místico" se llama, en lengua española, al que escribe párrafos muy largos.

»Mis pasiones, siempre exaltadas, no han tenido consecuencias funestas, gracias a la timidez y al disimulo. Debo añadir que este disimulo lo voy perdiendo con los años, a medida que me animalizo y se me cierran más las junturas del cráneo; a medida que, como en la edad de los asnos, la mandíbula va imperando más sobre el encéfalo. En todos los sentidos, cada día soy menos egoísta. A veces, cuando me comparo al muchacho fuerte que he sido, me reprocho a solas: "¡Pero si me muero por los demás!". Con todo, me parece que hoy quedo mucho menos bien que antes con el prójimo, tal vez por la falta de disimulo. La sinceridad ¿será un defecto?

»Al revés del caro Disraeli, tengo la debilidad de dar explicaciones de cuanto hago: y a veces, a gente que no debiera. Esto viene, por una parte, de mi afición a conversar y de mis bellas experiencias amistosas de los veinte años: yo he tenido amigos únicos, con quienes se hablaba de todo; y por otra parte, viene de la intelectualización excesiva, de la fiebre crítica, de la necesidad, primero, de entender bien, y segundo, de explicar bien lo que he entendido, de explicarme por medio de la palabra. (La palabra hablada: yo, hasta cuando escribo, hablo.) ¡Un deber de literato, trasladado inoportunamente a la estrategia del trato humano! "Perdido, mas no tan loco / Que descubra lo que siento", dice un antiguo poeta de mi afición. Y yo, que ayer me tenía por capaz de disimularlo todo, hoy, que todo me sale a la cara y que todo quiero que me salga, me pregunto: "¿Por qué llama loco este poeta al que dice lo que siente?".

»Debido a esta posición crítica, me considero a mí mismo con desinterés, y aun me juego malas partidas en provecho de los demás. Yo no sé mentir sobre mí mismo, sobre el precio de mis mercancías, como lo saben hacer todos. Los hombres mienten hasta para repetir una conversación que acaban de sostener. Yo, ni entonces. Cuando se discute, cedo siempre, porque no me disgusta dejar complacidos a los demás. Le doy importancia a lo que escribo, no a lo que hablo. Además, fácilmente se me convence (en esto no hay nadie, nadie que se me parezca) de que me he equivocado. Cuando me censuran, me informo de las censuras con cierto interés científico y puro.

»Alguna vez, a mis pasiones se mezcló la pereza, en su aspecto de voluptuosidad. Y entonces mis pasiones me dominaron.

»Sin mi timidez, yo sería el más libre de los hombres,

y no hubiera dado sitio preferente en mi vida a tal o cual semiaudacia pasajera.

»De un momento a otro, el mundo me parece totalmente distinto. Un gesto, una palabra de mi interlocutor me hacen plenamente desgraciado o feliz. Y, con conocerme esta condición, soy tan perezoso que no sé cambiar de sitio cuando estoy melancólico, que sería el remedio seguro. (Nunca lo he probado.)

»Hasta hace algún tiempo, lo único que me quedaba era el sentimiento de continuidad de mi obra literaria. Después, viví en París muy aislado y me puse a dudar de mí. Acaso porque me faltaba el ambiente de los amigos, y ese sabor leve de vanidad indispensable para crear con placer. (No cabe duda que, en el fondo de toda creación, hay petulancia. Por eso me pregunto a veces si la Caída y la Creación no serán lo mismo.) De regreso aquí, donde todos somos hermanos, voy recuperando algo de mis fuerzas.

»Mi mejor carácter es la lealtad de mis afectos. En un mundo técnicamente perfecto (no sé si me entiendes) yo sería, sin disputa, el hombre más bueno.

»Tengo una cara de niño, porque no uso del tabaco ni del alcohol. Por eso también mis ademanes carecen de ese garbo que da a muchos la vida de club, entre el humo adulto y los vicios severos.

»Me aburro, porque vivo solo.

»Y ahora tú me dices lo que quieras.»

Ella, a pesar de todo (terquedad del romanticismo), creyó oír cantar un ruiseñor. Por entre los labios, como si tuviera un alfiler en los dientes, dejó salir un «Sí» sibilante. Y la verdad es que –alucinada– se casó con su «Sí».

Era una muchacha muy buena y mansa, cabellos castaños, ideas azul perla. Sin ser bella, tenía en la cara esa suavidad que tanto nos gusta a los de aquel pueblo. Era una
mujer... ¡oh, muy de nuestra tierra!

III
A primera sangre

> Castellanos y leoneses
> tienen grandes divisiones.

LOS DOS SILLONES MECEDORES EN EL MIRADOR; Y EL
mirador, jaula de cristal y leves cortinas sobre la calle.

Se mecen. De tiempo en tiempo se incorporan un poco,
entre sonrientes y duros, y subrayan con el ademán: «sí,
sí»; «no, no».

Divide el terreno una mesita redonda de tres patas, donde no hay más que un dedal de oro.

Se les podría dibujar entre orlas de hojas y flores, con
una cartela en blanco debajo.

Los compases vivos de silencio los puntúa, desde el
fondo de la alcoba, el reloj.

—Cuando llegamos, ya estaba la cena preparada para
los doce. Mi madre era una gran madre de hijos y esposa
de esposo...

—Oye, perdona. ¿Nunca te he contado? ¿Lo de la taci-
ta de té que rompí una vez? Me llevaron a enseñar a las
visitas como chica educada. ¡Una desgracia! La primera
taza de té que me dieron se me cayó. Mi padre iba a en-
furecerse; pero mi madre se apresuró: «Ahora ésta, rica;

ahora, ésta más». Y yo rompí otra y otra. No hubo más que tomarlo a risa. Así es mi madre.

Tic-tac, tic-tac, tic-tac.

—¿Sabes que me gusta mucho tu cuento? Un día, de vacaciones en casa, le rompí a mi madre un jarrón de porcelana esmaltada. Yo tenía ya dieciocho años, pero me eché a llorar de vergüenza. Y nada: «Me lo pagarás cuando crezcas».

—Mi madre es de lo más cuidadosa. Piensa en todo, y sin embargo, nunca se inquieta. La recuerdo en aquella sala: con medio guiño daba una orden al criado; con una sonrisa, tapaba una pregunta indiscreta, y mientras alargaba una mano a uno, con la otra le salía al paso al otro; pero todo con lentitud: le sobraba tiempo. Así se ha conservado tan joven, tan linda.

—Mi madre es morena, pequeña, más bien delgada. Nunca está quieta. Tiene que ver con el grano de los caballos, la harina de la despensa, las berzas de la huerta. Es un general. Anda tintineando las llaves.

—Pues yo creo que tengo de mi madre la afición por las cosas finas y pequeñas. Tenía unas tijeritas de plata...

—Mi mejor herencia es el gusto del aire libre. Eso no tienes tú de dónde heredarlo.

Un relámpago imperceptible... ¡Tocada! La nobleza agrícola venida a menos y la burguesía urbana en ascensión se contemplan en silencio.

—¡Pero si no me haces caso!

—¡Ni tú a mí!

Y al fin:

—Anda, basta ya. Deja eso. ¿Vamos a asomarnos a la otra ventana?

—Vamos.

¡Horas locas! ¡Cuántas de éstas! Células microscópicas de que se hacen los días.

IV
Cuidados

Hijas de quince años,
hijos en los brazos.

LA CARA ARRUGADA DEL NIÑO VIVÍA EN SUS OJOS: dondequiera creía estarla mirando. Y lo mejor era el grito aquel, la clarinada de saludo a la vida que pareció llenar la casa.

En aquel grito se deshizo, purificada, la pesadilla de pinzas y vendas, olores acres, agujas de inyección.

¡Adiós a las noches de buen sueño! Ya pesaba, dentro de la pompa de jabón de su conciencia, la sólida realidad de un niño.

¿La soportaría la pompa de jabón? ¡Qué cuidados, qué angustias! Hasta que, con los años, la pompa de jabón se trueque balón de foot-ball.

Y nerviosidad, y mal estómago.

—Mira: si quieres hacerme feliz, que me den el bicarbonato al instante cuando lo pida, porque es que tengo fuego aquí.

Y el agobio de trabajo, quién sabe por qué:

—No me dejes, te lo ruego, no me dejes que me ponga a hacer colecciones de cuanto publican mis amigos en los periódicos. Es tiempo perdido. Ayúdame: recuérdame a tiempo que no me ponga a tareas de mera erudición, si no tienen la creación por fin inmediato. Las cosas de actualidad, la política y todo eso, ya lo sabes, tampoco me deben importar. Que quemen toda esa papelería, que me canso de verla. Y que no me hablen cuando estoy escribiendo, sobre todo.

Y un horror a chocar con los muebles, a tropezar con las personas:

—Ya te he dado la regla de mi felicidad: que no me andes sobre las pantuflas.

(Unas pantuflas bordadas, primorosas.)

Y aquel sobresalto, aquel sobresalto:

—¡Mujer! Ten cuidado: cada vez que le das el pecho a ese niño parece que se te va a ahogar, como traga y tose.

V

La dicha del hogar

Yo estando en la mi casa
con la mi mujer real.

GUSTABA DE COMER LO QUE ELLA COCINABA. ELLA COCInaba muy pocas veces, porque eso la hacía perder el apetito. Lo que perdía de apetito propio, lo ganaba en ver el apetito de su marido:

—¡Donde tú pones la mano!... –decía él, galante. Pero no por galantería, sino por gusto verdadero.

Ella, sin tener amor propio de cocinera, lo era excelente. Él nunca podía entender cómo era posible poseer una cualidad sin jactarse de ella. Y puesto que ésta es, casi, la

65

definición de la virtud, él consideraba la buena mano de su mujer para la cocina como el ejemplo más puro de la virtud, y aun la virtud misma.

Pero ella se resolvía muy pocas veces a perder el apetito: es decir: muy pocas veces se decidía a cocinar.

—Guisar, hijo mío, es cosa que estraga el estómago.

Y aunque no lo decía tan claro, de sus vagas explicaciones, de sus semi-ideas, de sus larvas o fintas de pensamiento (nunca iba ella a fondo) he aquí lo que se sacaba en limpio: que la cocina, aunque procede por recetas como la química y la farmacia, no es una ciencia exacta, sino más bien un arte impresionista.

Que la misma receta, en cada ocasión, produce un resultado completamente distinto. En eso se diferencian (¿por qué, señor, por qué?) los verdaderos alimentos de las medicinas. No hay otra regla mejor para distinguirlos: medicina es lo que, a fórmulas iguales, produce resultados iguales.

Alimento es lo que, a fórmulas iguales, produce resultados diversos.

—Como que, hijo mío –apoyaba–, a veces hasta la forma, la presentación sola cambia el sabor de un alimento. Mira lo que pasa con el pan: si con igual masa haces una rosca y un trenzado, aquélla no sabe lo mismo que éste, ni tienen la misma consistencia, ni el mismo tacto, ni el mismo olor, ni tardan lo mismo en enfriarse, ni...

Así pues, la cocina es arte impresionista. No se puede sazonar con tabla de logaritmos, sino con la punta de la lengua. Para dar el punto al guiso, hay que estarlo probando. Y estar probando –y probando un guiso a medio hacer– es perder, al menos, la primera mitad del apetito. Primera razón.

Segunda razón: que el olor, como en los cuentos utópicos, es un alimento verdadero. Y quien cocina, se pasa una hora, y a veces más, envuelto en una nube de olores. Los absorbe y pierde el apetito. Por fortuna, a él sólo le gustaba que su mujer cocinara por lujo o por excepción. Lujo, excepción, que pagaba siempre con un regocijo sólido y sin palabras. A diario, no le hubiera agradado. Los menesteres domésticos, pensaba, empequeñecen el alma de la mujer, le gastan los sentidos, la hacen perder la buena conversación y la finura de las manos. Dos visitas diarias a la cocina envejecen a la mujer más que un parto. Y así, a través de la excesiva modestia de su primera época y del buen pasar que la siguió, se esforzaba por apartar a su mujer, casi siempre, de los abusos de la cocina.

Y así, en esto del ir como del no ir a la cocina –cuando sí,.porque sí, y cuando no, porque no– reinaba en aquel matrimonio el acuerdo más edificante. Y él veía, en aquella virtud de su mujer, virtud para los días de fiesta, el perfecto símbolo de su dicha, el árbol central de su tienda plantado en este desierto de la vida.

VI
Dos escuelas

Los aires andan contrarios,
el sol eclipse hacía.

EL NIÑO TENÍA QUE VERLO TODO BLANCO. SU CUARTO tenía que ser blanco. Sus muebles, blancos. El simbolismo de los colores tiene su etimología, su origen de razón. Y es que sólo la luz blanca, suma de todos los matices, puede formar y educar un ojo sin prejuicios. ¿Muebles de color para una retina en desarrollo? ¡A tanto equivaldría ponerle a la criatura unas gafas de color! Si verdes, todo lo vería después en rojo. «Es más turbio que la luz del día», decía uno que se había acostumbrado al dormir de día y velar de noche. Y él no quería educar monstruos, no.

Ahora bien, cambiar de súbito un ajuar o un moblaje es cosa demasiado grosera para ciertas sensibilidades. Lo mejor sería procurar una metamorfosis: pintar de blanco los muebles de la alcoba.

Pero enviarlos al taller sería dejar enfriarse el nido. La voz resuena tristemente en los cuartos vacíos, y hasta parece que evoca a los fantasmas. Por otra parte, llamar al obrero a casa es resignarse a descubrir por todos los pasillos las huellas de unos pies extraños, por todas las alfombras un camino de gotitas de pintura, y por todo el aire de la casa un cierto olor de hombre en faena.

¿Por qué no pintar los muebles ellos mismos? ¿No eran jóvenes todavía? Y sobre todo, ¿no se querían con locura?

Al día siguiente era domingo. Pues manos a la obra: una bata vieja, unos pinceles, un frasco de esmalte blanco...

—¡Qué hermoso es trabajar cantando! –decía él–. Mi desgracia mayor es no poder hacerlo en mi oficio.

Y pintaba, empapando apenas la brocha fina, y escurriéndola y exprimiéndola cuidadosamente en los bordes del bote. Ella, en tanto, usaba la brocha más gruesa, y la empapaba bárbaramente, pretendiendo llegar de una vez al tono blanco vivo que él obtenía después de pasar la pintura dos y tres veces. Cuando él lo advierte, se detiene, desorbitados los ojos. ¿Pues no mueve ella la brocha transversalmente? ¿Horizontalmente, contra el hilo de la madera?

—Se hace así: vertical.

—No, así: horizontal.

—No, así: y mojando poco.

—Que no: mojando mucho.

—Y en dos o tres veces.

—No: de una sola vez.

Ante esta terquedad, hay que suspender la obra. Se trata de dos escuelas de pintura antagónicas; de dos técnicas opuestas; de dos modos contrarios de interpretar la materia. En el fondo, se trata tal vez de dos conceptos distintos del universo. ¿Si resultara, a la postre, que después de un año y medio de felicidad, no se entienden? Un principio de irritación malsana exagera el vuelo de sus ideas. En el modo de pintar de ella hay algo sanguíneo, brutal, improvisado, que a él le repugna profundamente. Sí: dos temperamentos irreconciliables se encuentran frente a frente. ¡Oh perspectivas de perennes disensiones domésticas! Y estalla:

—Bueno: pues se quedan sin pintar los muebles. ¡Ea!

—Pues que se queden, ¡ea!

(¡Ea!)

VII
Educación

Uno las letras pintaba,
otro las letras leía.

CONFORME PASAN LOS DÍAS, LOS MESES, LOS AÑOS, EL sentido de la responsabilidad paterna se va endureciendo más y más hasta resolverse en manías. El niño crece. Lo quieren enjaular entre reglas. Su espontaneidad se escapa en pequeñas extravagancias.

Las reglas impuestas: en esta casa tiene que haber, cada año, un mes en que no se compra nada; una semana de cada mes en que no se sale a la calle; un día de ayuno cada semana; una hora de día en que no se habla. Carlyle callaba —para luego hablar por los codos, cuando escribía— todo lo que le duraba la carga de una pipa. Esto se llama la educación científica. Enseña la disciplina, la higiene, el ahorro, muchas cosas más.

> (*Oprima el duelo, la pasión aturda,*
> *la usurera esperanza —aunque anticipa—*
> *cobre en desilusiones lo que urda:*
> *hay que tomar las cosas con la zurda*
> *y callarlas el tiempo de una pipa.*)

«...A la manera —dice Montaigne— de los que aprenden aritmética y geometría por ciertos juegos de tablero.» Pues ¿por qué no enseñarle la aritmética al niño jugando a los pares y nones, y luego, a los dedos de la mano? Toda la ciencia algorítmica se encierra en estas cinco ramas: pulgar, índice, medio, anular y meñique; o, como decían allá en el terruño: niño chiquito, señor de los anillos, tonto y loco, «lambe-cazuelas» y matapiojos. Lo del «tonto y loco» habrá que explicarlo como se pueda, esquivando las escabrosidades que trae Luis Vives, en sus impagables *Diálogos latinos*. ¿Por qué no enseñarle al niño la geometría con los ejes y porciones simétricas del cuerpo humano, que tanto interesan a León Hebreo, sistema de relación entre el hombre y el universo que casi sólo falla en cuanto se llega al corazón, órgano por excelencia insólito? Tirándose como pelotas las declinaciones, Montaigne y su padre practicaban el griego a lo largo del día. Buscar el medio de enseñar la gramática jugando al escondite y al corro. ¿No organizó Mark Twain todo un pelotón de tropas alquiladas para mejor entender y hacer marchar los tiempos del verbo en alguna lengua romance? (*El italiano sin maestro, El latín sin lágrimas,* la muela del juicio sin dolor, etcétera.)

La escuela tiene sus peligros: cierto ascetismo malsano que se crea entre los niños. Se forman asociaciones masónicas para soportar las injurias, los golpes entre los asociados; para arrebatarse los objetos: «Esto me gusta y esto me das». Un autor francés asegura que hasta se forman en las escuelas, como en algún cuento de Stevenson, Clubs de Suicidas.

Va creciendo el niño: al bebé de mantequilla sucede el párvulo de mazapán, y a éste, el desapacible grandullón de sustancia ya indefinida. Mientras se define el carácter, aparecen aquí y allá ciertas extravagancias, seudópodos de la amiba que empieza a andar.

Nadie nota sus extrañezas, pero van floreciendo en él condiciones incomunicables.

Cuando aprende el ajedrez, da en jugarlo solo, y hasta hace siempre pequeñas travesuras en favor de las blancas, que son, por lo visto, su debilidad.

Siempre se le desata el cordón del zapato en el pie derecho. No creemos que sea indiferente: ya se desconfiaba del joven César porque andaba con el cinturón demasiado flojo.

Ha adquirido la costumbre de llevar siempre una piedra en el bolsillo. Asegura que es para equilibrar el peso del cuerpo, porque siente debilidad de un lado. Tiene un abismo a la izquierda, como Pascal.

Se ensaya en volverse de repente, porque espera sorprender detrás la nada absoluta, convencido de que él mismo va creando el mundo con los ojos –pequeña epilepsia larvada. Va a ser, de seguro, un filósofo.

Un día, se le ocurre que está demasiado satisfecho de sí mismo. Va a ser, de seguro, un moralista. Para corregirse, en vez de los buenos días y el adiós adopta esta fórmula extravagante: «Estoy muy equivocado». Las consecuencias pueden ser funestas o sublimes: consúltese la historia de la Ética.

Pero sus padres no se percatan de esta lenta penetración satánica llamada el espíritu, y siguen, tan satisfechos, desarrollando por la vida doméstica su cinta métrica del año, el mes, la semana, la hora: la educación científica.

VIII
Otoño

La que a nadie no perdona.

ELLA SE ARRANCA SUBREPTICIAMENTE UNA QUE OTRA cana. Él tiene ya las sienes grises. Lo embarga el cuidado del porvenir. Hay que pensar en la familia. (Y nunca pensó en otra cosa.) De noche, se revuelca en la cama y emprende, a veces, aquel monólogo interior:

—Sobre la muerte como idea poética ya se ha dicho

todo. De la muerte como idea práctica nunca se dirá lo bastante. Los sabios y los santos han aconsejado la meditación de la muerte como una lección para la vida. Querían demostrarnos así, de un modo palpable, la vanidad de los afanes humanos, los engaños de la apariencia. Pero yo no veo clara la utilidad de semejante lección para los hombres de este mundo. Ella puede convenir a los que renuncian y se matan o se dejan morir: no a los que verdaderamente viven. Me parece que, en efecto, la meditación de la muerte es saludable, pero del mismo modo que es saludable la meditación de la vida: para conducirla y prevenirla. A la muerte como ejemplo moral hay que sustituir la idea de la muerte como objeto de previsión y conducta. El agente de seguros puede ser, así, una transformación moderna del confesor: «Piensa en la muerte –nos dice a todas horas–. Prepárate para la muerte». Y en efecto, como decía Gracián, recogiendo la sabiduría de los estoicos que tanto lo habían dicho ya, «es menester meditarla muchas veces antes, para acertar a hacerla bien una sola después».

«Estas consideraciones –prosigue monologando– pueden parecer un poco impías. Bien mirado, lo impío es entregarse a lamentaciones egoístas o a la no menos egoísta indiferencia por las cosas del mundo. Puesto que la muerte es un mal inevitable –aceptando que sea un mal y que sea inevitable– conviene que nos perjudique sólo a nosotros. No enterremos vivas con nosotros a nuestras viudas, como hacía el marido oriental. Que los nuestros puedan sobrevivirnos, ésa es la ley. Sólo así nos perdonarán la injuria irreparable de abandonarlos en este valle.

»Y como no sólo de pan vive el hombre, ni es cierto que la felicidad suponga riquezas fabulosas; y como tampoco nos es siempre dable dejar todo el dinero que hubiéramos querido dejar, hay que saber dejar, sobre todo –y sin desatender a lo otro– aquella riqueza cuya mina está en nuestra voluntad: la obra sólida de la educación, las enseñanzas prácticas de felicidad que consisten en el buen trato, en la honradez sin ceño, en el aprovechamiento discreto del tiempo, en la buena elección de compañías y lecturas, en el hábito de no delirar por lo imposible ni aullar ante lo inevitable como perro a la luna, en el amor a la buena marcha de lo que traemos entre manos y, sobre todo, en el horror al miedo y al excesivo amor propio, que se disfrazan de mil formas para hacernos insoportable la vida. En suma, todas esas cosas humildes que, juntas, se compendian en una palabra orgullosa y se llaman, altivamente, la Virtud. (¡Cuidado con las mayúsculas! Pero ¿quién me habrá hecho a mí tan sabio?)

»Y ésta es la única lección de la muerte, y la muerte se inventó para eso. Y que otros lo digan con elegancia y contraste: yo no, que me gusta hablar de lo que interesa a todos los hombres en ese tono sencillo en que habla el vecino con la vecina... (Pero ¿quién me habrá hecho a mí tan sabio?) Aquí las ideas se confunden... Tal vez he empezado ya a dormir...»

Conclusión, más o menos esperada:

—Mañana tomo un seguro de vida.

El seguro murió de viejo.

IX
Y la caza del grillo

Cri-cri, las horas, cri-cri,

las horas junto al fogón.

Cri-cri, se pasan los días.

Cri-cri, todo se acabó.

—PERO ¿QUÉ ESTÁS HABLANDO AHÍ A SOLAS, QUE NO duermes?

—Calla, mujer honrada, que vas a despertar al muchacho.

—Duerme a pierna suelta, como suele.

—Y tú, ¿tampoco duermes?

—Es el grillo.

—¿El grillo?

—El grillo que se nos ha metido en la casa. Ya te he pedido que me ayudes a buscarlo.

—¡Pero si los grillos no se encuentran nunca! Son como los duendes. A los duendes nadie los ha visto, y se beben la leche de la cocina. Toda casa que ha vivido tiene su grillo. El grillo es un enmohecimiento del tiempo.

(Cri-cri.)

—¡Anda, ayúdame a buscarlo, que no me deja dormir!

(Cri-cri.)

Y la escena, como bobería llena de presagios, como tragedia latente y que no se resuelve nunca, se prolonga en la medianoche. Ambos han saltado de la cama (cri-cri). Ella sacude las cortinas (cri-cri). Él se ha metido debajo de la cama (cri-cri). Compadezcamos al género humano (cri-cri).

—¡Nada, que no aparece! (Cri-cri.)

Él sacude ahora las cortinas (cri-cri). Ella se ha metido ahora debajo de la cama (cri-cri). En esto había de parar tanto afán y tanto sueño (cri-cri). ¡Y pensar que nacimos para cazar grillos! (Cri-cri.) Y todo lo que uno esperaba de la vida, cri-cri y más cri-cri. ¿Dónde están las nieves de antaño? (Cri-cri.)

> ¿Qué se hizo el rey don Juan?
> (Cri-cri.)
> Los Infantes de Aragón,
> ¿qué se hicieron?
> (Cri-cri.)
> ¿Qué fue de tanto galán,
> (Cri-cri.)
> qué fue de tanta invención
> como trujeron?
> (Cri-cri.)

—¿Quién lo hubiera dicho hace años? Recuerdos de cuando nos conocimos (cri-cri). Cuando éramos novios (cri-cri). Cuando nació el niño (cri-cri). Cuando dijo: «Papá» (cri-cri). Ya vaciamos todo el armario, y nada, que no aparece.

—¿Qué hacemos?

—¡Seguir buscando, empezar otra vez, volverlo todo de arriba abajo, que me da en los nervios, que yo así no puedo pegar los ojos! ¡Métete en todos los rincones, debajo de todos los muebles, aunque te cueste la vida, por favor!

(Cri-cri.)

Y vuelta a empezar. Y ya quiere amanecer. Y cri-cri esto, y cri-cri lo otro, y cri-cri lo de más allá.

—Mira: se me ocurre una idea genial. Encontrarlo es imposible, no hay halcón cetrero para esta garza. Canta por todas partes a un tiempo. Renunciemos a la cacería. Lo mejor que podemos hacer es participar en el concierto. Colaborar en las catástrofes es mejor que ser víctimas pasivas. Vamos a cantar a coro con el grillo.

—¡Vamos!

A tres voces: ¡Cri-cri! ¡Cri-cri! ¡Cri-cri!...

Risas en el cuarto vecino. Asoma la cara del muchacho, impertinente y burlona. Él también ¡qué diablo!

A cuatro voces: ¡Cri-cri! ¡Cri-cri! ¡Cri-cri!...

El himno sube al cielo: ¡Cri-cri! Y a esto todos los autores le llaman la felicidad.

[Madrid, 1918]

Fuga de navidad

I

HACE DÍAS QUE EL FRÍO LABRA LAS FACETAS DEL aire, y vivimos alojados en un diamante puro. No tarda la nieve. La quiere el campo para su misterioso calor germinativo. La solicita la ciudad para alfombra de la noche buena. Resbala el humo por los tejados: la atmósfera, con ser clara, es densa. Los fondos de la calle truenan de nubes negras, pero en lo alto hay una borrachera azul vértigo. De día, suben las miradas. De noche, bajan las estrellas. Nada hay mejor que el cielo, de donde cuelgan ángeles y juguetes para los niños.

II

EL ARDIENTE PINO, FESTEJADO ÁRBOL DE LAS HADAS, llena la cabeza de ínfulas y lazos, balancea en las manos unas velitas verdes, rojas, azules. Trepan por sus piernas arañas de oro y tenues creaciones de ala de insecto: figuras inútiles y vistosas, sacrificios de una sola noche, tejidos a punta de alfiler en largas veladas proletarias. La no sofisticada pobreza hace del juguete un ente vano: casi ya ni para jugar sirve. Revienta ante los ojos como rosa de pestañas metálicas, o en ruedecillas naranjadas y púrpura. Flores de un jardín sensitivo; querubines de ojos de chaquira y seis pétalos de esmeralda; cruces y bicruces casi de aire de color. Un reflejo, una geometría de luz, un signo frágil de alegría: nada. Entrecerramos los ojos para verlo.

III

Como en los primitivos: el Belén diminuto, pastel de torrecillas y cúpulas. El tejado elemental, sostenido por cuatro varas. Adentro, heno y paja, madre y niño, bestias de aliento blando; tres viejos de barba temblorosa alargan las manos. Afuera, la curiosidad se encarama al techo. Séquito amarillo, negro y blanco. Fila de elefantes, caballos y camellos. Pastoreo en el campo. Soldados romanos por la carretera. Y una miniatura de la Biblia: el pozo con brocal, el cántaro. Todo está bien, familia. Hasta el arroyo entre musgo, y el molino. Hasta el pajarito en la rama, lírico y sin objeto: alarde gratuito, caricia.

IV

Salte, pues, el vino dorado, rociando el pavón y el turrón. ¡Alegría del moco de coral y el escobellón hirsuto y galano, cuando –égloga anacrónica, ni griega siquiera– el ejército de pavos, que conduce un pastor sin nombre, rompe por entre las filas de automóviles de nuestras ciudades! Los escaparates sacan el pecho y relucen de tentaciones. La gente asalta los tranvías, llenas las manos de paquetitos. Y los pavos de sabor de nuez se agolpan, azorados, en mitad de las cuatro esquinas, como un islote indeciso, pardo y rojo.

V

No hagamos caso: alguien anda por los tejados. Cerremos bien la puerta. Alguien está dando con los puños. Salvemos la felicidad transitoria. Hijos peregrinos de otro clima, los recuerdos rondan la casa. Por el postigo se ve el camino blanco, surcado de pisadas iguales. A veces, la chimenea crepita, y bailan por el muro las sombras de unos zapatitos gemelos, abiertos de esperanza.

VI

Ese hombre ha salido por la mañana, envuelto en un gabán ligero que baña y penetra el viento de Castilla. Lleva los codos raídos, los zapatos rotos. Como es navidad, los mendigos se acercan a pedirle limosna, y él pide perdón y sigue andando. Encorvado de frío, bajo la ráfaga que lo estruja y quiere desvestirlo, busca en el bolsillo el pañuelo, todavía tibio de la plancha casera. No posee nada, y tuvo casa grande con jardines y fuentes, y salones con cabezas de ciervos. ¿Lo habrán olvidado ya en su tierra? Tal vez apresura el paso, y tal vez se para sin objeto.

Ha gastado sus últimos céntimos en juguetes para su hijo. Nadie está exento; no sabemos dónde pisamos. Acaso un leve cambio en la luz del día nos deja perdidos, extraviados. Ese hombre ha olvidado dónde está. Y se queda, de pronto, desamparado, aturdido de esperanza y memoria, repleto de navidad por dentro, tembloroso en el ventarrón de nieve, y náufrago de la media calle. ¡Ay, amigos! ¿Quién era ese hombre?

[Madrid, navidad de 1923]

El testimonio de Juan Peña

Quise recoger en este relato el sabor de una experiencia que interesa a los de mi tiempo, antes de que mis recuerdos se confundan, y mientras llego a la hora –al remanso– de las memorias fieles.

Lo dedico a los dos o tres compañeros de mi vida que estudiaban conmigo la Ética, de Spinoza, en la azotea de cierta casa de México, allá por los años de mil novecientos y tantos.

A. R.

I

EL ÚLTIMO CORREO DE MÉXICO ME TRAJO UNA carta de Julio Torri que comienza así: «¿Te acuerdas de Juan Peña, un vagabundo que lloriqueaba y nos besaba las manos por las calles de Topilejo, en época distante de que vivo siempre saudoso?».

Estas palabras abrieron en mí una senda de recuerdos. Suspensas en la malla del alma, sentí palpitar otra vez ciertas emociones ya sin objeto. Ya está poblada de visiones la estancia. ¿Qué hacer? ¿Cedo a los halagos de este abandono, o me decido a matar definitivamente a mis muertos?

—Hay que tener valor –me digo. Y me dispongo, nuevo Odiseo en los infiernos, a que los espectros se animen con mi sangre. Me arrellano en la butaca, entrecierro los ojos, enciendo la pipa, y dejo caer la voluntad.

Pero hay un último vuelco en la relojería secreta de mi corazón, y me echo a la calle como quien huye de unos invisibles perseguidores.

El pájaro de Madrid empolla una hora exquisita. En el aburrimiento de luz, bailan las ideas y las moscas. Los recuerdos vienen escoltándome, apresuran conmigo el paso y conmigo cambian de acera. Al subir la calle de Alcalá, ya no era yo dueño de mis ojos.

—Es inútil –exclamo enfrentándome con mis fantasmas–: Os pertenezco.

II

Yo estudiaba entonces el segundo año de Leyes, como allá decimos. Pero por una costumbre que data, al menos, del siglo de Ruiz de Alarcón, ya me dejaba yo llamar por la gente: «señor licenciado».

—Vengo, pues, a verlo, señor licenciado –me dijo Morales, transcurrido el primer instante de desconcierto–, para pedir a su merced que se dé un paseíto por el pueblo y, sobre el terreno, se haga cargo de la situación.

¡La situación! El compromiso de esta palabra tan seria, tan vulgar, tan honradota y buena, suscita un escrúpulo en mí. ¿Estoy yo «a la altura de la situación» siquiera? Este hombre lleno de intenciones precisas, que cree en mi ciencia precoz o, al menos, en las ventajas de mi posición social, ¿me hallará verdaderamente digno de su confianza? ¿Quién soy yo, hijo privilegiado de la ciudad, arropado entre lecturas y amigos refinados, para quien todavía la vida no tiene más estímulos que las paradojas y los amores, qué valgo yo para confesor de este hombre de campo, cargado de sol y de venenos silvestres, emisario de pasiones que yo no conozco ni apetezco? Porque yo, en mi universidad, en mi escuela...

> ...En Salamanca, señor,
> son mozos, gastan humor,
> sigue cada cual su gusto;
> hacen donaire del vicio,
> gala de la travesura,
> grandeza de la locura;
> hace, al fin, la edad su oficio.

—Esa señorita –continúa Morales, ignorante de lo que pasa por mí– se ha dejado desposeer de la manera más inicua, y tenemos ahora el deber de protegerla. Yo le aseguro que Atienzo, el alcalde, es un hombre sin entrañas.

Y yo, recobrándome, resuelto ya a hacer de hombre providencial, le digo:

—Pero, señor comisario: esa señorita ¿no ha tenido quién la aconseje, o es ignorante hasta ese punto?

—Yo la llamo señorita –aclaró Morales–; pero el señor licenciado no debe equivocarse: la pobrecita anda con un niño a cuestas, y es una muchacha de pie a tierra, ignorante.

Mi afición folklórica, desperezada alegremente por la pintoresca frase del comisario, me hace preguntar, ya con verdadero interés:

—¿Ha dicho usted: «de pie a tierra»?

—Quiero decir que es una pobre indita descalza.

Yo tomo un apunte, más bien filológico que jurídico. Y, por el campo de mi cinematógrafo interior, veo pasar a una pobre india descalza, trotando por un camino polvoso, con ese trotecito paciente que es un lugar común de la sociología mexicana, liadas las piernas en el refajo de colorines, y el fardo infantil a la espalda, de donde sobresale una cabecita redonda.

—Iré, señor Morales, iré. Pasado mañana llegaré al pueblo, acompañado de mis dos secretarios.

Al hablar de mis dos secretarios, yo mentía piadosamente, por decoro. Mi rústico quedaría sin duda más satisfecho ante este alarde de solemnidad. No habían de faltarme dos alegres compañeros para aquel paseo campestre. Casualmente, Morales había venido a verme, comprendiendo que en su pequeño negocio no podría interesarse un verdadero abogado y buscando el arrimo de mis influencias familiares, en momentos en que, ausente mi hermano, yo me había instalado en su suntuoso despacho. A Morales le pareció muy bien aquel peso de cortinas y muebles que contrastaban con mi juventud y mi vivacidad de estudiante. Se sintió cohibido y confortado, como ante un ejemplar humano de naturaleza superior a la suya. Y poco a poco, con un esfuerzo en que yo traslucía un placer, me fue contando la historia de un despojo vulgar.

En mi inexperiencia, en mi pureza científica de los veinte años, yo me figuré al principio que se trataba de un problema profesional. Pero, cuando Morales hubo acabado su relato —su artero relato, tan falso como mi comedia de gravedad y mi estudio lleno de sillones y librerías—, comprendí que la pobre india descalza venía a ser como el proyectil con que se tiraban a la cara los dos bandos del pueblo: el del alcalde y el del comisario. Yo tomé partido por este último, puesto que acudía a mi valimiento, y en estas rencillas nadie tiene completamente razón o todos la tienen en parte.* No me juzguéis severamente. Yo necesitaba una aventura; lo esencial, para mí como para don Quijote, era intentar de una vez una primera salida. Además, ha pasado el tiempo, y a la luz de mi escepticismo de hoy, acaso calumnio a mi juventud.

Entregué a Morales su sombrero –un hermoso y pesado sombrero charro, negro con labores de plata, que, en su asombro y no sabiendo dónde colgarlo, mi visitante había colocado cuidadosamente a modo de tapadera de un cesto de papeles– y estreché su mano sin tacto.

III

AQUELLA MAÑANA ME SONREÍA CON LA PLACIDEZ QUE sólo tiene el cielo de México. Allí el sol madruga a hacer su oficio, y dura en él lo más que puede.

Cielo diligente, cielo laborioso el de México; cielo municipal, urbanizado y perfecto, que cumple puntualmente con sus auroras, no escatima nunca sus crepúsculos, pasa revista todas las noches a todas sus estrellas y jamás olvida que las lluvias se han hecho para refrescar las tardes del verano, y no para encharcar las de invierno. No sé en

---

* *Todos tenemos razón, / porque ninguno la tiene.*
SOR JUANA INÉS DE LA CRUZ

qué estación del año nos encontrábamos, ni hace falta saberlo; porque en aquel otoño medio los árboles florecen con una continuidad gustosa, y los mismos pájaros cantan las mismas canciones a lo largo de trescientos sesenta y cinco días.

El tren nos dejó en Ajusco, donde nos esperaba un indio con tres caballos. Media hora larga de trote, y en el aire diáfano, ya purificado por la nieve del volcán vecino, bajo el cobijo de unas colinas pardas y verdes, apareció el pueblecito como un tablero de casitas y jacales blancos, todos iguales. Pronto notamos una animación que parecía desusada. Los indios, vestidos de blanco, formaban grupos expectantes. Y cuando entramos en el patio del comisario Morales, entre piafar de caballos y ruido de espuelas, una verdadera muchedumbre se quedó a la puerta contemplándonos.

¿Qué esperanzas ponían en nosotros aquellas almas sufridas y elementales? ¿Qué responsabilidad contraíamos con hacer de embajadores de la justicia entre hombres perseguidos? Las caras morenas de los indios, apacibles y dulces, fueron corrigiendo nuestro ánimo, perfeccionaron nuestra voluntad; y cuando Morales, quitándose el ancho sombrero con ambas manos, vino a nuestro encuentro, ya con un cambio de miradas nos habíamos puesto de acuerdo en que no debíamos fingir, en que aquello era cosa seria y sagrada, en que era de buena ley aceptar las reglas de la partida. A dos pasos de nuestra frivolidad ciudadana, el campo nos estaba esperando, lleno de dolores y anhelos. Los indios descalzos nos miraban confiadamente, sin hacer caso de nuestros pocos años, seguros de convertirnos en hombres al solo contacto de su pureza.

IV

¿CÓMO EXPLICARLO? LOS MUCHACHOS DE MI GENERACIÓN éramos –digamos– desdeñosos. No creíamos en la mayoría de las cosas en que creían nuestros mayores. Cierto que no teníamos ninguna simpatía por Bulnes y su libro *El verdadero Juárez*. Cierto que no penetrábamos bien los esbozos de revaloración que algún crítico de nuestra historia ensayaba en su cátedra, hasta donde se lo consentía aquella atmósfera de Pax Augusta. Pero comenzábamos a sospechar que se nos había educado en una impostura. A veces, abríamos la historia de Justo Sierra, y nos asombrábamos de leer, entre líneas, atisbos y sugestiones audaces –audacísimos para aquellos tiempos, y más en la pluma de un ministro. El positivismo mecánico de las enseñanzas escolares se había convertido en rutina pedagógica, y perdía crédito a nuestros ojos. Nuevos aires nos llegaban de Europa. Sabíamos que la matemática vacilaba, y que la física ya no se guardaba muy bien de la metafísica. Lamentábamos la paulatina decadencia de las humanidades en nuestros programas de estudio. Poníamos en duda la ciencia de los maestros demasiado brillantes y oratorios que habían educado a la inmediata generación anterior. Sorprendíamos los constantes flaqueos de la cultura en los escritores «modernistas» que nos habían precedido, y los académicos, más viejos, no podían ya contentarnos. Nietzsche nos aconsejaba la vida heroica, pero nos cerraba las fuentes de la caridad. ¡Y nuestros charlatanes habían abusado tanto del tópico de la redención del indio! Sabíamos que los tutores de nuestra política –acaso con la mejor intención– nos habían descastado un poco, temerosos de que el tacto de codos con el resto de la América española nos permitiera adivinar que nuestro pequeño mundo, de hecho aristocrático y monárquico, apenas se mantenía en un equilibrio inestable. O acaso temían que la absorción repentina de nuestro pasado –torvo de problemas provisionalmente eludidos– nos arrojara de golpe al camino a que pronto habíamos de llegar: el de la vida a sobresaltos, el de las conquistas por la improvisación y hasta la violencia, el de la discontinuidad en suma: única manera de vida que nos reservaba el porvenir, contra lo que hubieran querido nuestros profesores evolucionistas y spencerianos.

A dos pasos de la capital, nuestra vaga literatura, nuestro europeísmo decadente, daban de súbito con un pueblecito de hombres morenos y descalzos. Las cumbres nevadas asean y lustran el aire. El campo se abre en derredor, con sus hileras de magueyes como estrellas. Las colinas, pardas y verdes, prometen manantiales de agua que nunca pueden llegar al pueblo, porque el trabajo de cañería perturba quién sabe qué sórdidos negocios de un alcalde tiránico. Las espaldas de los indios muestran, a veces, cicatrices. Y nuestra antigua Constitución –poema jacobino fraguado entre los relámpagos de la otra guerra civil, y nutrido en la filosofía de los Derechos del Hombre– comienza así: «En la República todos nacen libres. Los esclavos que pisen el territorio nacional recobran, por ese solo hecho, su libertad».

Julio, Mariano y yo tuvimos aquí el primer presentimiento...

V

La indita se nos acercó, azorada. La cara, redonda y chata, era igual a todas las caras que veíamos. Las dos trenzas negras caían por sus hombros, tejidas con unos cordones amarillos. Llevaba en los brazos, y colgada al cuello en el columpio del «rebozo» café, una criatura rechoncha que berreaba y le buscaba los senos con pies y manos. La camisa, blanca y deshilada. El «zagalejo», rojo y verde. Los pies –en nuestro honor sin duda– calzados con huaraches nuevos.

Prefirió dejar hablar a Morales, y se limitó a subrayar las declaraciones de éste con frecuentes signos afirmativos, y aquella irrestañable gotita: «sí-siñor, sí-siñor», que caía de tiempo en tiempo, aguda y melosa.

Hice esfuerzos por interrogarla directamente, pero ella se replegó en esa fórmula estoica, dura, peor que el mutismo, a que acuden siempre los indios ante las preguntas del juez:

—Yo ya dije.

—Pero ¿qué dijiste, muchacha, si apenas has hablado?

—Yo ya dije.

VI

—José Catarino –interrumpió Morales, dirigiéndose a nuestro guía–: lleva tú al señor licenciado hasta el terrenito, para que vea cómo colinda con las propiedades del señor Atienzo. Más vale que yo no los acompañe: no sea que tengamos un disgusto o un mal encuentro.

Nunca olvidaré las emociones con que recorrí aquella calle. Mis dos secretarios, para no quitarme autoridad, iban tomando nota de cuanto me decía aquella gente. Por todo el camino nos fueron saliendo al paso los indios en masa. Se arrancaban precipitadamente los sombreros de palma, y casi se arrojaban a nuestros pies, gritando:

—Nos pegan, jefecito; nos roban; nos quieren matar de hambre, jefecito. No tenemos ni dónde enterrar a nuestros muertos.

Al acercarnos al terreno en disputa, la naturaleza se encabritó de pronto; alzó sus ejércitos de órganos, echó sobre nosotros la caballería ligera de magueyes con púas, y alargó, con exasperación elocuente, las manos de la nopalera que fingían las contorsiones de alguna divinidad azteca de múltiples brazos.

Enmarcada por aquella vegetación sedienta y gritante, resaltando sobre el cielo neutro, vimos la silueta de un hombre esbelto, inmóvil, envuelto en un sarape índigo que casi temblaba de luz. No llevaba sombrero, ni lo necesitaba seguramente: un matorral negro, despeinado de viento, se le mecía en la frente y a poco le invadía las cejas. Era Juan Peña, el vagabundo. No se le notaban los años a aquel bronce de hombre, a no ser por las rayas negras de las arrugas que por todas partes le partían la cara y aflojaban la piel en una cuadrícula irregular.

—Este señor es viejo —me dijeron los quejumbrosos indios—. Él ha visto más que nosotros. Él le contará todo.

Y, con una agilidad de danzante, como si representara de memoria un papel, Juan Peña se arrodilló ante nosotros, se puso a llorar, a besuquearnos las manos, a contarnos mil abusos e infamias del mal hombre que había en el pueblo, y a pedirnos protección a los blancos, como si fuéramos los verdaderos Hijos del Sol.

VII

Nuestro gusto literario no nos permitía engañarnos. Conmovidos, sí; pero no para perder las medidas. Aquello bien podía ser una farsa. Juan Peña había pasado de la inmovilidad hierática al temblor epiléptico con la exactitud del venado sorprendido que, de pronto, disparara el galope.

Comedia por comedia, nosotros no teníamos derecho a quejarnos. ¿No hacíamos, a nuestra vez, de dispensadores del buen tiempo y la lluvia? Todos íbamos desempeñando el papel a nuestro modo.

Los extremos y lamentos del vagabundo nos trasladaron, súbitamente, a nuestro ambiente ciudadano; lograron disipar del todo nuestra emoción. Eso fue lo que ganó Juan Peña.

Las cosas habían llegado a tal término de teatralidad, que no pude menos de «tomar la palabra». Improvisé un pequeño discurso, con algunas vaguedades y consejos prudentes, y acabé con la célebre frase –no comprometedora– de Porfirio Díaz: «Hay que tener fe en la justicia».

Pero en mi interior, yo procuraba sacar en limpio el tanto de la sinceridad de Juan Peña, y me decía:

—¿Qué derecho tengo yo para aplicar a estos hombres las convenciones mímicas de mi sociedad? Todos, en cierta medida, hacemos la farsa, la traducción, la falsificación de lo que llevamos dentro, al tratar de comunicarlo. Los procedimientos pueden variar, eso es todo. Los indios tienen, para nuestro gusto, un alambicamiento exagerado. O nos parecen demasiado impasibles, o demasiado expresivos. Este atropellado discurso de circunloquios, frases de cortesía y diminutivos que parecen disimular la fuerza o la grosería de las acusaciones, ¿no responde tal vez a los cánones de una retórica social que yo ignoro? ¿No es, al parecer, la expresión más aguda de lo que todo el pueblo me viene diciendo hace rato? Y no se soborna a todo un pueblo, y menos a la vista del enemigo.

Porque, en efecto, el enemigo –lo comprobé después– estuvo acechando nuestro paso, sin querer salir de su reducto. Pero dos o tres indios avizores lo vieron asomarse a su puerta, y se quedaron a la retaguardia, disimulados por las esquinas o confundidos con la tierra y el aire –con ese mimetismo admirable de la raza que vive pegada al suelo– dispuestos a dar la alarma al menor indicio amenazador. Pero no: Atienzo, el voluminoso Atienzo –a quien al cabo me mostraron de lejos, vuelto de espaldas– se guardó bien de provocar la cólera divina.

VIII

CUANDO VOLVIMOS A ALMORZAR TRAÍAMOS UNA MEZCLA de sentimientos contrarios. Y, superado el trance difícil, nos sentíamos otra vez inclinados a la travesura.

Mariano hacía la voz campanuda, y se dirigía a mí en el castellano viejo de las Leyes de Indias. Julio hacía la voz meliflua, y hablaba traduciendo literalmente los modismos franceses. Yo, el menos ingenioso, me divertía en darles muchas órdenes, que ellos se apresuraban a cumplir o a apuntar en un cuaderno de acuerdos. Esta estrategia acabó de establecer mi prestigio.

Julio y Mariano se sentaron a las cabeceras, y frente a frente nos instalamos el comisario y yo. Ya sabe lo que comimos el que haya probado la mesa mexicana. El tónico del picante y los platos calientes excitaron nuestro buen humor. Dimos los restos del festín a Juan Peña, que se había quedado a la puerta, tendido al sol y dormido sobre su sarape. Y Mariano, de sobremesa, emprendió una disertación sobre las diversas clases del frijol, con que convenció al comisario de que también entendía de cosas útiles y no era tan «catrín» como parecía.

Yo le di seguridades al comisario. Nos despedimos del pueblo, y cabalgamos hacia Ajusco, pardeando la tarde.

Hora de exprimir la lección del día, y sacar el fruto de la meditación como san Ignacio lo aconsejaba. El caballo, que ni se resigna al paso ni se decide al galope, trota pesadamente, con un trote provisional e incómodo, nada adecuado a nuestra montura mexicana. Nos envuelve la quietud del campo, cortada por cantos distantes, agudos y en falsete, y coreada de cerca por la sinfonía de las ranas. Revisamos las etapas de la jornada, desde la hora en que los dos amigos, despertados por la mañana a toda prisa, bajaron las escaleras, casi despeñados, para acudir a mi llamamiento, hasta la hora en que la mano sorda nos dio el apretón de la despedida y del pacto.

Con la noche que se avecina, el campo va echando del seno tentaciones inefables de combate y de asalto. Caemos sobre la estación como en asonada. ¿Quién que ha cabalgado la tierra mexicana no sintió la sed de pelear?

Oscuros dioses combativos fraguan emboscadas de sombra, y tras de los bultos del monte, parece que acechan todavía al hombre blanco las huestes errantes del joven Jicoténcatl. ¡Hondo rumoreo del campo, latiente de pezuñas de potro, que se acompaña y puntúa tan bien con el reventar de los balazos!

[Madrid, 1923]

Romance viejo

YO SALÍ DE MI TIERRA, HARÁ TANTOS AÑOS, PARA IR a servir a Dios. Desde que salí de mi tierra me gustan los recuerdos.

En la última inundación, el río se llevó la mitad de nuestra huerta y las caballerizas del fondo. Después se deshizo la casa y se dispersó la familia. Después vino la revolución. Después, nos lo mataron...

Después, pasé el mar, a cuestas con mi fortuna, y con una estrella (la mía) en este bolsillo del chaleco.

Un día, de mi tierra me cortaron los alimentos. Y acá, se desató la guerra de los cuatro años. Derivando siempre hacia el sur, he venido a dar aquí, entre vosotros.

Y hoy, entre el fragor de la vida, yendo y viniendo –a rastras con la mujer, el hijo, los libros–, ¿qué es esto que me punza y brota, y unas veces sale en alegrías sin causa y otras en cóleras tan justas?

Yo me sé muy bien lo que es: que ya me apuntan, que van a nacerme en el corazón las primeras espinas.

[1924]

El buen impresor

El sino del impresor *amateur* es la desdicha. Tenía que imprimir una Doctrina Cristiana que empezaba con la frase «Dios hizo el mundo en siete días»; y quería a toda costa emplear en el libro sagrado la mejor capitular que tenía: una hermosa mayúscula de misal, vestida de rojos y oros vivos, con ángeles azules y festones de flores, bandas y columnas simbólicas, pájaros vistosos. Ahora bien, el libro empezaba por «D», y la mayúscula historiada era una «F».

El impresor se decidió a tocar levemente el original, e imprimió así: «Francamente, Dios hizo el mundo en siete días».

(Y es lástima que no fuera erudito en doctrinas heterodoxas, porque pudo haber puesto, con mayor sentido: «Finalmente, Dios hizo el mundo en siete días». ¡El principio del fin!)

[1924]

EL ORIGEN DEL PEINETÓN

DÍA DE FERIA. LA CATEDRAL, OSCURA Y DESIERTA. Santa Justa y santa Rufina bajan de la peana: un salto, un vago fru-fru de sedas. Nadie las ha visto. Y salen por esas calles de Dios...

Como tantas mujeres, una de ellas saca un espejito del seno, y se van arreglando por la calle. Pronto los mantos son mantones, y se las tomaría por dos guapas mozas de Sevilla. Al paso oyen piropos.

Pero se han olvidado del halo, y sobre el casco de sus peinados se ve, desde lejos, un resplandor.

Y la gente:

—Son dos reales hembras.

—Pero ¿qué llevan en la cabeza, que brilla tanto?

—Es que se han puesto un peinetón.

[1924]

Del hilo, al ovillo

Tenía razones para dudar. Volvió a casa inesperadamente. La casa estaba desierta.

En el vestíbulo, una madeja de lana, abandonada, yacía en el suelo; era la lana con que su mujer estaba tejiendo no sé qué, por matar el tiempo... o por tener pretexto de andar siempre con los ojos bajos. Bien lo comprendía él.

—Todo está muy claro —se dijo—. En la lucha, o lo que sea, la labor ha caído al suelo.

Pero la madeja se desarrollaba hacia el pasillo en un infinito hilo de lana azul.

—Sigamos el hilo —pensó—. Por el hilo se saca el ovillo.

Y, saltándole el corazón, empuñó el revólver.

El hilo azul corría por el pasillo, entraba en el comedor, salía después por la otra puerta...

Y él lo seguía de puntillas, anhelante, guiado en aquel laberinto de dudas y pasiones por el hilo azul. En su conciencia había una sombra impenetrable, cortada por un hilo azul infinito.

El hilo seguía su camino misterioso. «En el otro extremo

del hilo –pensaba él– está la ignominia. ¿Tal vez el crimen?» Y tenía miedo de sí mismo.

El hilo atravesaba un salón y, ya agitado por evidentes palpitaciones, se escurría por debajo de la puerta del fondo.

Y vaciló ante aquella puerta: ¿sería mejor desandar el camino y llevarse a la calle, como robado y a hurto, el secreto de su felicidad? ¿Sería mejor ignorarlo todo? El hilo, fiel, le ofrecía el camino de la fuga.

Al fin, haciendo un esfuerzo de serenidad, seguro de que el revólver no se dispararía solo en su mano crispada, abrió la puerta...

Hecho una bailarina rusa, en un verdadero océano de lana azul, sobre el tapiz de la alcoba, luchando con manos y patas, el gato –un precioso gato blanco, verdadera nube de candor– se revolcaba, gozoso.

Junto al gato, en el sillón habitual, sin una sonrisa, inmóvil, ella, siempre enigmática, lo contemplaba sin verlo.

[1924]

DIÓGENES

DIÓGENES, VIEJO, PUSO SU CASA Y TUVO UN HIJO. Lo educaba para cazador. Primero lo hacía ensayarse con animales disecados, dentro de casa. Después comenzó a sacarlo al campo. Y lo reprendía cuando no acertaba.

—Ya te he dicho que veas dónde pones los ojos, y no dónde pones las manos. El buen cazador hace presa con la mirada.

Y el hijo aprendía poco a poco. A veces volvían a casa cargados, que no podían más: entre el tornasol de las plumas, se veían los sanguinolentos hocicos y las flores secas de las patas.

Así fueron dando caza a toda la Fábula: al Unicornio de las vírgenes imprudentes, como al contagioso Basilisco; al Pelícano disciplinante y a la misma Fénix, duende de los aromas.

Pero cierta noche que acampaban, y Diógenes proyectaba al azar la luz de su linterna, el muchacho le dijo al oído:

—¡Apaga, apaga tu linterna, padre! ¡Que viene la mejor de las presas, y ésta se caza a oscuras! Apaga, no se ahuyente. ¡Porque ya oigo, ya oigo las pisadas iguales, y hoy sí que hemos dado con el Hombre!

[1929]

Campeona

UANDO EL PRESIDENTE DEL CLUB DE NATACIÓN
y los Síndicos de París –chisteras, abultados abdó-
menes, bandas tricolores sobre el pecho– vieron
acercarse a la triunfadora, prorrumpieron en aplausos y
entusiastas exclamaciones:

—¡Si parece un delfín!

—Querrá usted decir una sirena.

—No, una náyade.

—¡Una oceánida, una «oceánida ojiverde», como dijo
el poeta!

La triunfadora, francesita comestible que hablaba con
dejo italiano para más silbar las sibilantes y mejor suspenderse en un pie sobre las dobles consonantes, comenzó a
coquetear:

—*Non, mais vous m'accablez! Mon Dieu, que je suis confu-
se! Et une naïade, encore! C'est pas de ma faute, vous savez?
Si j'avais sû...!*

Y todo aquello de:

—Toque usted; sí, señor. No hay nada postizo. Eso también me lo dio mi madre con lo demás que traje al mundo, etcétera.

—Vamos a ver, señorita –interrumpió, profesional, el

señor presidente, poniendo fin a esos desvaríos con una tosecilla muy al caso–. ¡Ejem! ¡Ejem! Para llenar este diploma hacen falta algunos datos. Decline usted sus generales.

—¿Aquí, en público?

Risas. El presidente, protector:

—Su nombre, su edad... ¿En qué trabaja usted, cuál es su oficio?

—Mi oficio es muy modesto, señores. Porque, sin agraviar a nadie, yo, como decimos los del pueblo, soy puta.

Pánico. Silencio seguido de rumores.

—¿Ha dicho usted...?

—Puta.

¡...!

Dominando la estupefacción general, Monsieur Machin, siempre analítico, interroga:

—Pero, entonces, delfín o sirena, náyade, oceánida o demonio... sin faldas, ¿quiere usted decirnos cómo, cuándo, dónde adquirió usted esa agilidad y esa gracia en el nadar, esa perfección deportiva, ese dominio extraordinario del... de la... de los... de las...

Y la oceánida, cándidamente, le ataja:

—*C'est que... vous savez? Avant de venir ici je faisais le trottoir à Venise.*

[1925]

La Retro

L A Retro, antes del accidente, era como los demás, como todo el mundo, y carecía de interés literario. Un día el auto se le volcó encima. Repuesta de sus contusiones, quedó afectada de un raro mal. El mal se acentuó con el tiempo: había descubierto una nueva senda en el tejido del mundo, agarró un hilo de la madera. La primera manifestación fue muy singular: la Retro no podía andar hacia adelante, sólo hacia atrás, sólo de espaldas como esas monjitas que retroceden cuando pasean por sus patios en dos hileras. Pero, para atrás, la Retro no sólo andaba, sino que corría, y corría con todo desembarazo.

A poco dio en pedir la cena por la mañana, y el desayuno por la noche; dio en ponerse unas cofias de dormir en los pies, y las pantuflas prendiditas en el peinado. Los calzones se los ajustaba en los brazos, como podía, y metía las piernas por el sostén-pecho.

No todo paró en exterioridades. También contaba los números al revés, que era un portento, y relataba los sucesos en sentido inverso, reculando por la ley de causalidad. Premiaba al malvado, abominaba del virtuoso. Sólo aceptaba criados ladrones. Puso la ética de cabeza, de cabeza la *durée réelle* del filósofo. Creció para abajo, y al fin entró la muerte como un zambullidor en la alberca.

Es de buen gusto callar las extravagancias a que la orilló su dolencia. Le llamaba vomitar al comer; «mi hembra», a su marido, obligándolo asimismo a muchas rarezas. Si a él se le ocurría darle un beso...

Un día se hizo un daño atroz con el cepillo de dientes.

Tal es la fantasía de la Retro.

[1931]

Calidad metálica

INGUNA MUJER ME HA QUERIDO CON TANTA precisión como tú. Es una precisión tan grande que casi es dureza. Es una dureza tal que ya es una solidez. Es una solidez toda sustantiva. Cuando quiero escribirte sobre nuestro amor, me sobran todas las palabras, se me vuelven de agua y me parece que quiero envolver y encerrar en agua una cosa sólida y dura. Fíjate bien en que hablo de «dureza» en el sentido físico; no de dureza moral, no de «crueldad». No de «maldad», en suma. Tú a veces has sido cruel y mala conmigo, pero eso no lo hizo tu amor, sino tu amor propio, es decir: tus celos. Por eso no lo pongo a cuenta de tu amor. No. Lo que me asombra es esta calidad metálica de tu amor, esta cosa desnuda y segura. En verdad: tú supiste siempre lo que querías, y tú me diste a mí la llamada de atención. Para la inexperiencia en que vivías, ¡qué inmensa energía moral en tu manera de abordarme, de fijarme un día una cita precisa, y de decirme, sin preámbulos: «¡Dígame ahora todo lo que tiene que decirme!»! Esto revela, cuando lo pienso bien, una energía tan tremenda que da miedo. Y lo extraño es que esta inmensa energía tenga, toda ella, forma de mujer. Quiero decir (voy a ver si logro explicarme o si me entiendo yo mismo): lo extraño es que esta energía tuviera por fin, por incentivo, el entregarse, el entregarse de veras, sin reservas, sin querer conservar autoridad ni control ningunos. Tú sólo querías ser devorada: ésa es la verdad: ser poseída –y poseída con extravío, hasta el estrujamiento y el abuso si fuere posible.

Tal vez por eso nadie me había hecho sentirme tan hombre. La gente de mis hábitos mentales es, por esencia –a pesar de todo lo que parezca– tímida. La inteligencia es un gran disolvente de los ímpetus naturales. Yo sólo podía saber de veras lo que quiero de una mujer, el estrago de amor que tengo ganas de hacer en ella, cuando apareciera una mujer lo bastante brava para dar por supuesto ese apetito mío, casi diré para reclamármelo. Cuando tú me asegurabas, entre caricias: «Nadie sabe mejor que yo el hombre que tú eres, nadie lo ha adivinado mejor», yo sé bien que tú no querías hacerme una caricia con palabras. Esa retórica de la ternura –la caricia por la blandura de la caricia– está lejos de ti. En ti, contigo, el amor es bravo, puro, sin ternezas inútiles ni disimulos infantiles. Sagrado, algo feroz. Tendría que inventar otras palabras para hablar de tu amor. Siento que no está hecho el lenguaje de esto... el lenguaje aplicable a lo que a ti y a mí nos acontece.

Ello es que te has apoderado de mi cuerpo, de mis nervios, de mis deseos, de mis imaginaciones, de mis ensueños, de mi sensualidad, de mi idea de la vida... Yo creo que empieza para mí una nueva era, y toda procede de ti. Siento que me he estado mintiendo solo, que hacía yo una farsa delante de mí mismo. Desde que tú me quemaste, empezó a organizarse en mí otro nuevo equilibrio.

Es muy rara –lo sé– esta manera de hablarte de mi amor. Yo no tengo la culpa de que tú hayas causado ese torbellino en mi mente. Es bueno que sepas que te recuerdo incesantemente, y que sobre el solo recuerdo de tu cuerpito estrujado, y de tu alma atónita de voluptuosidad entre mis brazos, estoy yo sintiendo nacer, dentro de mí, otro sentido del mundo.

Tuyo.

[Río de Janeiro, 3 de julio de 1930]

Tijerina

Tijerina era, ante todo, un cerebral, decadencia de una raza escogida. Cortés, pulido, pulcro, amanerado y cuidadoso en el habla y en el vestir, blando y ridículo. Pero su cerebro tenía una mancha, su conciencia escondía una arruga: siempre temía decir cosas inconvenientes, se esforzaba por usar eufemismos y, para mejor arreglarlo todo, acababa por echarlo todo a perder, como aquel que citó el refrán del que con niños se acuesta, y puso el etcétera después de la palabrota. Esta singularidad se manifestaba en varias formas que admiten ser clasificadas: veía inconveniencias donde no las hay, aguzando de un modo enfermizo el don del equívoco y del retruécano. Vino a Río de Janeiro. No había manera de obligarlo a mentar la calle de su casa.

—Habito —decía sonrojándose— una casita en la calle del Senador... no Dantas, no, sino la otra.

Un día, casi tartamudo de pena, explicó:

—Bueno, ustedes me entienden, vivo en la calle del Senador Schoking...

¡Acabáramos! ¡Calle del Senador Vergueiro! Bien se ve que el pobre se había educado en el pueblo donde se dice «blanquillos» y «cilantro». Un día, por poco se bate con un amigo que le preguntó si le gustaban las berzas.

Cuando, en cambio, no hacía la menor falta, se le escapaba una atrocidad y se quedaba tan fresco, porque ni siquiera se daba cuenta. ¡Extraña sordera! Oía lo que no, dejaba de oír lo que sí. Lo de los tapacosas para cubrir partes que el decoro impide nombrar bien pudo sucederle a él, que peores le sucedían.

Finalmente, y era lo más curioso, se le trababan las palabras limpias con las intenciones aviesas, y hacía unos enredos y cruces increíbles: «Estamos *dejidos* de la mano de Dios», «Le costó un *ojevo* de la cara», etcétera.

—¿Quién ganó?

—El Fluminense, señora. El equipo del Botafogo se desmoralizó, porque su portero fue mal herido.

—¿Cómo así?

—Lo dejaron cuatro *jones* más uno.

—¡Ah! ¿Cinco *goles*?

—*Jones*, señora, *jones*. (Porque él, a la americana, pronunciaba la *c* suave como *s*.)

¡Pobre Tijerina! Este transporte de intereses éticos y léxicos recuerda el caso de Verlaine y Rimbaud, en Bruselas. El fiscal concluyó así su acusación:

—¿Confiesa el reo Verlaine que disparó contra Rimbaud?

—Sí.

—¿Y por qué lo hizo, si puede saberse?

—Por amor.

—¡Ya ven ustedes, señores, el acusado confiesa que es *sodomista*!

—*Ita*, señor fiscal.

—¿Se atreve usted a interrumpirme?

—*Ita*, y no *ista*, señor fiscal.

En esta historia de Tijerina, el cronista lamenta que le sea imposible explicarse con mayor claridad.

[1931]

DESCANSO DOMINICAL
(En los pinares de Teresópolis)

I

LOS DIOSES, SENTADOS, ALARGAN LOS PIES HASTA el mar. Trepamos trabajosamente por sus piernas, cruzando a veces la región de las nubes. Y cuando llegamos a un regazo, es Teresópolis. Desde allí, a lo lejos, hay ondulaciones inequívocas, senos puntiagudos, ombligos en torbellino, suaves vientres; y son las diosas, tendidas a lo largo del valle. Aquel pico erecto que llaman el Dedo de Dios es probablemente otra cosa.

II

EL PRIMER DÍA, EL CAZADOR NO VE NADA. CADA PASO SUYO, sin embargo, levanta del campo un pueblo invisible de rumores, carreras, vuelos. Poco a poco, llega a entender que, salvo en la ciudad, la vida se esconde, se pega a la tierra lo más que puede. El alto vuelo de los pájaros no es más que un recurso desesperado para mejor descubrir la vida en sus escondrijos. Porque el que vuela es siempre otro cazador, un concurrente que a veces se vuelve peligroso y delata a su rival humano: los destemplados gritos del «tero» previenen al pato contra la escopeta emboscada. También las casas perdidas en el campo, a primera vista parecen quietas. Si nos quedamos por ahí un solo día, nos damos cuenta de la cantidad de vida que las sostiene. En su seno, y algunos metros a la redonda, hierve un trabajo silencioso y constante.

III

La sonrisa profesional del ventero y de su familia se nos aparece cada cinco minutos y tiene ya algo de obsesión. Y aunque se oyen algunos gritos y órdenes, es evidente que esa sonrisa no disfraza ningún malhumor escondido ni disimula ninguna angustia. La familia, vienesa de origen y vuelta ahora checoslovaca, organizada en vista del huésped, es imagen de aquella felicidad que se gana consagrándose al servicio ajeno. El ambiente es germano-suizo. El padre, coronel retirado, gobierna la hospedería y es constructor muy aceptado en toda la zona montañosa de Quebra-Frascos; la madre cocina; la cuñada ejecuta y es el hada del hospedaje; y aun los servidores más humildes parecen personas de la familia, gente de buena condición que ha aceptado libremente el compromiso de trabajar en la venta. Hay un muchacho, el hijo, cuyas verdaderas funciones desconocemos: corre a todas partes con la cara azorada, y lleva al aire esas pantorrillas voluminosas y agresivas que piden ya pantalón largo; tiene esa boca inflada que anuncia ya el primer bigote. Hay dos gemelitas, la una más rubia que la otra, que observan con profundidad perturbadora a todos los huéspedes y, sorprendidas infraganti, hacen una leve inclinación de cabeza y ofrecen la sonrisa profesional de la casa. Tienen un preceptor que no sabe dónde poner la cara y que es la exacta figura del joven amenazado de expulsión sumaria al primer desliz. La más linda, la menos rubia de las gemelas, cuida de cambiar los discos del gramófono. Y finalmente, todas las mañanas, cuando el padre, en su chaleco blanco de mangas, cabalga a sus primeras diligencias, se le ve llevar en el albardón, abrazándolo contra el pecho, a un bebé de rizos dorados y ojos tremendos que, en su media lengua, va gritando: *Guten Morgen!*

Se oye hablar en todos los idiomas. Precios, los más cristianos (redondeando cifras para arriba: «a tu prójimo, como a ti mismo», nunca *más* que a ti mismo). Mesa, la mejor, sin ambages. Vino potable. Hay carretelas y caballos de alquiler. Hay tennis, ping-pong, columpios, piscina, flores, bosque, río con rumorosas caídas, cumbres y cielo. ¿Qué más deseáis? Tal es la Hospedería de los Pinos.

IV

TODO VA DESPACIO, PORQUE LA CIRCULACIÓN ES LENTA. Hay dos pulsaciones por día: los trenes que llegan al Alto o a la Várzea y mandan en auto sus pasajeros. Y no todas las pulsaciones llegan hasta nuestra pensión campestre: a veces paran en el pueblo vecino y de allí no pasan.

Este régimen exangüe da en qué pensar. Acaso la mejor garantía de salud está en la navaja de los antiguos sangradores. Muchos estamos hechos de tal modo que sólo concebimos el mal como una plétora. Toda sangría, todo despojo, todo renunciamiento, y hasta la sola imaginación de tales cosas, parece que nos descargan la cabeza y nos dejan respirar mejor. La idea de la muerte no se nos presenta bajo la especie de una consunción, sino de una fulminación por carga excesiva. Hasta tenemos gratitud para esas sanguijuelas humanas que de tiempo en tiempo nos empobrecen. Ellas lo saben.

V

LA FORMACIÓN MILITAR DE LAS HORMIGAS DESFILA A PASO redoblado. Vienen de lejos, van lejos, y cruzan la carretera heroicamente, seguras de que esto va a costar la vida a muchas de ellas. Pero el deber es el deber, y estos futuros conquistadores del planeta, o estos antiguos amos que se volvieron pequeñitos a fuerza de perfección social, no estiman en mucho al individuo: en su exacta ciudad utópica no hay estatuas para los héroes, y a menudo se les ha visto tender puentes sobre el agua con los cadáveres inmolados de sus propios guerreros, como los conquistadores españoles cuando huían de la antigua Tenochtitlán, salvando canales y acequias sobre el montón de ahogados. Ahora se trata de acarrear una buena provisión de hojitas verdes, para fundar el lecho vegetal donde cultivan sus hongos. Cada hormiga lleva su hoja como una bandera desplegada. El aire suave de la montaña hace vela en la hoja, y más de una vez el barquito vacila, va a naufragar, y al fin se recobra y sigue de frente.

En lo alto de la hoja más grande, de la vela más alta,

como trepada en el mástil, una hormiga se deja sencillamente acarrear por otra. Y la otra acepta con serenidad su destino, redobla su esfuerzo y tolera con la mayor naturalidad tan extraño abuso. ¿O es que se trata de un obrero lisiado, de un herido militar? ¿O de un capitán que merece los honores de ser llevado a cuestas, y a quien conviene que los demás distingan de lejos? ¿O de un vigía que, desde arriba, debe avizorar el camino con su catalejo?

Pasan las hormigas a paso redoblado, cápsulas de energía, fuerza concentrada, sacrificio a la comunidad; pasan como barquitos en fila. Y el que ha descubierto la libertad romántica, ése se deja acarrear, balanceado en lo alto de la vela.

VI

HAY, POR LAS LADERAS, UNA ESPIGA DE TERCIOPELO MArrón −la taboa− que da una «paina» y unas hojas de trenzar esteras.

Corre por entre matojos el pleá, especie de conejo negro y sin rabo, que vive junto a la carretera y se alimenta con berzas.

Las luciérnagas padecen aquí incontinencia luminosa: se quedan largamente encendidas, prendidas como farolitos a un árbol, o andan como brasas volanderas que no se resignan a apagarse.

Hay una cigarra que no canta como las otras: pertenece a la antología no académica. De seguro no es una cigarra; pero su modo de expresión nos inspira tal interés que, para mejor acomodarla en la fábula, cigarra la hacemos.

Vuela, y cuando vuela, va haciendo el ruido de unas tijeras que se cierran y abren. Las tijeras voladoras, cuento oriental.

Hay unos enormes sapos que son nuestros amigos. Sobre todo, desde que el naturalista Rostand (anunciado ya en el *Chantecler* por su padre) nos ha contado sus virtudes, la pureza de sus sentimientos y la inocuidad de sus venenos para el ser humano, mientras no nos acontezca tragarnos alguno por descuido. Los sapos se acercan a la luz eléctrica para atrapar moscardones aturdidos, y nosotros les ayudamos. Dan primero un salto preventivo y luego, desde una distancia apreciable, proyectan el dardo de la lengua, y el insecto desaparece. Se saborean en su rostro chato, nos miran con el mayor cinismo y no manifiestan –al revés de la perruna gente– el menor agradecimiento. Ya hasta han aprendido a comer en nuestra mano. Pero no podemos menos de ser hombres (¡oh, pesia tal!): nos burlamos de su confianza; les damos a comer piedrecitas, y los pobres animales se ven obligados a vomitarlas. Por lo demás, no guardan ningún resentimiento ni parecen escarmentar. El sapo de lujo, aquel que lleva tendida por la espalda, a modo de hábito, una gran cruz clara y amarilla en fondo negro, se dejó dar una colilla de cigarro, se quedó con ella definitivamente, y hasta ahora parece que no se encuentra mal.

VII

EN UN AGUJERO DEL CAMINO VIVÍA UNA VÍBORA MODESTA. Salió a tomar sol y reptaba voluptuosamente. Cuando nos sintió llegar, se quedó inmóvil, medio el más elemental de ocultarse. Pasamos entonces a su lado, dándole a entender, en la regularidad de la marcha, que no queríamos nada con ella, que no era cosa de atacar al pasante, de cobrar aduana al simple transeúnte. Y la víbora nos creyó y nos dejó pasar.

Pero había una piedra en el camino. Y el hombre, enemigo de la creación, se incorporó en nosotros. Tomamos la piedra y volvimos, con paso seguro, sobre la víbora. Un tiro certero: ya está. El reptil quedó partido en dos. La mitad que tenía cabeza se deslizó ligeramente hacia nosotros, haciéndonos huir unos pasos. No: no era contra nosotros. La cabeza arrastraba su medio cuerpo hasta el agujero, hasta la guarida, donde se dejó caer, irguiéndose después en una guardia inquietante. Y entonces ¿qué hizo la otra mitad, la de la cola? Entre convulsiones dolorosas, escribiendo ochos fantásticos, con titubeos y esfuerzos que iban quedando pintados en el polvo, no se equivocó: también alcanzó el agujero, y allí rodó torpemente, tropezando contra la atónita cabeza, que veía llegar con asombro aquella mitad de su propio ser. ¿Quién la había guiado? Nos alejamos confundidos, pesarosos de haber destruido un objeto superior a nuestra comprensión.

VIII

Peregrina cosa ser estrella de cine en un país donde el cine todavía no existe. Pero si ella es feliz con eso, a nosotros ¿qué nos importa? Gracinha Santos. No viste mal. Contextura de mujer muy aprovechable, carne de pueblo.

Es lástima que de repente se la oiga hablar con voz gangosa. En esto la estrella brasileña se parece a sus hermanas de Hollywood, las de la época muda al menos: cuando el cine sonoro de repente descubrió su voz, nos reveló sin remedio la clase de donde salían. Gracinha Santos, criada de servir con casualidades de cuerpo armonioso, y ya educada por algunos amantes, no acaba de agradecer a su suerte la comodidad de que ahora disfruta. El medio en que vivimos los simples mortales es el aire atmosférico. Ella vive en otro elemento: se mueve y alienta en el optimismo. Se mueve constantemente, pero a diferencia de los caballos nerviosos, siempre con cierta estudiada lentitud, siempre al *ralenti*. Se la siente nimbada de gloria a sus propios ojos, con mucho de placer solitario. Se mira los pies, se mira las manos y sonríe: «¡Hay que ver lo que valgo yo! La fama repite mi nombre. Todos me desean. Todas me envidian. Para ser mis primeros zapatos de deporte, no los llevo mal. Parece que hubiera usado *breeches* desde que nací». Y sonríe a solas, y se chupa los labios de satisfacción. Sonríe al frente, sonríe a la derecha, sonríe a la izquierda, procurando mirar al aire y no fijar la vista en ningunos ojos, porque eso –adivina ella– rebajaría su valor de diosa: es toda la dignidad que se le alcanza y no piensa gastarla en balde. A pesar suyo, la sonrisa nos hace sentir que no tiene nada de mujer fatal, que es una más en el montón que llamamos la buena gente. Y cuando se queda seria y se le aquietan los ojos, entonces vale más. De aquella cara morena y plana, abierta por el franco arco de la boca, de aquellos ojos redondos y separados, surge una fascinación fría de serpiente. De ahí que todos nos pasemos el tiempo mirándola al soslayo. Y ella cruza por entre las miradas de todos como si atravesara un bosque de espadas sin cortarse, sonriéndose a sí misma, disfrutándose sola. Gracinha Santos, estrella en su propio cielo. El animal –dice la moderna biología– no se adapta al medio: posee un medio propio, que ha nacido con él mismo en una manera de simbiosis.

IX

EL INEVITABLE CONJUNTO ANÓNIMO DE MUJERES FEAS Y de hombres intercambiables: los nórdicos de exportación, perfectamente insípidos. Todos tienen nombre de gruñido y todas tienen rastros de vejez prematura. Van a tomar una copa, y eso es el gran capricho, la gran fantasía nunca vista. No se hartan de cambiarse gestos maliciosos con motivo de tan picante acontecimiento. Todo lo que ellos nombran se pone a dormir. De repente, salen con alardes de pureza y puritanismo inesperados, en medio de las confianzas más soeces. Allá ellos se entienden. Lástima de aquellas cejas mal empleadas, lástima de estas no merecidas piernas, gloriosas de arranque; lástima de aquel seno blanquísimo, tan poco comprendido y de quien nadie sabe hacer caso. Y bíceps sin objeto, y caras fruncidas, y gafas, y antiparras, y espejuelos andantes. Gente que sigue el atajo de la vulgaridad, tan grato a la naturaleza, madre de todos. Sea vuestro, mientras caen las primeras lluvias, el éxito de los pies de arcilla.

X

Tres generaciones: al viejo, escarbado y amarillento, a quien el asma hace temblar las vellidas barbas, podemos imaginarlo de lejos como capaz de paladear, en las sobremesas de Meredith, el oporto de varios cónsules. Dejémoslo a distancia para que no nos desengañe. La hija, con la cara cuadrada y roja, la boca abultada y los espejuelos de aro de oro, aprendió a hablar en la escuela con una voz delgada y falsa que va muy mal con la elefantiasis de su emancipada pantorrilla. Come y habla con la inmovilidad facial de una vaca. Su marido –pasemos de prisa– se reduce todo a un buen par de medias de golf. Y la tercera generación: dos niños. El mayorcito tiene una noble frente, donde la educación se dará gusto escribiendo prejuicios hasta saciarse; tiene unos ojos extáticos que ya parecen haber comenzado a renunciar; tiene una docilidad y, a toda hora, un *Bonjour, Monsieur* y un *Pardon, Madame,* que ya nos ponen desconfiados. El menor tiene una cabecita de cardo amarillo, una rebelde bola hirsuta, y la esconde con rabia y mohín entre los brazos redondos; un malhumor de osito niño que se resiste a bailar con el acordeón. Ése dice que sí porque sí; ése no saluda cuando no quiere; a ése le da o no le da la real gana. ¡Viva el osezno! Es mucha la tentación de excitarlo para que nos rasguñe y nos muerda.

Pero no nos deja la sacerdotisa de las buenas costumbres. ¡Qué aya singular y graciosa! ¿De dónde pueden haberla sacado? Es una mulata francesa, tal vez martinica, gorda y cuadrilona, que le baila todo al andar. Arriba de la cara rotunda, sujeta el borlón del pelo con un lazo rojo, azul o verde, de colores vivos y elementales. ¡Qué salud!

¡Qué buen humor! ¡Qué contentamiento de la vida! ¡Qué conformidad del ente esférico! ¡Qué sana geometría de mulata! Es tan feliz que canta siempre; hace gorgoritos, y saluda y dirige la palabra a cualquiera. Los ojos le brillan desusadamente. Es dichosa porque estrena la estación bípeda, como en la aurora de la creación de Adán. Parece un anuncio de cigarros, un reclamo de canela o de chocolate; de algo sustancioso, bueno, aromático, impreso en papel corriente de oros y colorines. Tres metros de circunferencia, bien medida el anca: para decir «¡Bendito sea Dios!», como en otro tiempo.

XI

EN UN RINCÓN, DOS NATURALISTAS POR ACCIDENTE, EN-gendros del domingo en el campo:

—Pero los árboles, ¿qué saben?, ¿qué sienten? No saben, no sienten, a pesar de Jagadis Chandra Boose y la botánica sentimental a la moda. El metafísico nos dirá que carecen de impulso motor, de sistema de poderío (captura de presa, elección sexual) y que el repertorio de las cualidades sensibles que posee un organismo vivo nunca es mayor que el repertorio de sus movimientos autonómicos, y es siempre una función de este último. A carencia de movimientos, carencia de sensaciones, sin que valga el argumento de la contracción automática en la sensitiva, y algunas otras contracciones de plantas llamadas carnívoras. Así pues, ¡afuera el reino vegetal!

—¿Qué sabemos? Cuando la planta se pone a vivir dentro del hombre, como en la droga, el hombre no necesita

moverse porque empieza a soñar: el mundo se mueve para
él, por una translación einsteiniana. ¿Qué sabemos si el
árbol sueña? Y además, ese modo de relacionar la sensación y el don semoviente, ¿no es un apriorismo finalista?
¿No habrá, en el seno de la vida vegetal como en el seno
de toda vida, una parte de impotencia diabólica, necesaria en sí misma? Entonces, si arranco esta rama, el tronco
me grita como en Dante: «¿Por qué me rompes?». Sino
que yo no puedo escucharlo. Feliz Sigifredo, que cortaba
una caña para hacerse entender del ave.

—Divagaciones, divagaciones... ¡La naturaleza! (Y aquí
saca la cartera y llama al mayordomo.) Mi actual experiencia de la naturaleza para en una cuenta de hotel.

XII

Desde el fondo del comedor, nos estorba la presencia de Herr Pantuflas, hombre-obstáculo lleno de la responsabilidad de ser él mismo, nada menos que él mismo. ¡Ea,
libértese usted en mala hora, eche los pies por el aire, escár-
bese las narices con los dedos y verá qué a gusto se siente!

Y comenzábamos, entre tanta cara extranjera, a desear
la presencia de algo nacional, algo que exhalara la inefa-
ble brisa de las simpatías brasileñas. No sé qué decir: esta
vez tuvimos poca suerte. Al lado mismo, había un vejete
con cara de garbanzo. Se atrevía con el mayor artista que
los siglos dieron al Brasil y ¿qué estaba diciendo el impío?

—Ese «Aleijadinho» era un tonto que no valía nada.
Hoy por hoy salen de la Escuela de Bellas Artes muchos
rapaces de más talento, a quienes no se hace justicia...

Por fortuna, afuera piafaba de impaciencia el caballo. ¡Oh, llévame, amigo del hombre, hasta un lugar donde no haya hombres! Vámonos cuanto antes de aquí, no se nos ocurra poner en su sitio a Seor Garbanzo.

XIII

EN LAS CUMBRES ANDABA EL SOL, Y EL ORO Y EL VERDE batían una mezcla caliente y dulce. Abajo, en el cielo menor, en el cielo de la ciudad, había una cerrazón de nubes blancas. Era el clásico mar de nubes que se muestra a todos los viajeros. El vaho de la tierra se ha depositado en los valles y sube, en hervor de espuma, las laderas. Desde donde estamos, se ven dos paisajes diferentes, dos caras de la naturaleza: a un lado, se alzan las montañas bañadas de luz; a otro lado, la tierra se hunde y se deja segar por la hoz movediza de las nubes. Sólo sobresalen, en una ondulación regular que va disminuyendo hasta el labio de la bahía, los cerros, las lomas, los altozanos. Temblor de un elemento fluido, cuajado de repente por el frío de la nube, la tierra se deja leer y enseña lo que pudo ser su estado anterior, su estado blando.

En esta región ha quedado el rastro de la mano que hizo el planeta; aquí sí, y no en el ridículo picacho, la auténtica huella digital.

El caballo, atado donde no lo veo, relincha. Una voz se dirige a él: una voz gangosa y alegre de mujer.

—¿Qué haces tú aquí? ¿Quién te ha traído?

Mi conciencia se ha ido clarificando hasta llegar al cristal. La diafanidad del campo se iba filtrando en ella. La poca gente que pasaba a la vista o era feliz o no dañina. Un frágil carruaje de dos ruedas, camino del kiosko: dos mujeres carirredondas y labios teñidos contra natura por la misma naturaleza. Bestias y árboles traían sus candorosos mensajes. Desde esta altura –como en la torre del «Doctor Ox», que cuenta Verne– hasta es lícito entregarse a las ilusiones de cierta superioridad moral. Lo peor del mundo queda abajo, ahogado en el humo que se revuelve a nuestros pies. También nosotros hemos comenzado a ser olímpicos. Y ahora, en el éter despojado de las cumbres, para que todo sea completo, se acerca la mujer. Empieza conversando con el caballo: todavía no se atreve al hombre. Pero todos sabemos en qué va a parar este juego.

Constante enredar de mariposas, de que este balcón del mundo es una visita predilecta. Y una mariposa, cumpliendo siempre como buena mensajera de pólenes, nos laza con un rasgo en el aire, laza a la mujer, laza al hombre, y ya estamos conversando juntos. Para comenzar, nos ponemos de acuerdo sobre un punto trascendental: el faro del Cristo del Corcovado está descastando la rica región del Guanabara, porque atrae a las mariposas y las entrega a las asechanzas de sus enemigos nocturnos.

Y al regreso, somos dos a caballo. Canta el ñambú. Cuando oscurece, vuelan dos fanales rojos en la sombra. No tiembles, Gracinha: es el bocuerao nocharniego, que grita al pasar: «Amanhã eu vóo!». Y yo también escapo mañana...

—Saudadiinha?

—Pois não!

[Teresópolis, 1931]

La Obrigadiña

L A VERDAD ES QUE LA SEÑORA OBRIGADINHA (EN adelante, diremos Obrigadiña para evitar errores de pronunciación entre la gente de nuestra habla) era toda esferas y hoyuelos. Se le reían los ojos gachones, se le reían los senos, las nalgas. La piel le hacía olitas en los brazos, como a los nenes. Llegó al Brasil, y lo primero que aprendió fue a dar las gracias: *Muito obrigadinha* (muy agradecidita).

Tal era el contraste, o tal vez la armonía secreta, entre sus inmensas posaderas, sus esferas en aumentativo, y el dulce diminutivo de aquella su frase favorita, que poco a poco los amigos dieron en llamarla por el apodo de la señora Obrigadiña, la de las rotundas obrigadiñas.

La Obrigadiña era hacendosa, era buena: sudaba del comedor a la cocina, del cuarto de plancha al de bordar. Era regalona y repostera. Sus manos, palomas regordetas, maestras de toda labor en miniatura, hadas del gancho y de la aguja, se las arreglaban, no sé cómo, para gobernar los tejidos microscópicos del hilo y la tela.

Modelo de esposas, madre gazmoña, educaba con preceptos y consejos almibarados a su hija única, una muchachota más seca y ardiente que la yesca. Atendía con desvelada minuciosidad a aquel desvencijado camello que resultó ser su varón.

A no ser por su inmaculada ternura, hubiéramos creído que sorbía en sí, como un vampiro, la materia y la materialidad de su familia y hasta de la gente que vivía en su casa. Las criadas mismas enflaquecían a su lado. Los vecinos le mandaban de visita a sus muchachos rechonchos como a una estación dietética, porque invariablemente los devolvía en media hora más aligerados de peso. Iba y venía, no le pesaban las carnes, poseía la rara agilidad de la gutapercha. Rodaba, botaba, rebotaba, y se le reían, temblando, los hoyuelos.

Era irremediable el verla y soltar la risa al instante. Sobre todo porque resultaba imposible no pensar, más que en ella, en sus obrigadiñas, de que su persona toda era como la expresión exagerada. Allá, detrás de la cintura, las obrigadiñas subían, bajaban, se mecían, giraban, asumían autoridad propia, voluminoso parangón de los senos. Lástima que no las llevara a la vista en un descote, como asomaditas al balcón; mellizas de pitagórico magnetismo; centro, cifra, gravitación de su ser, coordinación de su geometría física y moral, cuerpos gloriosos.

Los maestros de esgrima suelen hablar de «la tentación del vientre». ¡Que si vieran esto! Aquí sí que se reducía el mundo al compendio. Dondequiera que ella se presentaba, todas las líneas de equilibrio parecían converger hacia allá y la pesantez padecía una declinación apreciable, la perspectiva de los espacios se refractaba, las verticales se inclinaban, las horizontales subían o bajaban un poco, las rectas se curvaban en torno a ella, se hacían cóncavas para acariciarla o contenerla, como unas manos mimosas.

Los eruditos, al verla, recordaban a la *primera Venus de Willendorf* (Museo de Historia Natural, Viena). Ésta era la Obrigadiña, la de los orbes elocuentes.

[1931]

LA FEA

Une Vénus est bien difficile à peindre.
Puisqu'elle porte toutes les perfections,
il est à peu près impossible de la ren-
dre véritablement séduisante. Ce qui
nous captive dans un être, ce n'est
pas ce degré suprême de la beauté, ni
des grâces si générales: c'est toujours
quelque trait particulier.

PAUL VALÉRY,
"Au sujet d' 'Adonis'", *Variété,* I

—DESDE QUE LLEGUÉ A RÍO, EL TRABAJO DE LA Conferencia Fluvial se apoderó de mí en forma casi morbosa. Fue necesario que la admirable Guanabara exagerase todavía sus encantos, sus encantos cambiantes con todas las horas del día y de la noche –y que don Juan Valera encontraba superiores a los del Bósforo, el golfo de Nápoles y la extensión del Tajo frente a Lisboa–, para que comenzara yo a abrir los ojos y a salir, como de una pesadilla, de esa bruma de antecedentes históricos, argumentos jurídicos, papeletas con datos clasificados, entrevistas de aire anodino con segundas intenciones siempre feroces, aburridas sesiones donde se leen memorias que hacen dormir, y cláusulas redactadas diez veces para que cada vez digan menos y escondan más.

»Ahora he recobrado ya mis cinco sentidos. Te doy esta buena noticia, y te convido a tomar una copa en mi cuarto, que tiene ventanas sobre el mar. Hoy he decidido pasar la tarde aquí. Como todo esto huele a nuevo, voy a fumar mi pipa largamente, para que las cosas se vayan saturando. Abre tú, entretanto, aquel bargueño, que es más bien un bar disimulado, y ve bebiendo lo que quieras. En el refrigerador encontrarás hielo, soda, agua mineral o cualquier agua de burbujas que, como sabes, fue el vicio de lord Byron. Voy a divertirte con mi historia. Voy a saciar tu curiosidad del otro día respecto a la feúcha aquella que saludamos en la Sorbetería Americana, y sobre la cual he construido mi "teoría de la fea". No te inquietes: no pierdes nada con quedarte a mi lado. Ya sabes que, a las primeras lluvias, las terrazas de Copacabana se quedan desiertas, y sólo por la noche podrás encontrar gente en los cines.

»Ya conoces mi manía de reducir a tipos la especie humana. Ello es parte de lo que me complazco en considerar como mi talento político: el don de conocer las gentes y empuñarlas. Nada de paradojas, no: la ciencia moderna está de mi lado. La Fisonómica se atreve ya a sacar inferencias de sus generalizaciones sobre los ejes de la cara, la asimetría de las facciones y la proporción de tronco y extremidades. La Medicina –que, si me permites una frase al gusto de Molière, tiene nombres para todo lo que ignora– ha vuelto otra vez a los "temperamentos"; y lo de vago-tónico y simpático-tónico, y lo de hipo o hiperendocrino y otras palabrejas así, se reduce a decir que los hombres admiten el ser clasificados según ciertos módulos uniformes. Me dirás que la cosa es más vaga cuando se llega al terreno psicológico, y que no deja de ser osado fundar previsiones, por ejemplo, sobre el tipo extrovertido o introvertido de una persona. Y así es verdad. Pero es que tales tipos son todavía demasiado generales, abarcan mucho y poco aprietan. Y mis tipos son más concretos: son los tipos, digamos, del novelista; son los "caracteres" de Teofrasto –quien no en vano contempló las variedades humanas con la candorosa visión del botánico– y entran ya en la sabiduría vulgar. Los casos lo explicarán mejor: ¿quién no sabe lo que quiere decir el que una matrona esté evolucionando hacia el tipo "madre-de-tiple"? Al "primo", que ahora dicen en España, o al "pagano", como ya Quevedo le llamaba, todos ¡ay! lo hemos conocido alguna vez por propia práctica (por lo menos, entre los de mi edad: tú eres todavía muy mocito para saber a lo que eso sabe). El "curioso-impertinente", de Cervantes, es más general de lo que se confiesa, y a veces se le llama "el-que-juega-con-fuego". ¡Hay por ahí cada tipo con el rabo chamuscado –o los pitones, mejor– por andar haciendo el curioso! "La arrimada", aquella tía solterona que vive al cobijo del hogar de sus hermanos y viene a ser la verdadera educadora de las proles, es otro personaje que todos hemos conocido. En fin, que yo no te estoy descubriendo nada nuevo y que, en el caso, mi tipo de "la fea" no es más que la última encarnación de la venerable Madre Celestina. Tampoco esperes una historia extraordinaria. Voy a relatarte un caso muy común y muy sencillo. No sé ni para qué te lo cuento. Te hago gracia, pues, de mis divagaciones filosóficas; te sirvo otro whisky; apisono mi pipa, que con tanto hablar quiere apagarse; suspiro y prosigo.

»Pero antes, observa ese barquito de vela, mira cómo se desliza y no se desliza, cómo nos engaña en su fuga. Los días calientes y de aire quieto, al llegar las embarcaciones a esa región, se produce un curioso engaño de óptica: las líneas verticales parecen exagerarse, y las chimeneas, mástiles y velas se ven enormes desde aquí...

»Pues bien: era una de esas muchachas que andan siempre en parejas, acaso para darse ánimo mutuamente y atreverse más y mejor. Volviendo a los tipos, las llamaremos, con Sighele y *cum grano salis*, la pareja delincuente. Aquí se ha llegado en esto a una técnica muy especial: ya es la fea con la bonita, ya es la morena con la rubia (y, a este fin, una de las hermanas si hace falta se tiñe el pelo); ya es la blanca con la mulata. Siempre se usa, más o menos, de la ley del contraste, y nunca he visto, en mis callejeos, que las cariocas se equivoquen en este punto. La combinación es infalible: nuestro pobre corazón cae a los pies de cualquiera de ellas.

»Las encontré por ahí varias veces. Eran una fea y una bonita. La bonita tenía una lindeza algo convencional y tirando a cromo, es verdad. Pero no es cosa de pasar de largo ante un pedazo de juventud palpitante. Se dejó ver, comenzó a sonreír. La fea me lanzaba miradas casi amistosas y alentadoras: "Comprendo –parecía decirme–, no seré cruel, la vida es breve". La fea se hizo presentar la primera, y fue ella quien me amistó con su amiga. La amistad es a veces un obstáculo del amor: lo estorba, lo domestica, lo desarma. La mujer de teatro no siempre miente cuando asegura a su enamorado que una caricia entre bastidores, con un camarada del trabajo, no cuenta ni hace mella. Mis relaciones con la bonita bajaron de interés en cuanto me fue dable hablarle y convidarla. Todos los motivos sociales ya en guardia, me asaltaron y me sitiaron poco a poco en mi trato con la bonita, reduciéndome al papel de un amigo más. ¡Mejor que la fea no me hubiera ayudado! ¡Mejor encontrarse y atacarse sin conocerse! Tal vez te extrañe esta confesión de torpeza que no está en los clásicos del amor pero así sucede. Con las mujeres de cierta clase social, plenamente evolucionadas, pronto sabe uno a qué atenerse: pertenecen a una camaradería internacional, usan nuestra misma lengua —el esperanto de la galantería— y reaccionan conforme a reglas que nos son conocidas. En bajando la escala, entramos en la selva folklórica de los hábitos nacionales, y de los hábitos nacionales secretos, bajo cuya aparente uniformidad de arte primitivo se esconden diferencias rituales que a lo mejor echan a perder el conjuro. En estas cosas íntimas andan siempre mezclados sedimentos antropológicos de otras edades, que difícilmente se entregan al que no se ha criado en los usos de un pueblo. Corremos siempre, como aquel viajero francés, el riesgo de ofrecer a la muchacha japonesa cintas para el pelo, de un color que sólo usan las mujeres cuando tienen nietos. Otro, que aprendió la lengua en los diccionarios, empieza a usar, para ciertas partes del cuerpo, nombres que resultan grotescos por no ser los nombres del amor, etcétera, etcétera. Aquí, en el Brasil, sobre todo, yo me desoriento y no sé hasta dónde llega el límite de la mera coquetería. Acaso se deba a mi condición de extranjero, a la lengua ajena en que sólo acierto a expresarme a medias, o qué sé yo. Entre las mujeres de esta clase ya "nacional", me siento un tanto desarmado y más débil que cualquiera de sus compatriotas. Estas mujeres, a pesar de su ardor, son castas en el verdadero sentido de la palabra (castidad no significa abstención), porque aman su "casta". Carecen del snobismo que es manifiesto en otras partes –entre los platenses sin ir más lejos–, donde siempre lleva privilegio el viajero, el que viene de otros climas. Éstas prefieren al propio, y se diría que el pacto secreto de la convivencia entre ellas y ellos es aquí más sólido que en otros países. Siempre parece que se nos está escapando lo más íntimo y lo mejor de su vida, que ellas y ellos se lo guardan para sí bien guardado. Ellas difícilmente se nos dejan ver en estado de pasión –de pasión que despeina– y hasta en los momentos increíbles se nos muestran tan cuidadosas de la cortesía y el buen trato (únicas que a ninguna hora se vuelven varones ni dicen palabrotas), que causa vértigo el contemplar los verdaderos abismos de finura y delicadeza que hay en el fondo de esta raza. Además, almas un poco elementales metidas en un cuerpo efusivo, dan una frescura de novedad y descubrimiento a las más manoseadas formas de la mera urbanidad. Así, cuando te dicen: "Buenos días", parece que acaban de inventar la expresión para consagrártela a ti exclusivamente: la piensan de veras, cargan el voto de intención, lo acompañan de un mirar que quema y de una sonrisa que acaricia. Tú crees que se te están insinuando... ¡y no han hecho más que desearte los buenos días! Pero, eso sí, con qué escuela de mímica, con qué patetismo natural. Y todo esto te desconcierta y te hace perder tus tablas de valores –como se decía antes de que la Guerra Europea corrompiera la memoria de Nietzsche.

»Cuando ya empezaba yo a desesperar, la fea se las arregló para tener conmigo una entrevista a solas. Yo le abrí mi pecho y, a medida que hablaba, me fui convenciendo a mí mismo de que estaba verdaderamente loco de amor por la bonita. Oyéndome, mis propias palabras me sorprendían y me iba modelando por ellas. No en vano mi amigo Pedro Emilio Coll solía decirme, con su sabrosísimo acento venezolano: "Hay un peligro en la voz, compañero". La voz nos arrastra consigo y nos lleva adonde ella quiere. Aunque no pertenezco al tipo casanoviano del enamorado llorón, cuando acabé de hablar con la fea estaba deshecho en lágrimas. La fea lloró también generosamente. Aquel desahogo nos acercó. Éramos, desde entonces, como unos hermanos levemente incestuosos. Desde entonces, la bonita pasaba a ser nuestro patrimonio común, el objeto de nuestros planes, nuestro delito, nuestra cosa.

»La bonita, que sólo esperaba un pretexto para resolverse a dar el paso, aceptó que habláramos de aquello. Y con ese paganismo natural que ha invadido, como río subterráneo, el subsuelo de la Iglesia católica, me dijo: "Me confieso una vez al año. Me toca dentro de dos días. Vamos a dejarlo para después, a fin de no cargar este pecado en la confesión". Yo le aconsejé que de una vez cargáramos todo, y luego nos limpiáramos de todo en el manantial de la contrición; pero ella insistió en que era preferible confesar, dentro de un año, un pecado viejo. Porque parece que, como el yodo en su nacimiento, el pecado reciente tiene propiedades que se van perdiendo después.

»No tengo para qué contarte lo que sucedió a los pocos días, que no me supo ni bien ni mal: a veces, como se dice en *La tía fingida*, "es más sabroso el rebusco que el esquilmo principal". Quiero decir que el cultivo de los días sucesivos hizo valer más lo que, en la primera sorpresa, casi no tuvo más gusto que el de deshacer obstáculos previos, romper el hielo y entrar en la etapa definitiva. Yo hasta dudo que otra cosa suceda, salvo casos excepcionales, en todos los primeros encuentros de las parejas amorosas. Me extraña que tratadistas de tanta experiencia como Havelock Ellis vengan repitiendo esa vulgaridad de que el mejor estímulo erótico es el objeto nuevo. Esta afirmación es, por lo menos, tan cierta como la contraria, porque también la familiaridad es un buen estimulante, y no hay que confundir la familiaridad con el cansancio. Casi estoy por asegurar que el atractivo de la novedad no está en ser novedad, sino en ser promesa de familiaridad futura; que el varón no persigue una nueva presa en busca del primer contacto, sino en espera de los sucesivos. Se trata de adquirir un jardín, no de pisotearlo. Para ciertas naturalezas, hasta sería deseable resolver este obstáculo de un primer encuentro amoroso aun para despejar el camino de la simple amistad. Sainte-Beuve no podía hablar de literatura con mujeres sin intentar una escaramuza, a fin de pasar cuanto antes el "enojoso incidente previo".*

---

* Ignoro de dónde habrá sacado mi personaje esta historia. Yo más bien recuerdo que Sainte-Beuve fue lo bastante heroico para resistir al feroz marimacho George Sand, con quien prefirió cautamente mantenerse en la función de director espiritual y confesor laico. (O tal vez no le gustó George Sand, sencillamente; o, lo que es más posible, se

»Pero no divaguemos. Lo más curioso del caso es que no tardé en descubrir que, aunque la criatura valía la pena, mucho más que las experiencias con ella me divertían los comentarios y confidencias que después tenía yo con su amiga. Ya en la *Tragicomedia de Calixto y Melibea* observa la sabia Celestina que las cosas de amor sólo dan todo su jugo cuando se las habla y se las comenta. La bonita ponía el tema, el tema bruto, y yo después hilvanaba el desarrollo en largas y gustosas charlas con la fea.

»La fea parecía alimentarse de amor por el camino desviado de las imaginaciones y rumias de fantaseos. Parecía que se iba iluminando, encendiéndose con el amor ajeno. Comenzó a florecer, así, por la sonrisa, que se le fue transformando hasta hacerse sencillamente deliciosa; y luego siguió con la mirada, que fue cobrando por días una intensidad, un destello de tormenta y gozo mezclados. Como en el *Marmion* de sir Walter Scott —a quien ya nadie cita— ella me aparecía siempre

with a smile on her lips and a tear in her eye.

encontraba aquellos días defendido de toda agresión por un amor más alto.) Y aun dio pruebas de poseer un cruel talento de experimentador, pues hizo que su hija de confesión intentara apagar su sed insaciable con dos hombres completamente opuestos: el seguro Mérimée, que tuvo un solo encuentro con ella y, guiado por su buen sentido, la trató como a una profesional y le dejó cinco francos en la mesa de noche —que era la mejor manera de escapar—, y el pobre Alfred de Musset, que...

»Comencé a inquietarme. Nuestras confidencias eran cada vez más sazonadas. La fea se metamorfoseaba a mis ojos, y una mañana me di cuenta de que se iba volviendo bella, con aquella belleza sorda y trabajosa que tarda en revelarse y que se va deletreando sílaba a sílaba para mejor entregarse y mejor dominar. Nada hay más conmovedor que el ver perfeccionarse así a una mujer por la sola fuerza de la contemplación erótica. La ráfaga de un amor venido de otra parte la había comenzado a sollamar, y en este fuego ella se apresuraba, desordenada y dolorosamente, hacia la belleza. El apetito comenzó a asomar sus cuernecillos de fauno.

»Necesito cortar constantemente mi narración con desarrollos ideológicos. Yo sería un pésimo novelista. Mucho más que los hechos, me interesan las ideas a que ellos van sirviendo de símbolos o pretextos. Tengo que recordarte, para que comprendas mejor mi situación, que el amor y la belleza no son hijos de una misma madre ni gemelos como los Dioscuros. Uno es el concepto estético, y otro el erótico. A tus tiernos años, cuando todavía la naturaleza no canta con toda su voz, se es a veces "estetista" en amor. Singularmente, se es atraído por las caras bonitas. Poco a poco, el ideal se robustece y derrama por toda la figura de la mujer, y ésta es sin duda la mejor época y la primavera de los amores. Más tarde, ni siquiera hace falta ya encontrarse con cánones perfectos. Más aún, una pequeña inarmonía, un ojo levemente estrábico, pueden tener un encanto irresistible. Como ni la convención moral ni la artística determinan necesariamente la selección amorosa (digo necesariamente, porque también puede suceder lo contrario), los amores de los demás nos resultan siempre incomprensibles. Cuando un hombre y una mujer se deciden a amarse, deben saber que parten en guerra contra todos sus parientes y amigos y contra toda la humanidad que les rodea –con pocas y dulces excepciones. Aparte de que en esta hostilidad interviene un elemento secreto de resentimiento y celosa envidia. El amor es siempre un lujo que despierta la animadversión de los que no fueron convidados. Pero en esta incomprensión no deja de influir el hecho de que la inclinación de un ser para otro nace de un impulso subjetivo e incomunicable. Los franceses, que entienden de amor, no tienen generalmente mujeres muy lindas. Con frecuencia ellas nos resultan demasiado mandibulares, por ejemplo, con una quijada dura y cuadrada que más bien acusa el don de mando o las virtudes de la administración y de la gerencia. Pero los franceses, que entienden de amor, se conforman con un pequeño rasgo de belleza; y a poco que la mujer tenga un rizo gracioso sobre la oreja o un hoyuelo oportuno en cualquiera de las dos mejillas, exclaman ya: *Oh, qu'elle est charmante!* Porque, como quiera, el amor siempre procura apoyarse en algún pretexto estético. Para renunciar a esta disculpa, habría que llegar al absolutismo de un marqués de Sade, cuyas *Jornadas de Sodoma* revelan un esfuerzo verdaderamente sandio y pueril por gustar de lo horroroso y de lo hediondo.

»La digresión anterior no tiene por fin disculparme a tus ojos, sino ayudarte a entender. No significa tampoco que la fea haya dejado de volverse bella realmente, sino que era una belleza imperfecta si se quiere, capaz sin embargo de inspirar un legítimo deseo amoroso. Cedimos a él: era inútil ya defendernos. La bella-fea, al lanzar a su amiga, se lanzó a sí misma hasta mis brazos, impulsada también por su catapulta. Después de la preparación de confidencias y sazones imaginativas que precedió a nuestra tarde de caricias, no necesito decirte que la bella-fea venció completamente a la insípida bonita en mi apreciación personal. En el trance, reveló una singular capacidad de expresiones faciales arrobadas y victoriosas; y esto es muy importante para quien, como yo, es decidido partidario del amar cara a cara: la *Venus observa*, cuyo privilegio, según entiendo, sólo las serpientes, entre todos los animales, comparten con el hombre. Saboreamos por varios días aquel doble juego, salpimentado de traiciones y secreteos. Y al fin, como la bonita acabó por adivinar lo que sucedía, entre las dos decidieron sacrificarme para salvar su amistad, lo que me pareció muy puesto en razón. ¿O tal vez el gozo fue tan intenso que agotó las reservas? ¿Saltaron los plomos, sobrevino el corto circuito? La bonita dejó de visitarme al instante. La bella-fea me frecuentó todavía un poco. Pero, como si faltara la antena que hace vibrar el aparato de radio, se fue opacando hasta volverse otra vez feúcha. Pensé en aquellas flores acuáticas, hembras de las profundas aguas, que sólo suben un día hasta la superficie, donde las espera el beso del macho, y se recogen después, cargadas y trémulas, hasta su fondo cenagoso y oscuro.

»Ahora se las ve a las dos paseando juntas, como antes, con no sé qué desesperación en los ojos, buscando el tesoro de la vida, que no se entrega. No, no es veleidad. No fuimos veleidosos, no nos juzgues demasiado pronto. No hemos sido infieles a la vida. Es la vida quien nos engaña siempre, y nos da lo mismo que nos quita.»

* * *

—Pero, entonces, ¿nunca ha sabido usted lo que es el verdadero amor?

[Río, mayo de 1935]

Los estudios y los juegos

Ya se quejaba don Juan Valera de las cucarachas de Río. Son enormes, vuelan como pájaros y, para mayor ostentación, andan lujosamente vestidas de caoba y marfil. No sé si los naturalistas, que tan amorosamente han estudiado las costumbres de otras plagas e insectos, se habrán atrevido jamás con la repugnante *barata*, como la llaman los brasileños. El ingeniero Alberto Carreras se preguntaba si las *baratas* vivirían, como otras especies, de acuerdo con una organización militar. Porque noche a noche, y nunca de día, cuando regresaba a su departamento, encontraba invariablemente –e invariablemente le daba muerte de un pisotón– una nueva cucaracha de guardia en mitad del vestíbulo. Ello parecía obedecer a una consigna regular, a un método, a una política.

Fuera de este leve contratiempo, Carreras sólo podía felicitarse de su instalación. Su departamento, entre mar y montaña, era relativamente fresco y aprovechaba a la vez la virazón y el terral. Los muebles casi eran lujosos, y hasta había tenido que prescindir de algunos, amontonándolos en un sitio sobrante. No faltaban, por fortuna, un buen refrigerador eléctrico y un filtro de confianza. Los cuartos, espaciosos y más que suficientes para un hombre solo. La española que cuidaba del edificio, aunque franquista en teoría, era excelente en su desempeño. Los ascensores funcionaban como relojes, lo cual quiere decir que, de cuando en cuando, se descompasaban, pero en ese grado tolerable de los relojes bien nacidos. La criada de aseo que la española le había conseguido era una negra sin tacha (no digo sin mancha, porque toda ella era una mancha), invisible generalmente –claro está, de noche y en la oscuridad sobre todo–, que se las arreglaba para trabajar durante las ausencias del amo, y demostró ser tan inteligente como lo son siempre estos ejemplares. Aparte de que, según es sabido, la servidumbre femenina es mucho más competente cuando atiende a los hombres solos que cuando hay señora de por medio. Carreras comía siempre fuera de casa, y si no, contaba siempre con dos porteros atentos a sus órdenes telefónicas.

Sus ventanas se abrían sobre perspectivas pintorescas de colinas y «chalets», y por una diminuta terraza alcanzaba un buen pedazo de playa y mar. Con ayuda de los gemelos, sorprendía algunas intimidades, sobre todo a la hora en que las chicas se quitan el vestido de baño. En un hotel próximo se hospedaban algunas *girls* de los casinos que, a la madrugada y de vuelta de su trabajo, salían al balcón para refrescarse, ligeras de ropa y seguras de no amedrentar al barrio ya dormido. Los radios y gramófonos de la vecindad eran discretos y zumbaban a media fuerza. En los otros departamentos, las ventanas dejaban salir unas voces alegres y unas risas magníficas. Carreras sabía muy bien que eso significaba la ausencia del señor y la charla, desatada y pagana, de las mujeres solas. En los ascensores había encontrado más de una cara risueña:

—¿Qué piso?

—Segundo, por favor.

—Yo, con permiso, sigo hasta el sexto.

—¿Solo?

—Solito. ¿Sola?

—No de momento. Mi teléfono está apuntado en este papelito.

—Gracias.

—Muy buenas noches.

—Muy buenas noches.

En un mundo así, es posible vivir al día, sin las angustias constantes del mañana; se pueden soportar de buen ánimo las picazones de la acción y, como hoy dicen en la Escuela de la Sabiduría, «cargar el acento» en la sola contemplación. Este ocio voluntario de la moral, este pasajero asueto de la conducta –con tal de llevarlo prudentemente, porque hasta en el vacío existen leyes–, si no es la felicidad, se le parece mucho y ayuda a esperar y a seguir tirando...

Carreras, «viudo de paja» por exigencias de su trabajo, que lo retenía en el extranjero mucho más de lo previsto, descubría, no sin desazón y un leve resabio de tristeza, que había llegado a una etapa donde se puede prescindir hasta cierto punto de la familia, a la cual creía estar tan acostumbrado y soldado, de los amigos y aun del verdadero calor humano, lo que más o menos lograba sustituir con algunos galanteos transitorios. Se veía recorriendo una región de su alma que él mismo no había frecuentado. Todo era sorpresas. Se descubría, en fin, mayores capacidades de las que se figuraba tener; se desentumía haciendo por sus propias manos, y bastante bien, muchas cosas que antes solían darle hechas en su casa. Ahora se sentía más completo, más normal y más útil, como esas naciones a las que el juego de los bloqueos internacionales revela de pronto que son «autosuficientes», autárquicas en su economía general. Y todo esto le comunicaba cierto orgullo y le ayudaba a pasar sus noches o medias noches solitarias.

Esto, y los libros, a que era tan felizmente aficionado. Por serlo, conocía muchas opiniones sobre la naturaleza del cuarentón. Pero uno era leer, y otro, vivir. La libertad de que disponía le daba ocasiones para sacar de sí mismo algunas prendas olvidadas y otras del todo nuevas que no estaban en su inventario. «¿De modo que yo era dueño de esto y de lo otro, y yo lo ignoraba?» Pero allá, en el fondo de su conciencia, como pequeño y constante estorbo, vivía la imagen de la cucaracha, aplastada noche tras noche.

Eran cerca de las once y media. Carreras tomaba notas mientras llegaba el sueño, ojeando un libro de astrofísica. La relación evidente entre lo microscópico y lo enorme hacía presa en su imaginación: viajaba del átomo a la estrella. La nueva imagen del universo en expansión, como una bocanada del humo exhalado de su cigarro, le producía transportes poéticos. Comprendía muy bien que el hombre descubre mejor la fisonomía del mundo cuando se aleja de las dimensiones medias en que está enredada su acción, porque aquí los árboles le estorban para apreciar el bosque. El panorama, la cara del mundo, sólo se le revela ante lo infinitamente pequeño y lo infinitamente grande. El juego de espejos a que se reduce la experiencia de Michelson lo tenía fascinado; y cuando el rompecabezas sobre si el éter acompaña o no el movimiento de la Tierra por los espacios lo envolvía en su laberinto, la explicación provisional de Fitzgerald y Lorentz –la contracción famosa en el sentido de la velocidad– le producía otro gustoso sobresalto, entre tanto que llegaba Einstein a resolver este nuevo contrasentido y a poner los puntos sobre las íes.

¿Sería posible, alguna vez, que la descripción «relativista» del universo abandonara las andaderas del lenguaje matemático, tan impenetrable para el hombre medio, y fuera absorbida por la intuición? Después de todo, ¿no pasó lo mismo con la redondez de la Tierra, y luego, con la revolución copernicana, rectificaciones acaso más trascendentes sobre el alcance inmediato de nuestros sentidos? La concepción del tiempo y del espacio como propiedades inherentes a los objetos, y no como realidades independientes, ¿entraría, al fin, en nuestra sensibilidad? Hay anticipaciones en tal sentido, como la del gran Epicuro, según testimonio del gran Lucrecio; pero en aquel tiempo tales anticipaciones no pudieron abrirse paso. ¿Entrará alguna vez en la percepción general la noción del tiempo como una dimensión más, del mismo orden que las dimensiones espaciales? Hay vislumbres en tal sentido, como la de Diderot en su *Enciclopedia*, aunque él da a entender que la cuarta dimensión sería el producto del tiempo multiplicado por el espacio, y ahora se lo entiende de otro modo. Una disminución del tiempo no se compensa con un aumento del espacio, al contrario: espacio y tiempo aumentan y disminuyen juntos, en proporción inversa a la velocidad de que va animado el observador.

En todo caso, esta representación de las cuatro dimensiones se filtrará en el espíritu humano gota a gota y con suma dificultad. Considérese solamente que ya la percepción visual de las tres dimensiones es cosa difícil, negada originalmente al paralítico de nacimiento, o acaso al ciego que de pronto recobra la vista; pues la percepción de la profundidad se logra más bien por la acomodación de esfuerzos que algunos llaman «sentido muscular», y es una función del ejercicio y de la costumbre. Claro es que aquí también hay sus anticipaciones: mentes privilegiadas, como la de Goethe, son capaces de concebir, en el esquema de la planta total, por ejemplo (la *Urpflanze*), la serie temporal como un jeroglifo en el espacio. De aquí que Schiller, más escolar y menos genial, no lo entendiera, cuando el semidiós de Weimar le aseguraba: «Yo veo las ideas». Asomos de esta nueva sensibilidad encontramos en los campeones de ajedrez: el tiempo se pinta en un esquema de espacio a los ojos de Capablanca, cuando, ante el tablero, prevé la serie necesaria de veinte jugadas futuras. El que establece, sobre datos contemporáneos, una inferencia de futuro (dejemos de lado a los adivinadores y a los místicos, y todos los pretendidos destellos de la premonición en la vigilia o el sueño) también se aventura por igual camino. Prever, en suma, es ver como actual lo venidero. Pero lo que importaría es intuir el continuo espacio-tiempo, no sólo como futuridad, sino como actualidad operante.[*]

Y luego, es indispensable que algún día el laboratorio llegue a conciliar el tiempo físico y el tiempo psicológico de Bergson. Es indispensable que sepamos, en el orden

* Sobre este extremo, véase la divagación *Antonio duerme*, 1954.

sentimental, por qué la pena y el goce (el *very long moment* del sufrimiento, con que se abre el *De Profundis* de Wilde) influyen en nuestra sensación temporal.[*] ¿Es también esto un caso de velocidad del observador, esto de que el sufrimiento parezca inacabable? Góngora, concorde con la representación clásica de Aristóteles, de Euclides, de Newton, nos dice que, según los medidores de tierras, hay la misma distancia de Sansueña a París que de París a Sansueña. Pero los chinos –que tienen muy otra percepción del mundo– miden con diferente cifra un camino cuesta arriba y un camino cuesta abajo: aquél, mayor que éste.[**] Y, en fin, ¿no hay también un problema de velocidad relativa en el *ralenti* de la percepción que producen algunas drogas como el peyote mexicano, y que transmutan, para el experimentador, las ondas sonoras en ondas luminosas o coloridas?[***] Todo esto habrá que conciliarlo algún día e iluminarlo con una explicación de conjunto. Tal vez así acabaremos todos por entender el único absoluto de Einstein, el misterioso intervalo, fantasma rígido (si es que aún se salva del naufragio), dentro de un universo que se ha vuelto de gutapercha...[****]

[*] Sobre estos extremos, algo he dicho en «Cosas del tiempo», *Marginalia* (primera serie), 1954.

[**] Véase «Góngora, Einstein y los chinos» en mi libro *Los trabajos y los días*, 1954.

[***] Véase «Ofrenda al Jardín Botánico de Riojaneiro» en mi libro *Norte y sur*; y la «Interpretación del peyote», también en mi ya citado libro *Los trabajos y los días*, 1954.

[****] Véase «Einstein desde lejos» en mi libro *Calendario y Tren de ondas*, 1954.

Y los vagones de Einstein, corriendo a la izquierda y a la derecha, alargándose y encogiéndose, tenían aturdido al estudioso, que ya se iba adormeciendo.

Lo despertaron las doce campanadas de la medianoche, en el reloj del vestíbulo. Y, como una campanada número trece en los poemas neuróticos de Rollinat, sonó a seguidas la campanilla de la puerta. ¿Quién puede ser a esta hora? ¿Quién sino una aparición fantástica? Y entró una muchacha de muy buen ver, vestida en quimono de playa, dando traspiés graciosos, medio despeinada, entre asustada y sonriente, y con evidentes señales de haber empinado el codo más de la cuenta, más allá –¡oh Pitágoras!– del Número.

—No me preguntes nada –empezó a decir–. Todos los días ojeo en la administración la lista de los inquilinos. Te he espiado varias mañanas. He tomado el ómnibus contigo. Te he visto entrar a una oficina. Te he visto almorzar en las terrazas de los cafés. Sé que estás solo. Te he estudiado. Me aburro. Esto no puede seguir así. He hecho cuanto puedo y no logro tranquilizarme. Ya me embriagué, ya embriagué a mi criada y a mi perro. Más no puedo hacer. Ahora tú me aguantas aquí toda la noche, o ves lo que haces.

¡Pues vea usted, maestro Einstein, éste es otro humilde caso de geometría «relativista», porque lo que a mí me parece una línea recta, a ésta le resulta una línea sinuosa, y viceversa! ¡Y quiera la suerte que no la tome por una espiral, porque entonces la muchacha es un caso perdido, y no habría más remedio que pasarse la noche en claro, dándole friegas de colonia, aplicándole hielo en las sienes y el frasco de sales a la nariz!

—Tiéndete en ese diván, mala pécora. ¿Cómo te llamas?

—Como quieras.

—Pues te llamas la Lozana Andaluza, yo sé por qué.

—¡Pero si ni siquiera he estado en Andalucía!

—Eso es lo que tú crees.

—Bueno, *I leave the thinking to you*: tú sabes más que yo. Yo soy la Lozana esa, entendido.

—¿De qué vives?

—De eso.

—¿Por qué has bebido?

—Por distracción, como un accidente del volante.

—¿Qué quieres de mí?

—Yo nada. Eres tú el que quiere: te lo veo en los ojos.

—Sea.

(En mitad del vestíbulo, ha aparecido la indefectible cucaracha. De esta vez, se salva. Esta vez no hay pisotón.)

Una cama y cuatro piernas en desorden, recompuesto provisionalmente el ente completo del *Simposio*. «Jugar a la bestia de dos lomos», como decía Rabelais, tiene sus ventajas. Amanece uno más «álacre» y ligero, no cabe duda. Y esta sorpresa que nos ha mandado el destino no es, por cierto desdeñable. Ni siquiera siente la fatiga, ni siquiera siente la resaca del vino. Son las nueve, y ya está desafiándome, a ver quién levanta más las piernas. Pero el hombre, a diferencia de la mujer, no tiene el vientre hueco, y a cierta edad además, echa barriga, y máxime si se ha llevado una vida un tanto sedentaria. Y de cuarenta y cinco a veinticinco hay algunos lustros perdidos en punto a flexibilidad. Y el varón está todo construido para la rigidez, mientras que la hembra está hecha para descoyuntarse y abrirse. Y luego, puede que ésta sea bailarina. Es natural que gane ella. Y en castigo, ¿qué se le ocurre? ¡No, esto es demasiado! ¡Al baño con ella, y que de una vez nos deje en paz!

Y el ingeniero la levanta en peso, como a una sabina raptada, y la vuelca sobre la bañera colmada de agua tibia, entre un remolino de pataleos y una sonata de alaridos. ¡Ahora sí que se está bien! Las últimas telarañas del sueño se disuelven como por ensalmo. ¡Bien hayan la esponja y el jabón y la madre que los parió! ¡Bien haya el guante higiénico! ¡Bien haya la toalla dulcemente meneada, como el plectro de Salinas el músico! ¡Bien hayan Elizabeth Arden y su polvo suavemente aromático! ¡Bien haya el señor Gillette, tan conocedor del corazón humano que nos emancipa de los barberos! Que se endilgue la Lozana una piyama de hombre, o bien que se vista —si eso es vestido— y que se largue a su piso de abajo. Hay un placer en maltratarla un poquillo —no sin miramiento—, en hacerle mala cara para no darnos por vencidos. Ella bien sabe que todo eso es una caricia más.

—¿Entonces?

—Entonces, nada.

—¿Hasta cuándo?

—Ya veremos.

—¡Eres un monstruo!

—Eres una maravilla. Eres hermosa como la luna, grande como el sol, terrible como un ejército a banderas desplegadas. Te comparo con las yeguas que tiran el carro de Salomón; con mi perro predilecto, que se llama Mustafá, y con el primer cigarro al que «le di el golpe».

—¡Se ha vuelto loco, *Nossa Senhora*, se ha vuelto loco! Y hay un portazo y una fuga del ascensor hacia abajo. Carreras descubre que, incurriendo en una costumbre abominable, está cantando solo en el baño.

Escenario de que muchas veces ha brotado la historia: mientras la Lozana duerme, Carreras, a la cabecera de la cama, examina cuidadosamente unos planos. El oleoducto está prácticamente terminado. Los pensamientos del ingeniero vuelan por otros rumbos:

—La velocidad del observador, sí. *Le mouvement qui déplace les lignes*, de Baudelaire, asume ahora otro sentido más profundo. Porque el movimiento desvía las líneas hasta en la estatua, puesto que la estatua se mueve con respecto al observador en marcha. Moverse es ir al encuentro del tiempo y del espacio; es captar mayor número de acontecimientos; es vivir más y es ver vivir más a la misma vida. En relación con la velocidad del sujeto, cambia la figura del mundo. ¿Habrá que buscar por aquí el atadero del tiempo físico y del tiempo filosófico?

Y además, no olvidemos el valor de la óptica en la nueva imagen del universo. El universo táctil, el universo de dimensiones medias o mesocosmos, es el único que percibe el ciego. Sólo por los ojos podemos volar hacia el macrocosmos o entrometernos por los intersticios del microcosmos, donde la nueva mecánica se realiza. A las manos les basta la mecánica newtoniana, clásica. El pequeño error que ella contiene no se delata ni es perceptible en ninguna acción del trato humano. Sólo se descubre en la contemplación. El ojo, sentido el más intelectual, nos lleva poco a poco a desmaterializar la materia, a entenderla como fenómeno de naturaleza eléctrica, a concebirla como una manera de estremecimiento. (¡El *frisson nouveau* del poeta!) ¿Estremecimiento de qué o en qué? El éter, sujeto del verbo «ondular», vehículo de la luz, la velocidad mayor que se alcanza... Velocidad otra vez: esfuerzo de la materia hacia el espíritu... La Lozana sonríe, dormida. La sonrisa también es un esfuerzo del cuerpo hacia el alma.[*] Cuando la materia se mueve, ¿sonríe, se burla de sí misma? Divago, divago...

La humanidad, según esto, sería un paso más de la velocidad natural, por cuanto es vehículo de espíritu. Y, en verdad, cuando el hombre se humaniza de veras, entra en la historia, la cual –amén de otros signos exteriores– significa una aceleración con respecto a la prehistoria del hombre en bruto. Pero el espíritu y la vida, ¿serán la misma cosa? ¿O andan contrastados y a contrapelo? Porque, desde el punto de vista biológico, la humanidad no es un aceleramiento, sino un retardo: el hijo del hombre tarda más que el animal en andar, en valerse solo. Su formación y su desarrollo son más lentos. Dicen que su configuración misma es un resultado de las «hormonas» retardatarias (o como se diga). Que el cráneo humano se conserva en la etapa fetal; que el rostro del hombre no llega al pleno desarrollo fisiológico: aquí, la mandíbula vuelta hocico.[**] ¿Otra vez la contradicción entre dos nociones diferentes del tiempo? Habrá que cambiar todo esto algún día. Si la Lozana tuviera hocico no podría sonreír dormida... La pugna entre el hocico y la sonrisa. El

[*] «La sonrisa», en mi libro *El suicida*, 1954.

[**] «El enigma de Segismundo, VI» en mi libro *Sirtes*, y el «Descanso XVI» en mis *Memorias de cocina y bodega*, 1954.

hombre mata todo animal que no puede domesticar, que no puede uncir al carro de los intereses humanos. Y yo mato, cada noche, una cucaracha. Divago, divago...

Y sucede lo inesperado. La Lozana se siente tratada por Carreras de un modo nuevo, y ha comenzado a enamorarse de él. («Tú no eres como los demás», etcétera.) Porque todo amor, en el origen, es desconcierto, y nada desconcierta tanto como una sorpresa, una novedad. Y el amor procede como una reconquista del concierto momentáneamente perdido. Este continuo devanar, este interrogarse para entender «al otro» es el caldo microbiano de las grandes pasiones, como diría el científico Carreras.

Pero Carreras, en cambio, como se sabía de memoria a la Lozana desde antes de haberla encontrado, no experimenta la más leve tentación de apasionarse por ella. La pasión –se dice– es siempre un intento, las más veces torpe, para plantearse un problema. Problema bien planteado, o resuelto, que en cierto modo da lo mismo (salvo el barnicillo de la intención), ha dejado de entretenernos, de interesarnos. ¡A otra cosa! Se lo usa como fórmula de aplicación práctica: ya no se lo ama. Se usa a la Lozana, ¡ay!, sin quererla. ¿Dónde se vio una falta de ecuación más patente, una mayor falta de ecuanimidad? Pero esta inadecuación, esta ausencia de igualdad entre los dos términos le parece al ingeniero Carreras el caso más frecuente y común en asuntos de matemática amatoria. Si no fuera por aquel fugitivo chispazo de novedad –la llegada súbita a medianoche, la patética declaración sobre la propia embriaguez, la de la criada y la del perro–, tal vez Carreras, a pesar de todo, no hubiera llegado a interesarse por la Lozana. Si ella lo supiera –pero no puede, no tiene entendederas para álgebra semejante– se las arreglaría para darle a su amigo, noche a noche, otra nueva sorpresa. Las cucarachas también lo intentan, pero como la sorpresa que le procuran es siempre igual, ha dejado de ser sorpresa.

La Lozana, a ojos de Carreras, sólo tiene el valor de un escape higiénico. No: nadie frunza el ceño, no se ha dicho una vulgaridad. El escape higiénico de que aquí se habla es el mismo que procura el viaje, el alejamiento de la tierra, la casa, los hábitos. En otros siglos, el que se sentía enmohecer tenía el recurso de irse a las Cruzadas, de emprender el viaje a Jerusalén. Carreras entiende las Cruzadas como una crisis de la edad. La comezón mística es una manera de interpretar lo que el chino clásico interpretaba de otra manera, según la condición sensual de su pueblo: cuando el señor llegaba a cierto momento de la vida y se lo veía nervioso y aburrido, la señora se daba maña para arreglarle, transitoriamente, una amante joven. Y, mientras el señor volvía a su equilibrio y, como Mr. Peabody en el film, andaba entregado a su Sirena,[*] la señora vestía de colores tristes, dando a entender que hacía penitencia. Y si los matrimonios no se disolvían en la prueba, sin duda era efecto de la costumbre, esta nodriza de los pueblos. Ceremonias, convenciones, pilares de la civilización, nada menos. Así pensaba el científico, contemplando a la Lozana, que seguía sonriendo en sueños.

¿Si la pudiera transportar, hasta el departamento de abajo, y dejarla allí tranquilamente, depositada en su camita?

Pero es imposible. Y como Carreras ha empezado a hacer

[*] Frase añadida mucho después —1954.

sus maletas, porque su viaje a Jerusalén ha terminado, hay ruido. Ella despierta. Él tiene que continuar su tarea, entre un torbellino de llantos y contorsiones que amenazan desvencijar la cama.

Aquella noche, Carreras ha aplastado la última cucaracha, asombrado él mismo de tener tan duro corazón. (Pero medio halagado, en el fondo.)

Y a la mañana siguiente –¡adiós, Mme. Butterfly!– toma resueltamente el barco, recitando para sí los versos de Joachim Du Bellay:

> Heureux qui, comme Ulysse, a fait un beau voyage,
> ou comme cestuy là qui conquit la toison,
> et puis est retourné, plein d'usage et raison,
> vivre entre ses parents le reste de son âge.

[Río, 1938]

Fábula de la muchacha y la elefanta

SIN CONTAR CON LAS ALEGRÍAS, JUEGOS Y DESNUDECES que a diario nos deleitan y nos prometen un mundo mejor, muchas cosas dignas de mención se han visto en las playas de Copacabana. Todas placenteras, si no fuera por el caso trágico de los Dieciocho del Fuerte, episodio de alta epopeya junto al cual pasamos de puntillas y en un respetuoso silencio, como junto a las tumbas sagradas. Porque ya el caso de aquel presidente, depuesto por la revolución en las postrimerías de su gobierno, encerrado en la cámara submarina del Fuerte, y que, durante el mes escaso que le faltaba para completar su periodo constitucional, se obstinó en no responder ni darse por entendido a menos que le llamaran «Señor presidente», es un caso que admite ya cierta deferente sonrisa, aunque no deja de tener su grandeza.

El «arrastrón» o pesca con grandes redes, en que colaboran todos los mulatos voluntarios a fin de ganar un pescado en recompensa, es algo que no puede olvidarse. Cae la tarde. Aletea una blanda brisa. El agua y la luz se emborrachan de sus mutuos efluvios. Los bañistas se han alejado. Y sólo se ven, metidos en el mar hasta el pecho o enfilados sobre la arena y tirando de las cuerdas al compás de la voz de mando, los pescadores improvisados en torno a los cuales se congrega un pueblo curioso.

Otras veces, por octubre y noviembre, recorren la orilla del mar aquellos alegres camiones de las naranjas –a cuatro por un tostón–, que una providencia municipal derrama por los barrios en cuanto se anuncian los grandes calores. Niños y cocineras acuden a los gritos del vendedor, que pasa como un dios antiguo entre los frutos dorados. Ambiente de familiaridad y buen humor. Unos comen en la misma calle; otros vuelven a casa con la cesta o los repletos sacos. La bendición ha caído; se han abierto todos los balcones.

No hace mucho, durante un desfile de carnaval, en una tarde de sol y fiesta, los delfines –tan amigos del hombre– decidieron organizar también una procesión por allí cerca, en la última orla de las aguas. Y se les veía mover sus ruedas de aspas en una regata bufonesca, coreados por la gritería y las risotadas de los enmascarados.

Y hace menos tiempo todavía, en estas últimas semanas, a la llegada de un circo que vino a animar la Feria de Muestras, apareció de repente, conducido por su cornac, un enorme elefante, Edcy, que circulaba parsimoniosamente por entre los autos de la avenida, balanceando la trompa y con los calzones caídos como suelen los de su raza. A cierta hora oportuna, hasta se le permitió salpicarse un rato con las espumas de la orilla. Al estampar las callosas patas, dejó en la arena unos como grandes girasoles.

Esta gente de Copacabana no olvida a sus animales predilectos. Así sucedió que redimiera, en colecta pública, al «Faísca», perro vagabundo que ronda la terraza de cierto café concurrido con cuyas limosnas se mantiene, y al cual los perreros de la prefectura, mal aconsejados del adusto deber, osaron un día echar el lazo.

Considérese la consternación que causaría la noticia de que Edcy, por malicia o por descuido de este animal procaz que es el hombre, se había intoxicado bebiéndose un frasco de tinta y tenía la trompa paralizada. ¡Ay, que no pueda imponerse igual castigo a ciertos malos escritores, para ver si así se les adormece la mano, o mejor el pie con que escriben! Edcy tuvo que ser tratada con urgencia. (Es hembra y no macho: ya lo ha comprendido quien repare en su curiosidad peligrosa, digna de Eva.) Y, para aplicarle la inyección salvadora, hubo que abrirle antes con hacha la piel de acorazado zoológico. La verdad es que mereció bien del pueblo el veterinario que inventó e improvisó la terapéutica, y que nunca se las había visto más duras.

Hacía varios días que una cortesana del barrio, tan simpática y tan camarada que ya todos comenzaban a considerar gratuitos sus servicios, como si fueran una consecuencia natural de su gracia y sus dones, incomodaba con instancias telefónicas a sus amigos y aun a sus meros conocidos de una hora, porque acababa de instalarse en un nuevo departamento, y no hallaba medio de completar la fianza adelantada o de liquidar la cuenta de los muebles a plazos.

Linda muchacha, con virtudes para el canto y el baile, muy esmerada y limpia, muy dócil, mezcla de italiana y paulista, parecía neutralizar en el «mestizaje» las condiciones comerciales de sus dos ascendencias. Hasta era capaz de desprendimiento. En todo caso, siempre había sabido hacerse recompensar sin que se notara o se sintiera. La verdad es que merecía otra suerte. ¿Cómo pudo ser que la abandonara de pronto, desamparada y desnuda, la marea baja de la ingratitud colectiva? El fenómeno obedece sin duda a leyes todavía no explicadas.

Ello es que la pobre chica, otro encanto más de Copacabana, se encontró de pronto sin más cuartos que los de su aún no pagado departamento, y vio cerrarse como a una voz todas las puertas que tantas veces se le abrieron, furtivas, al filo de la medianoche.

Estas tristes reflexiones se hacía ella, midiendo a trancos seguros la Avenida Atlántica, con su pañuelito a la cabeza, su camisa color marrón, su pantalón de franela gris y su sandalia de ojo abierto por donde aparecía una uña encarnada, cuando vio venir a la elefanta. Y como la necesidad engendra recursos, e imaginación no le faltaba, concibió al instante el plan más divertido que pueda soñar un poeta.

Se acercó decididamente a la montaña andante. Le hizo un guiño matador al cornac y entabló conversación con él. Lo fue acompañando. Poco a poco, se arriesgó a acariciar la trompa de Edcy. Se informó de su vida y costumbres, de sus gustos y sus manías. Aprendió en un momento —porque el cornac era galante— las palabras que Edcy entendía y las voces que sabía obedecer. Y luego se despidió, quedando los tres tan amigos, y se fue a encerrar en su cuarto con su tristeza y sus audaces proyectos. Aquella noche puso al santo negro de cabeza, acarició la *figa* bahiana y se entregó a otras brujerías y macumbas de eficacia universalmente reconocida.

Y al otro día, y al otro y al otro —bien sabemos a costa de cuáles sacrificios— logró que la dejaran entrar en las trastiendas de los titiriteros; se hizo visita familiar de la casa; siguió cultivando a la elefanta, echándole de comer y ensayando algunas de las suertes: la danza, los giros, los bufidos que fingen una conversación grotesca con la persona que le habla. Y al fin aprendió a sentarse en la trompa y a dejarse izar hasta el trono movedizo, hasta la cumbre tembladora del lomo.

La emanación animal del hombre es más repugnante todavía que la de los nobles vecinos de la jungla. La elefanta, al menos, tenía derecho, ¡pero el cornac contaminado de bestia! La pobre muchacha cerraba los ojos y aguantaba el hedor del domador de fieras por tal de merecer su amistad. Y, sobre todo, por tal de merecer la confianza de la elefanta, socarrona y dada a las burlas más espesas como lo son siempre estas criaturas.

El público que, durante las funciones, veía a una desconocida saltar del asiento al ruedo, abrir las cortinas y desaparecer en los interiores del circo, sólo comentaba el cinismo de la muchacha, sin darse cuenta de su sacrificio y de su constancia. Pensaban que sólo quería exhibirse. Y era la verdad, pero en un sentido más auténtico.

Y aquella tarde, la primera tarde que salió recién enjugada de las duchas primaverales, Edcy, coqueta y gozosa, con erecta trompa de regocijo y unos ojillos chispeantes de contento y complicidad, tanque arrollador que avanza con la torre en alto, se dio el gustazo de pasear por la Avenida Atlántica con la muchacha en los lomos. La muchacha, vestida en el mínimo maillot de las playas, con una estrella en la frente y en la mano una sombrilla de colorines, iba pidiendo a gritos un «níquel» para el sustento de la elefanta y su domadora, y anunciándose a sí misma

como una princesa de la India que había dado la espalda
a las maravillas del Ganges, atraída por la fama de Guanabara. Había viajado muchas tierras: como ésta, ninguna. ¡Ni siquiera los atractivos de París le habían parecido
superiores!

> Paris, teu Rio é o rio Sena.
> Paris, tens Loira mas não tens morena.
> Paris, Paris, je t'aime,
> mas eu gosto muito mais do Leme!

La gente se desternillaba de risa, y cada uno iba dejando
un billete en el sombrero del cornac que, fiero y callado, es-
coltaba a la domadora.

Los guardias quisieron intervenir, pero, ante la protesta pública, prefirieron hacerse desentendidos y disfrutar
también del espectáculo. No todos los días se ven estas cosas. ¡Qué Friné ante los jueces, confesa de sus más
ocultos primores; qué Lady Godiva, moliendo en pelo
sobre el caballo sus más blandas bellezas, pueden com-
pararse a la chica del «posto 2», montada en su traviesa elefanta! ¡Callen las heroínas de la fama y rompa la
envidia su fatigado diente! Allá va, por entre las carcajadas del mar y el vocerío de los hombres, el columpiado
monumento de gracia y frescura. ¡Esto no se paga con
dinero! ¡No nos moriremos sin haber presenciado un es-
cándalo del mejor estilo! Ancianos y mozos, mujeres y niños, ¡vengan todos a ver lo bueno! Consciente de su alta
misión, Edcy lanzaba sus tañidos de júbilo, y todos sentían aquel nuevo estremecimiento de que habla el poema,
aquel calosfrío que anuncia la vecindad de los dioses. Y

los billetes y monedas colmaban materialmente el sombrero del cornac, que varias veces tuvo que vaciarlo en la bolsa terciada al hombro.

Y así fue como la chica de Copacabana aseguró su alojamiento en un edificio flamante, redimió sus muebles, remozó su renombre, hizo un palmo de narices a sus ingratos, salió de la insolvencia por unos cuantos días, y compró para unas cuantas noches su tranquilidad y buen sueño.

Cuando la mujer y la serpiente se ponen de acuerdo, ¡malo, malo! ¿Pero cuando la mujer se concierta con la elefanta y, tirándola por las generosas orejas, comienza a vaciar sus secretos en aquellos embudos de pergamino?... La confabulación entre Edcy y la chica de Cocapabana nos ha dado mucho en que pensar.

[Río, 19 de noviembre de 1938]

Pasión y muerte de dona Engraçadinha

DONA ENGRAÇADINHA –VIUDA RIQUILLA, SI NO
rica– cabalgaba con relativa levedad la crisis de
sus cuarenta y tantos, y vivía en un hotel de lujo
para no cuidar de la casa y mejor entregarse toda a la vida
de sociedad con que procuraba distraerse. Su difunto esposo, ausentista empedernido, se había gastado sus ren-
tas en Europa, o sea en París. Y ella, para mejor gobernar
su economía, se resolvía ahora a permanecer en la patria,
un sí es no es aburrida.

Todos se habían olvidado de su historia, pero no de sus
apellidos, que sonaban bien y olían a distinción. Sus primeros mechones grises la agraciaban mucho y le daban
un título más al nombre de pila que le pusieron. Los cur-
sis, naturalmente, decían que parecía una marquesa. Era
delicada y fina, se conservaba con cuidado y sin grande
esfuerzo. Después de charlar un rato con ella y tomar el
té o jugar al bridge en su compañía, había que confesar
que era apetitosa. El ambiente europeo casi le valía de cultura. Tenía noticia de algunos buenos libros. Era decidida
aficionada a Proust, por donde atraía y deslumbraba un
poco a los semiintelectuales que rondan la vida diplomática. Poseía el instinto de las atmósferas; sabía mostrarse

moderada entre la llamada gente de orden –feroz promotora de todas las crueldades políticas–, y daba a entender, entre los revolucionarios, que no vivía ajena a «las inquietudes sociales de nuestro tiempo». Y lo mejor es que, en ambos casos, era sincera, elegante, y no se le podía negar una dosis suficiente de buena fe. Los de la derecha ni siquiera la ponían en duda, porque esos realistas implacables dan por supuesto que todo el que vive con comodidad es ya un sobornado. Los de la izquierda, utopistas dados a transacciones, «no hay que pedir peras al olmo –solían decir–, ya se la convencerá paso a paso, y mucho es que nos escuche con simpatía». Y así, en este mundo partido en banderías irreconciliables, se había arreglado una situación hasta cierto punto privilegiada, y sabía desarrollar ciertas actividades humanitarias y evitar a los perseguidos uno que otro mal rato, porque era incapaz de traición, y hay virtudes –dígase lo que se quiera– que se abren paso.

Los más snobs guiñaban el ojo cuando ella atacaba el tema de Marcel Proust. Los más literarios no dejaban de agradecerle el interés por aquel virtuoso de la psicología mundana, especie de conserje genial que depura hasta la quintaesencia los rumores y chismorreos de escaleras abajo y de escaleras arriba.

Algún ingenuo llegó a desear que dona Engraçadinha abriera tertulia como las mujeres centrales de otras épocas, o que escribiera sus memorias en busca del tiempo perdido. Pero ella se conocía lo bastante para echarse a cuestas la responsabilidad de un salón, y sabía de sobra que todo su pasado era tiempo definitivamente perdido. De modo que se mantenía en un equilibrio no común, sin ahogarse en la mundanidad, ni atreverse al proceloso mar de las letras. Y por quién sabe qué don gracioso, dona Engraçadinha merecía la gracia de no pasarse las horas entregada a fiestas de beatería ni a reuniones de caridad. ¿Será que de veras leía mucho, cada vez que se quedaba sola? Nadie podía pensar mal de sus casuales desapariciones: todo en ella respiraba naturalidad y decencia. Y si no se la veía por ahí algunas veces, era evidente que no la habían convidado o que estaba algo fatigada. ¡Ah! Y era también un poco ridícula, pecado menudo, y más en países como los nuestros, donde aún no se consiente a la mujer mostrarse tal como es o se desea.

Entre uno y otro cigarrillo rubio, algún consejero de embajada que la venía observando en silencio y que pertenecía a esa rara casta de coleccionadores de almas cada día más enrarecida, pero que aún se conserva en los más provincianos solares de nuestras fraternales repúblicas, había sospechado en dona Engraçadinha un vigor atrofiado por la continencia, un temperamento represo, una sed desviada por el hábito y por la educación, que andaba buscando sus fuentes. Sus compañeros se le habían reído en las barbas. ¡Estos teóricos metidos a agentes viajeros de la concordia internacional! ¡Cuándo se curarán de sus sueños! ¡Cuándo se convencerán de que las preocupaciones que proyectan sobre los otros las llevan adentro ellos mismos! Consejero de mal consejo, ¿pues qué te has creído, hombre de Dios? ¿Que todos traen como tú, bajo la capa, un infierno disimulado? Y luego ¡esta señora que frisa en los cincuenta, si es que no los ha pasado hace un rato! ¡Ganas de hablar, señor, nada más que ganas de hablar!

Pero él había contraído ya el hábito, tras la experiencia adquirida en una media docena de puestos, alternados con otros tantos «ceses» a la moda de nuestra casa, de seguir pensando por cuenta propia, sin prestar mayor atención a las opiniones de sus colegas. Tomaba el trabajo con lealtad, pero sin afanes ni esperanzas. Y en los muchos ratos perdidos que le deparaban de consuno su suerte y su higiene mental, sacaba apuntes y dechados de los ejemplares humanos que frecuentaba, y luego se divertía en prolongar las líneas de lo real y probado hasta la región de lo presumible y lo posible. Él decía que no era más que un científico. Los demás, que no era más que un extravagante y, para colmo, un pesado. Se llamaba x, se llamaba y, z y t, cuatro coordenadas del continuo espacio-tiempo, que más no necesitamos saber. Le guardaremos el incógnito, ya que resultó tan indiscreto. Diremos el pecado, pero no el pecador.

A veces, dona Engraçadinha y el Consejero concurrían juntos a algunas exposiciones de pintura o de fotografía artística. La moda las había convertido en centros de reunión elegante. Menos mal. El Consejero se detenía de caso pensado en el examen de los desnudos, haciendo toda clase de observaciones técnicas, que llegaban a la minuciosidad anatómica, y que dona Engraçadinha consideraba de buen gusto escuchar sin dar señales de pudibundez o sobresalto. Así aprendió ella que el seno izquierdo suele caer un poquillo más que el derecho, por quién sabe qué misterios de la lactancia y de la postura en que se carga al bebé; y así aprendió también los claros que deben dejar las piernas juntas, y que la mujer lleva por la rabadilla la marca de la buena fábrica en el «losange de Michaelis» (o algo por el estilo), determinado por dos huequecitos leves, los «hoyuelos de Venus», que se advierten en esa región tan melindrosa y sensible. Y nada tiene de extraño que, después de esto, ella hiciera ciertas consultas, a solas, conjugando adecuadamente los dos espejos de su armario.

Pero lo que sobre todo aprendió y se le grabó cada vez más en la conciencia, dejando escurrir hasta la subconsciencia unas como gotas invisibles, es que ella era una mujer bien formada, bastante gallarda todavía, sin carnosidades excesivas, con los músculos esenciales del buen caballo de carrera y –lo principal– dotada de un esqueleto elegante, de un armazón bien medido y bien ajustado. ¡Ay! ¿Sería posible? Nadie se lo había hecho comprender. Y mida usted bien lo que dice, que yo ya estoy en la peligrosa edad en que una se lo cree y le agrada. Y lo peor (o lo mejor) es que no me decido a pensar que se trate de un mero halago, porque no tiene para qué adularme, ni le falta dónde divertirse. ¿Será posible, entonces?

El buen vihuelista escoge primero su instrumento entre los muchos que halla a la mano. Luego lo acicala, lo acaricia y lo va templando. Le prueba las voces y va corrigiendo las clavijas; y por instantes se va dando cuenta de que hay, en la caja sonora, un duende oculto que sólo esperaba ser oportunamente evocado. ¡Pues qué si se trata de una pieza olvidada, que la incuria había arrumbado por los rincones y ya comenzaba a criar herrumbre!

La sorpresa con que dona Engraçadinha se iba descubriendo a sí misma encontraba, en el otro platillo de la balanza, la sorpresa no menor con que el Consejero se iba convenciendo de que el instrumento respondía más y mejor de lo que él había sospechado. Y como no cabía en sí de orgullo, cayó en el error de referírselo al que quiso escucharlo, cerrando oídos a las burlas. Y, al fin, como tanto dijo y tanto alegó, le vino a suceder lo que al rey

Candaules, tan embobado con su dama que atrajo para ella las atenciones de otros.

Y hubo más: que ni siquiera pudo acabar su obra de persuasión y de adiestramiento, porque de repente le estalló encima la intriga de los que, desde su tierra, le trabajaban por la espalda. Porque hay que dar una lección a esos que se andan paseando en el extranjero a costillas del pueblo, y es bueno que vengan también a comer entre nosotros el pan amargo. Y una mañana, el Consejero supo por telégrafo (odiosa invención de Satanás) que ya no era tal Consejero, y que le situaban una suma exigua para su regreso, y gracias; y que debía ponerse cuanto antes en camino, para dejar el sitio libre a algún político incómodo, con cuyas agitaciones supernumerarias y redundantes ya no sabía qué hacer el señor presidente; por lo que se había resuelto desterrarlo en la diplomacia y narcotizarlo con un buen sueldo, no previsto en partida alguna.

Cuando el Consejero se alejó, dona Engraçadinha era ya objeto de curiosidad para muchos. Después de todo, el loco aquel no era tan loco como parecía. Yo no me había fijado bien. Cada vez me convenzo más de que eso del *coup-de-foudre* es otra mentira de la misma laya que la pretendida inspiración poética. Lo cierto es que a las verdaderas hembras se las conoce y aprecia poco a poco. Y que el amigo entendía de eso, no cabe duda, aunque no pasara de ser un extravagante y, para colmo, un pesado.

Pero aquello de «¡Qué guapa se nos ha puesto usted!», y otras vaciedades por el estilo, no hacían más que irritar a la pobre señora, acostumbrada a más sutiles manejos. Y, entre la irritación de este segundo y acaso más patético despertar, y la que le producía el sentirse como en el aire desde la ausencia de su amigo y maestro, dona Engraçadinha, entrada ya francamente en los últimos y desesperados esfuerzos de una edad que no se resigna a rendirse, dejaba ver en el diamante de sus ojos, antes serenos, unas llamaradas coléricas.

Y apareció el melenudo, el melenudo sin melena, aunque de cierto modo interior lo siga siendo. El literatoide metido ahora a mundano, después que se hartó, en otros siglos, de ser bohemio. El traficante de versos chirles, que anda escalando posiciones por el andamio de las letras. El muy pagado de la época admirable, la época de las grandes transformaciones en que, tal vez por méritos propios y prenatales, le ha tocado vivir. El que piensa que por haber nacido ahora sabe más que todos los de antes y cree poseer por ciencia infusa cuanto merece ser conocido. El emancipado de las esclavitudes y disciplinas que hicieron estériles, sin excepción, a todos los poetas pasados. El monstruo en su laberinto. Pero que sabe el camino de su casa, que sabe dónde le aprieta el zapato. Ladino entre su inconsciencia; sanchopancesco, si el buen Sancho mereciera esta injuria. Calculador, en medio de su casi absoluta falta de sentido. Buscón: sinvergüenza en una palabra.

Éste se las arregló para presentarse con las entrañas desgarradas, llorando lágrimas y sangre, implorando la comprensión de la diosa. Y como un Rousseau en caricatura, puso a los pies de dona Engraçadinha (que no daba crédito a sus ojos) todos sus pecados, sus errores y sus desvíos, transmutándolos por arte romántica en otros tantos motivos de compasión. De la compasión a la admiración no hay más que un paso. No todos lo dan. Lo dio dona Engraçadinha, porque había nacido para darlo.

Y el melenudo se convirtió en su falderillo y, poco a poco, en su tirano doméstico. Le hablaba mucho de Proust, naturalmente. Estaba al cabo del descubrimiento del Consejero. Sabía que aquella mujer ardía en fuego manso. Escogía los puntos escabrosos del novelista, disertaba sobre las aberraciones sexuales, se atrevía a contar sus propias experiencias, aducía ejemplos de zoología y botánica que demuestran a las claras cómo la naturaleza procede por tanteos y errores. De aquí pasó a una indigesta mezcolanza de literatura galante y de literatura erótica, en que el Aretino y el Boccaccio andaban revueltos con D'Annunzio y hasta con Felipe Trigo. Freud hizo el gasto de la autoridad filosófica que hacía falta. Y el triste marqués de Sade y el pobre diablo de Sacher-Masoch desplegaron en gran parada sus viciosos ejércitos de contorsionados y maníacos. E insensiblemente todo aquel aparato, urdido con inteligencia y malicia, fue derivando hacia la procacidad más completa. Dona Engraçadinha, como suele decirse, resollaba fuerte escuchándolo. Se prendió a él como a un deleite secreto. Y al cabo, fue el melenudo quien se encargó de atiborrarla de lecturas libidinosas y de imaginaciones osadas.

A veces, ella quería reaccionar: era tarde. Se había dejado salpicar por las quemaduras del extravío, escupitajos de plomo derretido que parecían agujerearle el cuerpo y el alma. Necesitaba que el melenudo la ayudara con sus insomnios y le proporcionara la droga diariamente. Se fue alejando de sus relaciones preferidas. Se encerraba con su mentor. Leía con voracidad los libros que le brindaba su protegido y casi amante.

¿Por qué era su casi amante y no su amante? ¿Acaso la

consideraba ya vieja? ¿Se habría extinguido ya aquel último resplandor que descubrió en ella su lejano amigo de otros días? ¡Acabáramos! ¿Tal vez un pequeño esfuerzo por parte de ella, un pequeño atrevimiento en el instante preciso? Todo parecía preferible, hasta la vergüenza, a aquella creciente angustia sin fondo.

Pero el melenudo atizaba el fuego, librándose de las quemaduras como una ágil salamandra. Y como la constitución de la pobre señora no resistía ya aquel atletismo malsano, ella se fue debilitando a ojos vistas, mientras el melenudo desplegaba su magia negra y sacaba del sombrero, no digamos inocentes conejos y candorosas palomas, sino todos los monstruos y endriagos de la fábula.

Lo más cruel del caso es que estas figuras de fantoches aparecían transportadas en una ráfaga de verdadera tragedia. El dolor de dona Engraçadinha era un dolor grotesco, y el juego del melenudo tenía peligros de alta escuela. Dona Engraçadinha no sabía cómo pagarle las excitaciones infecundas con que la traía sometida. Dona Engraçadinha, dona Agraciada, era toda agradecimiento y generosidad para la sanguijuela que vivía de su última sangre.

Y como aquello era demasiado, más vale acabar con este horror. Dona Engraçadinha va dando señales de exquisita flaqueza. La aquejan desmayos y temblores. Los temblores se le han fijado como una posesión demoníaca en las manos y en la cabecita nerviosa. La cabecita parece decir que no constantemente. Los espíritus animales se le escapan inefablemente. Los jugos se evaporan. Los tejidos se vuelven yesca. Dicen los doctores que le están faltando vitaminas, este flogisto de la ciencia contemporánea. Dona Engraçadinha se quema con chirridos de leña seca.

Dona Engraçadinha se consumió un día como una vela que se acaba. Tuvo todavía tiempo de dictar sus últimas voluntades. Testó en favor del melenudo, que era lo que se quería demostrar.

[Río, 19 de noviembre de 1938]

FRANÇOIS PELLERIN RECIBIÓ UN CHOQUE AL ASO-
marse al patio de nuestro Palacio Nacional. La fa-
chada le había producido una impresión sobria,
solemne, aséptica. El patio, de nobles piedras, nobles proporciones y arcadas, sin duda era majestuoso y viril. Pero
el espectáculo humano que ofrecía no pasaba de ser una
desagradable incoherencia. Por entre las filas de autos,
iban y venían «chauffeurs» maltrajeados, limpiabotas, va-
gabundos, soldados sin aire marcial, gente indefinible, a
medio vestir o con el sombrerón y la indumentaria elemental de los campesinos. Aquello parecía un puesto de
policía en un barrio bajo; aquello parecía una agitación
popular en vísperas de un levantamiento.

¿Por qué las residencias oficiales han de tener aquí este
aspecto pobre, sórdido, ramplón, feo? Pellerin no pensaba sólo en el contraste con el Elíseo y otras casas de gobierno en Europa, sino en la pulcritud de la Casa Rosada
(Buenos Aires), del Catete o el Itamaraty (Río de Janeiro). Este último es un verdadero museo. Ni siquiera se
sienten los jadeos del trabajo, el teclear de las máquinas
de escribir. Allí no se transpira en público, valga la paradoja tratándose de clima tan cálido. Aquello es una serie

de salones residenciales, atendidos por lacayos de impecable librea y cortesía ejemplar. Y las máquinas, los papeles, los expedientes, están escondidos en otros pabellones del señorial edificio, al costado o al fondo del jardín, donde las palmeras forman parvada en torno al estanque de cuento árabe.

Aquí, en cambio, todo es muebles desvencijados, de pacota, empleados sin maneras, danza de escupideras y colillas de cigarro, y una que otra palabrota en el aire, flotando por sí, salida no se sabe de dónde.

Las pinturas de Diego Rivera, en la escalinata, cualesquiera fueran sus méritos, no correspondían al tono y carácter; a la edad y al «temperamento» del Palacio. Eran un adorno yuxtapuesto, a pesar del cuidado con que el pintor procuraba siempre crear un enlace visual entre sus frescos y los espacios arquitectónicos que los envolvían. Pero si lograba la armonía de líneas, con el edificio, no la de colores que, aunque espléndidos, detonaban sobre la piedra gris, ni menos la armonía de espíritu con una construcción colonial.

Pellerin reflexionó un instante. ¿Sería éste el México auténtico, el México de fondo que él había estudiado en los libros de su infancia y había conocido por las reliquias de su familia? ¿O sería esto una momentánea torsión creada por los sacudimientos políticos y las pasajeras refracciones sociales? Al fin y a la postre, algo semejante pasaba ahora en todo el mundo; y la consabida «rebelión de las masas» –entendida como sustitución de la calidad por la cantidad en los varios modos y órdenes de la existencia– iba deshaciendo los perfiles de todos los pueblos y disolviéndose en una insipidez áspera y monótona.

Pellerin era hijo de padre francés y madre mexicana, a quien debía el haber conservado el uso de la lengua española. Educado en Tolosa, con incursiones primaverales en el Instituto Francés de Madrid, pronto traslado a París, donde se graduó en letras, fue bien acogido por la prensa diaria y llegó a ganar algún crédito como ensayista que ocupaba cierto terreno entonces mostrenco, ahora ya muy frecuentado, entre la crónica literaria, la sociología, la economía, la historia de la cultura, con más de periodismo brillante que de verdadero arte de escritor.

La Asociación de Universidades Francesas, deseosa de robustecer sus relaciones con las Universidades de Hispanoamérica –ante los notorios avances de otras influencias en los medios estudiantiles, y ante la convicción de que ya las meras «simpatías francesas» no bastaban, como antaño, para hacerlo todo– nos había enviado a François Pellerin, como un explorador, y el más adecuado por su mestizaje, para que tantease el terreno y viese la posibilidad de establecer en nuestras tierras aulas permanentes de letras francesas, en el sentido más amplio de la palabra, costeadas a medias por los organismos patrocinadores y por los organismos beneficiarios.

Le habían dicho que en nuestros pueblos todo se inicia en la Presidencia de la República, y había comenzado por procurar una entrevista con el presidente. Estaba citado para mediodía. Faltaban unos diez minutos cuando se anunció ante un ayudante militar con cara de pocos amigos, no sin haber tropezado con dos o tres criados de miserable porte y peores maneras, sin librea ni uniforme, que se empeñaban en atajarlo y le contestaban con secos monosílabos. ¿Hasta dónde –se decía Pellerin– llegará este ambiente de comisaría plebeya? ¿Y por qué dejan a esta gentuza vestirse a su gusto, es decir del peor modo, en vez de imponerle un traje obligatorio? ¿Por qué tampoco se da uniforme a los conductores de vehículos? Le han dicho a Pellerin que ello se debe a que México es país de hombres libres. Pellerin duda: ¿lo es en mayor grado que los demás países del mundo, donde estas apariencias se cuidan por respeto, a la comodidad, al agrado de las costumbres?

El ayudante desapareció por momento y volvió con semblante más amigable y urbano, para anunciarle, ya con una sonrisa, que el presidente lo recibiría en cuanto se desocupara y que, entre tanto, podía tomar asiento a su gusto. Y Pellerin pensó: «Va desapareciendo la cáscara adventicia; va reapareciendo, poco a poco, la dulce pulpa de la cortesía mexicana. Después de todo –oh doctor Cárdenas, oh Ruiz de Alarcón, oh Madama Calderón de la Barca–, la cortesía es la gravitación natural de este pueblo, mientras no le hacen perder su postura propia con el peso de la pistola o no lo intoxican brindándole el sol y las estrellas».

—¡Buenos días, señor! –dijo un coronel que pasaba apresuradamente, abriendo y cerrando puertas.

—¡Muy buenos días! –contestó Pellerin, impresionado por aquella respuesta a sus pensamientos.

El salón estaba lleno de gente que esperaba audiencia, que hablaba en voz baja y con sumo comedimiento, y que iba pasando por su turno al despacho presidencial, con un retraso considerable respecto a la cita marcada.

Media hora. Un cigarrillo. Una hora. Pellerin consultaba en silencio la cara del ayudante, que de nuevo era imperturbable. Gracias que traemos un periódico a mano. Veamos: el caso de la señora Membrillas, nombrada hace tres meses representante diplomática en Somalilandia, que aún no parte a su destino –pero a quien sus admiradores ofrecen el banquete número 50; el caso de los espaldas mojadas; el caso de Haya de la Torre; el caso de la bomba atómica... Marcar el paso sin avanzar... A otra cosa. A ver esta página literaria. ¡Ajá! Un artículo de Regüeldos sobre «El destino de la inteligencia y la inquietud contemporánea». El artículo comenzaba así: «El escritor debe servir al pueblo y conservarse en todo a su altura. Ocuparse en temas universales es traicionar a la patria. La cultura es una enfermedad profesional. Nosotros los que hemos sufrido...».

Pellerin abandonó la lectura y se puso a contar las vigas, examinar los ornamentos, y las cortinas, y los retratos de algunos próceres que colgaban de las paredes. Arte *pompier* todavía. Aquí no llegaba aún la revolución estética de Rivera, ni el patetismo de Orozco, ni el «cartelismo» de altura a lo Siqueiros.

¡Diablos, ya era la una y media de la tarde! Al francés se le retorcían las tripas de hambre. No está hecho a que le retarden la sopa.

—Cree usted... –se atrevió a comenzar.

—Sí –le atajó el ayudante–. En unos minutos será usted recibido. Es que había en turno tres delegaciones de los estados y tres secretarios: el de Educación, el de Hacienda y el de Guerra; todos esos señores que ha visto usted entrar poco a poco.

—Pero el presidente ¿no irá a retirarse de un momento a otro? ¡Es tan tarde!

—No, señor. Aquí nos quedamos mientras haya quehacer. A veces todavía estamos aquí a las dos de la madrugada.

—¿No hay horas fijas para el despacho?

—En México los gobernantes despachan a toda hora, señor.

—¿Sin descanso?

—Sin descanso. Es nuestro deber.

—Muchas gracias, señor –y volvió a sentarse, resignado.

Daban las tres de la tarde cuando sonó un repiqueteo nervioso. El ayudante se incorporó de un salto, abrió la puerta de respeto y dijo sencillamente:

—Pase usted, *mosié*.

Pellerin juntó las fuerzas que le quedaban para sonreír ante esta invitación, cruzó la puerta y se encontró con el amo de los destinos nacionales, que lo esperaba de pie, junto a su escritorio, sin un asomo de fatiga en el rostro, a pesar de lo avanzado de la hora y las continuas audiencias. «Este hombre es de bronce», pensó Pellerin. Y se acercó materialmente titubeando, para estrechar su mano.

—¡Excelencia!

—Hábleme de usted. Aquí ya no usamos esas respetables fórmulas europeas, tan antiguas.

—Señor, como he visto que hay que dirigirse a todos por el título profesional, usando el «señor» y el «don» («señor licenciado don Fulano», «señor ingeniero don Mengano»), a diferencia de lo que pasa en España, por ejemplo, donde se dice el apellido a secas y donde sólo los porteros y cocheros usan el título nobiliario para hablar con los nobles, creí que...

—No, en el trato oficial somos democráticos y llanos. Siéntese usted, señor *Pellerin*... Quiere decir «peregrino»,

¿verdad? Siéntese y dígame qué le trae por estas tierras y en qué puedo servirlo.

El visitante expuso su comisión y el objeto de su viaje. El presidente lo escuchó con afabilidad y paciencia. Y después dijo:

—Tenemos que servir al pueblo. A la patria le importan sus contactos con las grandes culturas. Entre su noble país y el mío la simpatía de la inteligencia y los gustos ha sobrenadado, por encima de las turbulencias políticas y bélicas de otros tiempos. Los mexicanos nos felicitamos de ello. Es usted muy bienvenido. El propósito que lo trae a México nos es muy grato. Hable usted en mi nombre con el señor secretario de Educación Pública, a quien ya yo habré prevenido. Creo que algo se podrá hacer, en bien de ustedes y de nosotros. Que le sea muy feliz su estancia en México.

La audiencia había terminado. Pellerin agradeció y salió precipitadamente del Palacio. Desembocó en el luminoso y ruidoso tumulto del «Zócalo». Paró un taxi. Se dirigió al hotel. Comió ya sin gusto ni apetito. Solicitó audiencia, por telégrafo, del secretario de Educación.

Si le hubieran preguntado cómo era el presidente no hubiera podido decirlo: tan borrosa le pareció su imagen. No creía haber hablado con un hombre de carne y hueso, sino con una abstracción o símbolo, o más bien con un aparato de sonido, un fonógrafo de frases hechas, o con un elemento mecánico, un tornillo, una palanca, una rueda maestra que se echa a andar y chirría. En todo caso, no con un foco de iniciativas humanas. Claro, el mandatario no es más que un puente. Pero él sabía que aquí, como en los Estados Unidos, este mandatario es un verdadero mandante...

Se percató de repente de que estaba irritable, nervioso, malhumorado. Es la altitud y es el comer a deshora –se dijo. Esto explica las revoluciones, la irascibilidad, el ansia de jugarse la vida por una palabra. Dicen que aquí se ama o se desprecia a la muerte, pero no se la teme. Por el contrario, tenerla siempre ante los ojos, en los muñecos, en los grabados populares, en las canciones y «corridos», ¿es signo de amor, o de irrefrenable temor? ¿El que rueda en el abismo, atraído por él, puede decirse que ame ni desprecie al abismo? Seguramente va hacia él por el mismo exceso de pavor.

Y ahora recordaba, precisamente, que, al encaminarse a su cuarto y pasar frente a la florería del hotel, mientras esperaba un ascensor, oyó a dos muchachas conversando. Una de ellas decía, con la sonrisa del que da una noticia grata:

—¿Te acuerdas de aquel muchacho rubio que bailó contigo y luego conmigo? Pues ya lo mataron hace dos días.

Y la otra, también sonriendo:

—¡Ay, tú! ¡No me lo digas!

¿Es la vecindad de la muerte? ¿Es la complacencia en la muerte, la aceptación o la fascinación de la muerte? Además, este pensamiento de la muerte ¿es característico de México según se pretende? ¿Y España, donde un escritor mexicano, precisamente, reparó en que los entierros eran la verdadera «fiesta nacional» del pueblo madrileño? ¿Y no decía Kant que España le hacía pensar en la muerte? Y, si vamos a la antigüedad, ¿qué decir de Egipto? ¿O de los tracios a quienes Marciano Capella atribuye un *appetitus maximus mortis;* o de los getas que eran *paratissimi ad mortem;* o de los trausos de Heródoto que lloraban ante los recién nacidos y se regocijaban en los funerales? Decididamente estamos irritables, nerviosos, malhumorados. Tal vez sea la altitud, tal vez el comer a deshora.

El vendedor de felicidad

OMO EN EL VERSO DE RUBÉN DARÍO, «FUE EN alguna extraña ciudad». El nombre no importa. Baste decir que era una de esas horas en que todas las cosas parecen irreales. La gente iba y venía y nadie hacía caso de un vendedor ambulante que anunciaba alguna mercancía invisible. Temí que fuera uno de esos traficantes en tentaciones vulgares. Era hombre de edad indefinida. En sus ojos había muchos siglos de malicia y, de repente, destellos de juventud y candor. La curiosidad me atrajo.

—Vendo —me dijo— el secreto de la felicidad. Vendo la felicidad por cinco centavos, y nadie quiere hacerme caso.

—Buena mercancía en los tiempos que corren —le contesté— y sin duda en todos los tiempos. Pero los hombres somos desconfiados por naturaleza. Un negocio demasiado bueno nos pone recelosos. «No caerá esa breva», decimos, y nos alejamos llenos de dudas. Santiago Rusiñol salió por la plaza de un pueblo de Cataluña, un día de feria, disfrazado de campesino. Quería probar la estupidez humana. Llevaba una cesta llena de «duros», monedas de a cinco pesetas, y anunciaba que vendía sus duros a tres pesetas. Todos se detenían un instante, examinaban los duros, los mordían, los hacían sonar sobre el suelo, y no se decidían a comprarlos. No hubo uno solo que creyera en la felicidad.

—Sin embargo —me dijo el vendedor ambulante—, por cinco centavos bien vale la pena de ensayar. ¿Se atreve usted?

Me atreví. Nos sentamos en el quicio de una puerta. Y mi embaucador comenzó:

—No voy a venderle a usted un sermón moral o religioso. Si usted es hombre de sólidas bases religiosas o morales, mi secreto no le sirve a usted para nada, porque entonces cuenta usted con sostenes superiores al anhelo de felicidad práctica. No quiero defraudarlo a usted. Mi mercancía sólo aprovecha a los escépticos absolutos.

—Pues yo soy uno de ellos —le dije, por seguirle el humor y para conocer el fin de la historia—. Estoy asqueado de la Humanidad, lo que hoy por hoy no tiene nada de insólito. Es posible que la vida humana esté llamada a mejorar después de la catástrofe que hoy presenciamos. Pero eso no puede consolarme. Lo que me importaría es ser feliz yo mismo, en mi existencia actual y en el tiempo que me ha tocado. Y mi disgusto por cuanto veo y experimento ha asumido tales proporciones que puedo, sin paradoja, asegurar que cuanto existe, el Universo, la Creación, han comenzado a incomodarme.

—Entonces usted es mi hombre, mi comprador ideal —me dijo el mago—. Me guardo sus cinco centavos y le doy en cambio mi receta: ¡Suicídese usted!

—¿Y eso es todo lo que tenía usted que decirme?

—¡Calma! No se impaciente. No he acabado. El valor de mi consejo está todo en el procedimiento. Hay muchos modos de suicidarse. El que yo propongo es el siguiente: suicídese usted mediante el único método del suicidio filosófico.

—¿Y es?

—Esperando que le llegue la muerte. Desinterésese un instante, olvídese de su persona, dese por muerto, considérese como cosa transitoria y llamada necesariamente a extinguirse. En cuanto logre usted posesionarse de este estado de ánimo, todas las cosas que le afectan pasarán a la categoría de ilusiones intrascendentes, y usted deseará continuar sus experiencias de la vida por una mera curiosidad intelectual, seguro como está de que la liberación lo espera. Entonces, con gran sorpresa suya, comenzará usted a sentir que la vida le divierte en sí misma, fuera de usted y de sus intereses y exigencias personales. Y como habrá usted hecho, en su interior, tabla rasa, cuanto le acontezca le parecerá ganancia y un bien con el que ya usted no contaba. Al cabo de unos cuantos días, el mundo le sonreirá de tal suerte que ya no deseará usted morir, y entonces su problema será el contrario. Voy a darle a usted un ejemplo. Usted, en su actual situación, ¿qué atención puede prestarle a un hacha de mano? Pero si usted fuera Robinsón, el náufrago, el que todo lo ha dado ya por perdido al rodar sobre la playa desierta, ¿se imagina usted la alegría de rescatar un hacha? Pues aplíquelo usted a las cosas que le rodean, y hasta a los objetos que lleva en los bolsillos, el reloj y la pluma.

Medité un instante, y repuse:

—Tome usted otros cinco centavos, porque después de esto, voy a necesitar que me venda usted otra receta cuando, enamorado de la vida, vea venir la muerte con terror.

[México, mayo de 1943.

Mil felicidades para 1953]

197

La venganza creadora

S OL Y MAR, PEREZA Y CALOR. LOS BREVES DÍAS DE vacaciones transcurrían apaciblemente en Acapulco. Cuanto no era allí naturaleza –la gente, el pueblo–, era incomodidad y abandono. Aún no había llegado a ser el puerto lo que ha venido a ser después: un Luna Park de lujo. Mil veces preferible quedarse en casa fuera de las horas del baño y el reposo en la playa. Mil veces mejor quedarse en casa, entregados a la charla boba, al Romey de dieciséis cartas, porque en el Jim Romey, tan a la moda entonces, todo se vuelve aritmética y obliga a trabajar demasiado. Algunos tragos de vino por la noche, y cierta morbosa tensión en el ambiente; porque el ocio es mal consejero; y, por lo pronto, apicara las conversaciones y acorta un tanto los trechos de la familiaridad lícita y admitida.

La casita trepaba por la ladera y, de noche, era visitada por los abanicos de la brisa. Era pequeña y suficiente; sólo tenía dos pisos. Era propiedad de Federico, *restaurant* alemán establecido en la ciudad de México, propiedad que conservaba aún porque aún estábamos antes de la guerra y no se habían dictado aquellas disposiciones sobre posesiones a tantos kilómetros de la costa. Federico no era un nazi, sino, todavía, un hombre del káiser, aviador herido en las campañas de la primera guerra y retirado ahora a sus negocios privados; lo bastante, al menos, para que no se le conocieran tendencias ni tentaciones políticas. Hombre rubio, maduro, insípido, sereno, alto, afeitado, con una rara expresión de impavidez y una mirada sospechosamente fija, a veces, que hacía preguntarse si tendría un ojo de vidrio.

El resto del grupo lo componían su amante, Enriqueta, que hacía con él vida conyugal; el hijo de ésta, habido con alguno de sus anteriores compañeros, muchacho de unos quince años, llamado Enrique, familiarmente Quico; y una amiga inseparable de Enriqueta, persona también de historia y de fábula, que había logrado borrar su nombre, rebautizarse para todos con el expresivo apodo de Almendrita.

No tenían servidumbre. Las mujeres se encargaban de los menesteres domésticos en general. Almendrita, mujer muy dotada, corría con la cocina; y Enriqueta y Federico se turnaban en el automóvil y en los viajes al mercado.

Enriqueta era mujer blanquísima, de pelo castaño, de lindos ojazos y boca fresca, aunque levemente descuidada como sucede con muchas en esta tierra, tipo deportivo, treinta años muy juveniles y cierta frialdad de corazón, algo tocada de educación norteamericana y aun de eso que se llama «el pochismo», huérfana por la muerte de una abominable madre elefántica, padre perdido en la noche de los tiempos, y hermanos y hermanas de variada fortuna. Cuatro o cinco hombres en su abono –entre directorcillos de orquesta y cosas así–, aparte de anteriores encuentros ocasionales y malos tratos y abusos de que la había salvado anteriormente Almendrita, recogiéndola por unos meses en su casa de mujer sola, como a una hermana menor. De allí, había pasado Enriqueta a manos de Federico, quien le daba muy buena vida y la mimaba como a una gata de lujo.

Quico, ante las experiencias maternas, sufría una revoltura entre su buen natural y los desplantes cómicos con que había aprendido a afrontar las situaciones equívocas. Iba para buen mozo, acariciaba mucho a su madre, cruzaba los años críticos y, según Federico –que lo veía con buenos ojos y trataba de corregirlo por la buena–, estaba muy mal educado.

Almendrita era pequeña, morena de bronce, pero de perfiles más andaluces que mexicanos; desenvuelta, ágil, pronta para todo, valiente y sencilla como quien ha vivido mucho y lo ha visto todo, absolutamente todo. Tenía plena conciencia de su superioridad en tanto que ser humano completo. Frisaba ya en los cuarenta, pero se le daría, a lo sumo, la edad de Enriqueta, y, a ratos, aún se la supondría menor. Pelo negro y sin una cana. Tez admirable y lisa. Gracia y encanto femeninos, ardor natural. Rasgos todavía perturbadores, reliquias de su belleza juvenil. Ojos elocuentes, cara llena de simpatía y comunicativa como ninguna. Conjunto realmente «comestible». Tras de mil andanzas y tumbos que habían despejado su inteligencia en términos excepcionales, templando no menos su voluntad, se conservaba fundamentalmente limpia y buena... Uno de esos seres que nos devuelven la confianza en las cualidades inextinguibles de la especie. Con una tropa de medios hermanos o medias hermanas, habidos de distinto padre o distinta madre, tenía una sola hermana cabal, que había juntado algún dinerillo merced al cálculo, al trabajo y a eso que se parece al amor.

Pero Almendrita prefería vivir enteramente sola. Sus amigos siempre le habían durado muchos años. Su trabajo en el teatro y en el cine la ayudaba de tiempo en tiempo, pues ya comenzaba a retirarse y sabía escoger a su gusto, sin resignarse a ser escogida. Se bastaba sola y sabía quedarse sola. Leía mucho, y las labores femeninas no tenían secretos para ella, cosa más de adivinación que de estudio. Era naturalmente bien puesta.

Su noble conducta con Enriqueta, allá cuando la levantó del suelo, le daba autoridad en casa de Federico, quien más de una vez la miraba embobado, y más de una vez, pensando en esa criatura irresistible y trigueña, se había preguntado si, después de todo, el pretendido ario germánico sería de veras el modelo de la raza suprema.

Entre dos mujeres «que están de vuelta» y un alemán de buen estómago, Quico se sentía bien hallado, y encontraba el medio de resolver a solas sus pasajeras inquietudes, algo exacerbadas en el clima del trópico, el cual, después de todo, a ninguno de los cuatro podía dejar indiferente.

Almendrita tenía que hacerse desentendida ante los lances de la pareja, en lo que –por salud y buen equilibrio– no se detenía mucho a pensar. Y, a la hora de los baños de sol, cerraba los ojos para no darse por entendida ante las miradas codiciosas. No por melindrosa virtud, sino, simplemente, porque no le daba la gana de complicarse por ahora la vida, y el tesoro de sus infinitos recuerdos le bastaba para saciar ese prurito de amor propio que es causa, a veces, de un paso en falso. Ella sabía bien lo que era, lo que valía, lo que podría hacer cuando quisiera. Pero estaba entregada al reposo, como en leve sueño vegetativo.

Aquella tarde había llovido. La noche entraba majestuosa y risueña. El fresco y el calor jugaban en ráfagas alternas. La electricidad de la atmósfera parecía recorrer los nervios, sacudiéndolos delicadamente. Los tres mayores, las cartas a la mesa, se habían metido un poquillo en whisky y en coñac. Habían dado sus probadas al chico. Federico mantenía una rigidez que más parecía guardia armada, y de repente contemplaba interrogativamente a Enriqueta, que comenzaba a tener sueño. Almendrita, como siempre ilesa, sostenía la conversación. A Quico se le iba un poco la lengua, y su madre lo reprendía de tiempo en tiempo, más por deber que por deseo de frenarlo.

De pronto, Almendrita, dirigiéndose a Quico, observó:

—Deberías aprovechar este alto del juego para recoger tu servicio del comedor. Aquí no tenemos quien lave los platos y hemos convenido en que cada cual cuidará lo suyo. Anoche lo dejaste todo abandonado. Ve a cumplir tu deber.

El chico bostezó y dijo:

—Ya lo haré mañana, hoy no tengo ganas.

Enriqueta añadió:

—Haz lo que te dice Almendrita —aunque se notaba que le importaba poco.

Y el muchacho, refunfuñando, se levantó y se encaminó al comedor, diciendo de modo que Almendrita lo oyera:

—Bueno, mamá, le daremos gusto a la vieja histérica.

La cólera relampagueó un instante en la cara de Almendrita, pero se contuvo. Y, en tanto que Enriqueta y Federico reprendían a Quico, que estaba ya en la cocina y los oía gritar sin hacerles caso, entregado a la tarea de lavar su vajilla, una extraña sucesión de expresiones se pintó en la faz de Almendrita, de que ni Enriqueta ni Federico se dieron cuenta.

Almendrita, que barajaba para disimular su disgusto, se puso primero sumamente seria. Pareció hacer un esfuerzo; después, meditar; al fin, recordar. Su fisonomía se aflojó gradualmente. Pronto sonreía como de costumbre. Un aire de travesura hizo temblar sus facciones. Se mordió los labios con cierta fruición, se acomodó mejor en la silla y casi cerró un ojo. Entonces habló:

—¡Ya pasó! ¡Ya pasó! ¡Déjenlo! Mándenlo a acostar en castigo, y siga el juego.

Y así se hizo. En cuanto Quico secó sus platos y cubiertos, se lo tuvo por dicho. Gritó: «¡Buenas noches a todos!», y trepó la escalera.

En el piso bajo había una sala, un comedor, una cocina, la espaciosa alcoba de la pareja, un garaje y un pequeño jardín al frente, en declive sobre la colina y con vista al mar. En el piso alto había dos cuartos modestos, pero suficientemente amueblados –uno de Quico, otro de Almendrita– a ambos extremos de la azotea y separados uno del otro. El de mar era de Almendrita; el de montaña, de Quico.

Enriqueta jugaba ya sin saber lo que hacía. Federico tenía miedo de que se le quedara dormida, frustrando así sus posibles planes nocturnos. Almendrita, después de un rato, sonriendo siempre, tomó la iniciativa, según solía hacerlo:

—Yo también me caigo de sueño. Vamos a descansar.

Se recogieron las cartas, se alejaron las sillas. Federico

pasó el brazo por la espalda de Enriqueta y la condujo a la alcoba, silbando la marcha del *Lohengrin*. Se oyeron correr, escaleras arriba, las sandalias de la sin par Almendrita.

Arriba, la noche era irresistible, y las montañas de tinta negra se destacaban, por curioso efecto, sobre un cielo enlunado. Almendrita respiró con arrobamiento. Reinaba el silencio, cortado al paso de los autos por la carretera, y por las explosiones de voces que la brisa traía en racimos. Se filtraba la luz por las junturas de la puerta de Quico. Almendrita contempló la puerta en silencio. Meneó la cabeza y se encaminó resueltamente a su alcoba, al otro extremo de la azotea.

Empezó a desvestirse lentamente, como para dominar cierto temblorcillo que le vino a las manos. Se lavó, se arregló, enteramente desnuda y estudiándose frente al espejo. Dio a su cara unos cuantos toques, ligeros y acertados: los labios, las cejas, las pestañas, las ojeras, resaltaron poco a poco al conjuro de un «maquillaje» artístico y experimentado. Se echó encima una bata de muselina, ató a la cintura y la aflojó del busto y la falda, como con negligencia, hasta convencerse de que la bata se abría un poco al andar y también al mover los brazos. Y salió de nuevo a la azotea.

Otra vez resolló fuerte, queriendo absorber el embrujamiento de la noche. Se concentró un instante. Y, descalza y con pasos rápidos, se dirigió al cuarto de Quico. Empujó la puerta sin miramientos, y él la saludó con una furtiva exclamación, sorprendido, pero temeroso de que lo oyeran gritar.

Almendrita cerró la puerta tras sí y, contemplando al muchacho sin titubear, se le enfrentó y le dijo:

—¡Muy bonito! ¡El niño divirtiéndose solo! ¡Eso no se hace a tu edad!

—¡Cállese! –dijo él casi con el aliento y cubriéndose presurosamente con la manta–. ¡Váyase! ¿Qué busca aquí?

Y los ojos del muchacho, a pesar suyo, recorrieron golosamente las calculadas aberturas que mostraban los encantos de la mujer. En esos ojos había miedo, y empezaba a haber otra cosa, entre interrogación y esperanza.

—Dijiste que íbamos a darle gusto a la vieja histérica. ¿Verdad? –dijo Almendrita con un tonillo doctoral y avanzando hacia la cama de Quico, al tiempo que dejaba caer la onda de su bata. Estaba enteramente desnuda, los brazos abiertos, radiante de sensualidad, agitando el seno, en lumbre los ojos. Y continuó:

—¡Pues a darle gusto, que para eso son los hombres! Ahora me las vas a pagar todas...

Y cayó sobre el lecho, enlazando imperiosamente el cuerpo del muchacho, mientras repetía con voz sofocada:

—Yo te enseñaré algo mejor que lo que estabas haciendo. Ahora vas a ver lo que sabe hacer la vieja histérica.

Se apagó la luz. Se oían rumores y jadeos, frases entrecortadas, suaves gemidos de gozo en que ambas voces se confundían.

Tras un instante de sopor, el muchacho acertó a decir:

—¡Qué sorpresa! ¡Qué felicidad! ¡Cuánto tiempo desperdiciado! ¡Lo que menos me figuraba! ¡Otro, otro, por favor!

—¿Otro? –dijo ella arrastrando un poco las palabras–. ¡Toda la noche! ¡Lo que es ahora no te me escapas! ¡Quiero vengarme de lo que dijiste!

Pero la venganza se resolvía en besos y caricias, rumores

y jadeos, frases entrecortadas, suaves gemidos de gozo en que ambas voces se confundían. Afuera, la noche tropical empujaba sus antorchas nupciales. Ahora las montañas eran doradas. De lejos, chascaban el freno los potros de las olas y cabeceaban las palmeras. De la alcoba salía algo como una palpitación de alas invisibles.

Enriqueta, despeinada y ojerosa, servía el desayuno a los varones. Entró Almendrita en atavío de baño, semidesnuda. Quico apenas alzó los ojos y enrojeció un poco. Federico, para admirarla a gusto, adoptó su impavidez académica.

—¿Te me has adelantado? –dijo Almendrita a Enriqueta, acompañándola a la cocina.

—¡Quico! –gritó desde allá Enriqueta–. ¿Ya le pediste perdón a Almendrita?...

Almendrita no lo dejó hablar. Se acercó, le puso las manos en los hombros.

—¡Ya! –dijo–. Ya nos reconciliamos anoche. ¿Verdad, Quico?

El muchacho se atragantó sin poder pronunciar palabra, y dijo que sí con la cabeza.

—Ya no volverá a suceder, ¿verdad? –continuó Almendrita acariciándole la cabeza–. Ahora vamos a ser muy buenos amigos.

No bien habló así, se arrepintió de haber hablado. Había contado con su habitual presencia de ánimo, pero no pudo disimular cierta turbación. En su voz, en el desconcierto de Quico, en la actitud de ambos –que, en el chico, era timidez y, en la mujer, descaro forzado–, en todo ello hubo algo que pareció delatarlos a medias. Federico y Enriqueta se cambiaron una mirada furtiva y callaron. Calló también Quico, engolfándose en su desayuno con una expresión atónita. Almendrita se sentó con un movimiento ágil, tarareando y mirando al techo, y sintiendo que por instantes le salía el rubor a la cara.

Y entonces, en un embarazoso silencio, cada uno emprendió un monólogo interior.

Quico sopeaba el pan y pensaba: «¡Ahora sí que soy todo un hombre! ¡La importancia que me voy a dar con los amigos! ¡Pepe se pondrá más envidioso!... A lo mejor, no me lo creen. ¿Les diré de quién se trata? ¿Me haré el indiscreto y el olvidadizo delante de ellos, haciéndole a Almendrita algún furtivo cariño a la pasada, para que se convenzan de que es verdad? Ella no tiene que darle cuenta a nadie, nada pierde, pero tal vez eso no le guste. ¡Es tan cuidadosa! Además, si le cuento todo a Pepe, le doy ideas... Y no sé por qué se me figura que a ella no le desagrada Pepe. Me parece que lo mira de cierto modo... ¿Será mejor callar? ¡Es tan difícil!».

Enriqueta, haciendo ruido con los trastes en la cocina, pensaba así: «Aquí ha pasado algo. Mejor será no darse por entendida, aunque Federico me pregunte. ¡En peores nos hemos visto juntas, Almendrita y yo! Después de todo, lo mejor que podría suceder es que Quico diera sus primeros pasos guiado por una mano amiga y segura. Así se le quitarían esas mañas infantiles tan peligrosas».

Y lo que menos sospechaba, en su cabecita insignificante, es que reconstruía los argumentos de Madame de Warens cuando se propuso por iniciadora y tutora al adolescente Rousseau.

Federico se había asomado a la ventana y meditaba: «¡Mejor que mejor! Así también yo la tendré a mi alcance.

Hace mucho que ella no incurría en un desliz, y yo no me atrevía a insinuarme. Y, dada su amistad para con Enriqueta, mucho menos. Pero ahora, iniciado el movimiento, tiene que continuar. La haré sentir, por lo pronto, que me he dado cuenta».

En este momento se volvió y, aprovechando la ausencia de Enriqueta y el aturdimiento de Quico, que por nada se hubiera atrevido a levantar los ojos, miró fijamente a Almendrita, con nueva intención en la mirada.

Almendrita, que en ese momento se levantaba de la mesa, se dejó guiar por su instinto y sus hábitos femeninos; se provocó a sí misma, si vale decirlo, un nuevo acceso de rubor; hizo como que sólo ahora se daba cuenta de su semidesnudez, como que quería esconderse dentro de su propio cuerpecito; cerró y abrió los ojos. Y, como atraída por la fascinación de Federico y su implacable mirada, se lo jugó todo valientemente: se dirigió hacia la ventana, rozó a Federico con todo el cuerpo, contempló alternativamente al varón y al muchacho, sintiéndose dueña de los dos y midiendo sus dominios con la mirada. Le pareció que se abría ante ella una avenida de continuados deleites; le saltó el corazón; tembló visiblemente y sin poder evitarlo, y dirigiendo una mirada a la playa, exclamó:

—¡Esto sí que es el Paraíso!

Enriqueta seguía en la cocina, fregando trastes. Quico escapó corriendo al jardín. Federico, inmóvil, recibió de frente la metralla que le lanzaba Almendrita, por todos los poros de su ser.

[México, mayo de 1946]

El «petit lever» del biólogo

CADA HOMBRE VE EL UNIVERSO CON SUS OJOS. Aun se asegura de que cada uno ve los colores a su manera, y que no hay criterio posible para establecer la unidad en la visión colorida.

—¿Cómo ve usted el mundo? –dije a mi amigo el biólogo–. No le pido a usted una opinión filosófica, que sería mucho exigir. Sino una sencilla descripción de lo que, con sus ojos de biólogo, va usted viendo en las cosas y actos familiares que llenan, digamos, un día de su existencia.

—¿A qué tal interés en persona tan insignificante como lo es un biólogo? –me dijo él modestamente.

—Porque –repuse– lo que hoy parece insignificante puede ser muy importante mañana. Me han asegurado que los biólogos no tardarán mucho en gobernar las sociedades humanas, reduciendo al segundo plano a los ya fracasados políticos. Estudio al parecer tan ocioso como el de los órganos reproductivos del saltamontes o «chapulín» vulgar ha conducido ya al descubrimiento de la determinación de los sexos, y aún no sabemos adónde pueden llegar las consecuencias de este nuevo instrumento para gobernar la vida.

—Pues verá usted –me dijo mi amigo el biólogo–. No

acabaría de contarle lo que veo en un día entero; pero le contaré mi *petit lever*. Cuando mi criada abre las cortinas, por la mañana, lo primero que se me ocurre pensar es que este animal está haciendo algo, está trabajando en servicio de este otro animal que soy yo.

—Y en el verdadero reino animal, ¿puede suceder algo semejante?

—¡Y cómo! La esclavitud es un hecho natural. Sólo la corrige el «humanismo». Hay en Suiza cierta clase de hormigas *(Polyergus rufescens* por más señas) cuyos feroces obreros ni siquiera saben cuidarse de la progenitura ni procurarse el alimento. Y, para poder vivir, necesitan esclavizar a otra clase de hormigas que trabaje para ellas, generalmente la *Formica fusca.* Y unas y otras clases «sociales» no se juntan en igual proporción en cada hormiguero, a un esclavo por amo, sino que cada amo tiene cuando menos seis esclavos.

»Los esclavos –continuó– no engendran, y hay que sustituir a estos ilotas conforme mueren, a riesgo de que perezcan por inanición los espartanos que de ellos viven: lo que a mí me pasaría si de pronto me quedara sin cocinera y sin criada. Así es que los *Polyergus,* por verano, suelen enviar un destacamento en busca de nuevos ejemplares de *Formica* a las tierras circunvecinas. Verdaderas excursiones de esclavistas como las que entraban en Abisinia, las columnas conquistadoras escogen el hormiguero más propicio, destrozan a sus defensores con sus fuertes mandíbulas, y se llevan a las larvas consigo. Al desarrollarse las larvas, los nuevos animales adultos, que nacieron ya esclavos, aceptan su condición con perfecta sencillez, sin experimentar las angustias del encadenado Segismundo.

El mismo hormiguero será obra de estos servidores, pues los amos son incapaces hasta de construir y conservar la morada. ¿A qué se dedican, pues, los amos? ¿Acaso a la filosofía, como los griegos esclavistas de antaño?»

—Pero no ha hecho usted más que abrir los ojos –le advertí–. Siga usted el cuento.

—En cuanto abro los ojos –dijo– veo a mi perro que suele dormir en un rincón. Este perro no me sirve de nada. Es una mera posesión de lujo, es un juego, es una afición: un cocker spaniel, por cierto, y estos perros son útiles para los cazadores; pero yo no soy cazador desde que leí en un diario de Nueva York cierto relato de cazadores acosados por el jabalí salvaje, relato muy felizmente imitado después por Vasconcelos. Si entrara un ladrón en casa, de seguro que mi perro iría a lamerle las manos, pues tampoco es perro de guarda. Lo acaricio, hablo con él, y no puedo pedirle más: no sirve para nada.

—¿Y va usted a decirme que también los animales tienen animales domésticos de lujo?

—Exactamente. El pequeño escarabajo *Hetaerius* vive en condición de animal de lujo en ciertos hormigueros de Europa y de Norteamérica. De nada aprovecha a la economía de la comunidad. Pero las hormigas, que son tan previsoras y cautas como nos lo enseña La Fontaine, se dan el gusto de nutrirlo a su propia cuenta, simplemente porque les agrada. De tiempo en tiempo, la hormiga que pasa junto a él le lame la cara; es decir: juega con él como yo juego con mi perro. Pero el escarabajo coquetea y esconde la cabeza en el tórax como una tortuguita. Entonces la hormiga arroja de su estómago alguna sustancia que le agrada al *Hetaerius*, y éste nuevamente saca la cabecita y consiente los mimos y las caricias de la hormiga. Finalmente, el amo se divierte en hacer rodar por el suelo a su bestia domesticada.

—Me parece que su día vale por las *Mil y una noches*. Lo escucho...

—Me calo las gafas. Sin ellas no puedo ver, porque soy miope. Mis lentes naturales son defectuosos: me dan imágenes exactas de los objetos, pero las sitúan en un sitio equivocado; no en el fondo del globo ocular, donde se hallan las células sensoriales que pudieran transmitir tales imágenes al cerebro, sino algo más adelante, donde no hay células que se impresionen. Si me acomodo, pues, unos lentes cóncavos, hago que las imágenes retrocedan hasta el sitio debido.

»La armazón de mis gafas es de carey y viene de la tortuga que tiene remos o paletas, y no de la que tiene dedos separables. Es decir: no de la misma tortuga con que se hace la afamada sopa. Esta tortuga de "concha" que ha dado el armazón de mis gafas se nutre con peces, y como muchos carnívoros, no tiene buen sabor. La tortuga que comemos es la que se alimenta de algas marinas.

»Procedo a mi aseo diario. He aquí, desde luego, mi esponja, esqueleto de animal marino. Las plantas son organismos vivos que se nutren de sales inorgánicas o que están emparentados de cerca con los que tal hacen. Los animales son organismos que requieren materia orgánica ya preparada para ellos. O comen plantas, o comen animales que comen plantas, o animales que comen animales vegetarianos; o que, en suma, de algún modo obtienen materia ya orgánica elaborada con las sales orgánicas que las plantas comenzaron por absorber. Y la esponja, en nuestro caso, se nutre con plantas y animales microscópicos que flotan en el agua marina. Es como un cedazo sutilísimo. Y su esqueleto es nuestro utensilio de tocador. Hay centenares de esponjas, pero sólo unas cuantas especies sirven al uso humano. Pues muchas están erizadas de púas y lastimarían la piel.

»Y ahora entramos en esta operación maravillosa que llamamos el afeitarse o rasurarse. ¡Cuántos problemas para el biólogo! ¿Por qué me crece el pelo en la cara? Ya se sabe: en los órganos reproductivos del hombre hay ciertas células glandulares que producen y lanzan al torrente sanguíneo ciertas sustancias, haciéndolas circular por todo el cuerpo y determinando la conformación masculina en todas sus partes. Estas sustancias son las hormonas, verdaderos mensajeros químicos. Lo cual explica en parte el misterio. Pero ¿por qué los bigotes y la barba? Estos órganos suelen llamarse caracteres sexuales secundarios, para distinguirlos de los esenciales. Tales son las crestas del gallo. Se supone que son rasgos atractivos para la hembra, y Darwin pensaba que, en el curso de la evolución, se habían ido desarrollando gradualmente, porque las gallinas tendían a escoger como padres de la progenitura a los gallos mejor dotados de semejantes adornajos. Pero ¿y las barbas? ¿Vamos a negar que las hembras escogen de buen grado a hombres sin barba? ¡Misterios de la biología! Acaso las hembras primitivas o prehumanas gustaban especialmente de las barbas de sus galanes. Ha habido épocas en que la moda las favorece, acaso a manera de reminiscencia biológica. Es el caso de la falda corta y la falda larga, que hoy por hoy quiere resucitar. La muchacha abandonada en el desierto desde sus más tiernos años ¿escogería, al ser trasportada a nuestras ciudades, a los afeitados o a los barbudos? Da en qué pensar. El Cid y los caballeros de su tiempo envolvían la barba en redes de seda, como precioso atributo de su varonía. Juliano el Apóstata se vio en trance de defender, contra un pueblo de rasurados burlones –y acaso el rasurarse es hábito masoquista nacido en la Mesopotamia–, las nobles y luengas barbas de los filósofos.

»Muchos hombres se figuran que la barba crece más mientras más frecuentemente se la afeita. Experiencias realizadas recientemente en los Estados Unidos parecen mostrar que la velocidad de crecimiento es constante para cada sujeto.

»Pero no divaguemos. Al afeitarme, tengo que usar una espuma adecuada que mantenga cada pelo de la barba en la postura conveniente para que lo siegue la navaja; y tengo que usar algún fluido untuoso para facilitar el deslizamiento de la hoja. El jabón cumple ambos fines. Y para que el jabón haga espuma y se aplique bien a la piel, se emplea generalmente una brocha de pelo de tejón... ¿Ha visto usted alguna vez un tejón? No es frecuente, porque es animal nocturno y escondido. Vive en agujeros. Su largo pelo lo protege contra los ataques y contra el frío. Al tocar un tejón, siente uno como si lo mordiera con el pelo por cualquier parte del cuerpo que se lo toque. Efecto del largo pelo y, también, de la piel floja. Se diría que el animal puede revolverse libremente dentro de su propio pellejo.»

—¿No está el tejón emparentado zoológicamente con el oso?

—Es una falsa idea vulgar. Más bien se emparienta con el armiño, la comadreja, la nutria, el zorrillo. Tiene escasos molares. Los osos tienen, de cada lado, dos arriba y tres abajo. Los armiños y los tejones nunca poseen más de un molar en cada mandíbula superior, y uno o dos en las inferiores, verdadera singularidad.

»Y a propósito, ha llegado el instante de limpiarse los dientes. ¿No es extraño que tengamos que proceder a este aseo para conservar la dentadura en buen estado? En todo el reino animal, el hombre posee los peores dientes, y los fósiles del hombre primitivo muestran que ya lo afligían las enfermedades dentales. Se diría que los dientes se amontonan con demasiada apretura en la boca humana. Si estuvieran más espaciados, como en la mayoría de los animales, las partículas del alimento no se quedarían entre las junturas y acaso los dientes se conservarían mejor. ¿Por qué, pues, este amontonamiento? ¿Será que, al disminuir la mandíbula humana desde el hocico animal hasta la forma fetal que hoy asume, los dientes no se hicieron más pequeños en proporción? Nuestros remotos antecesores, en todo caso, tenían quijadas mayores que las nuestras, y se parecían al chimpancé o al gorila. Los aborígenes de Australia son todavía "hocicones", aunque no tanto como los cráneos humanos fósiles o los animales.»

—¿No es tiempo ya de que usted se vista?

—A eso voy. Conforme me visto, me pregunto: ¿Se visten también los animales? Por vestirse entiendo el proteger el propio cuerpo cubriéndolo con algunos elementos del ambiente. Y esto no cabe duda que lo hacen también los animales; ejemplo, el gusano de paja que vive en la superficie de los charcos y es larva de esa mosquilla llamada la *Figana estriada*. La *Figana estriada* es de color oscuro y apenas vuela; más bien prefiere ocultarse. Su larva fabrica una funda de materia vegetal y arenosa, y allí se esconde. Cualquier capullo de oruga es un vestido.

»Mis ropas están cosidas. No así las del gusano de paja; pero hay una hormiga tropical llamada *Oecophylla* de la que puede decirse que sabe coser. Se trata de uno de los animalitos más maravillosos. No cose precisamente sus vestidos, sino su nido; fabrica un lecho de hojas prendidas por los bordes con seda. Ahora bien, con una excepción (la mosca *Hilara*), los insectos adultos no producen seda o lo que se lo parezca, aunque sí la producen las larvas o los gusanos. Así la larva de la *Oecophylla*, valiéndose de dos glándulas abdominales y expulsando cierta sustancia viscosa por un poro de su labio superior. Pero la larva de la hormiga no puede moverse ni sería capaz de tejer o coser por sí misma. Entonces ¿qué sucede? Algo inverosímil: una fila de hormigas mantiene dos hojas o vegetales unidas por los bordes. Por el otro lado se coloca otra fila de hormigas. Y entre unas y otras, cosen la juntura de las hojas pasando las larvas de un lado a otro, de modo que usan de las larvas como si fueran aspaderas de seda, y la seda que las larvas expulsan se va quedando en la juntura de tales hojas.»

—¿Y qué hay del peinado?

—Tengo el cabello muy corto, porque me hago el pelo de tiempo en tiempo. Es decir, me hago cortar pedazos de mí mismo. ¿Lo hace también algún animal? El *Momotus*, especie de martín pescador, de la América Central, tiene una costumbre muy singular. Muerde y arranca las barbillas en las dos plumas de su cola, hasta la extremidad, de modo de darle una forma de raqueta en la punta, y deja pelado el resto como un par de cañutos.

»Ahora bien. Yo no sólo me corto el pelo. También me lo peino. Y no faltan animales con peine, que tal viene a ser el dedo medio del chotacabras, con que se alisa y arregla el plumaje. Y algo semejante acontece con las bubias y las garzas. Hay un curioso mamífero malayo llamado *Galeopithecus*, acaso pariente de los insectívoros (topo, musaraña, etcétera), aunque algo más talludo, y dotado de una membrana entre brazos y piernas que le permite un casi-vuelo de árbol en árbol. Este mamífero posee asimismo un peine: sus dientes inferiores, de apariencia verdaderamente extraordinaria.

»A veces los peines son de "concha" de tortuga, carey, etcétera; a veces, de sustancias sintéticas; y muy a menudo, de barbas de ballena. Trátase de una sustancia córnea que aparece en filas en la parte superior de la boca. La ballena se llena la boca de agua, "hace un buche" y levanta la lengua, lengua que llega a pesar hasta una tonelada en los ejemplares mayores. La presión de la lengua expulsa el agua por el cedazo de las barbas, las cuales detienen a los animalitos pequeños que flotaban en el "buche de agua", animalitos condenados a desaparecer en el trago. Parece increíble que el animal más enorme se alimente de animalitos diminutos, y tampoco deja de ser raro que ese filtro haya venido a dar el material del instrumento para evitar que se nos enmarañe el pelo.»

—Basta por hoy –dije–. Si lo sigo a usted al desayuno ya veo que no acabaremos nunca. Gracias por esta entrevista de indiscutible «actualidad».

—¡Dice usted bien! ¡Como que trata de animales!

[Enero de 1948]

La muñeca

S IN DARME CUENTA DE QUE NO HACÍA MÁS QUE REPE-
tir algo que acababa de leer no sé dónde, yo me decía, acariciando el paquete traído de la juguetería:
—Ha sido una buena idea el comprarle esta muñeca a
mi nietecita. Le será más útil que una aya. Lo que la niña
necesita no es tanto un preceptor como una amiga. En último extremo, una criada propia. Alguien en quien poder
confiar sin reservas. La mujer necesita desahogar sus pequeños conflictos, y sólo se decide a hacerlo sin mentir
cuando reconoce que su confidente le es inferior o siquiera igual. Después de todo, si nos da por hablar nos basta
que parezcan escucharnos, aunque ni siquiera nos hagan
caso. Y eso es lo que hará la muñeca. Por desgracia, a partir de cierta edad llegamos ya a la certidumbre de que las
muñecas no oyen, y por eso las abandonamos. Pero mi
nietecita todavía no lo sabe, y formulará ante esta figura
complaciente su pensamiento y sus impresiones. Así ave-
riguará que tiene impresiones y pensamiento; es decir,
así adquirirá conciencia de sí misma, lo cual nos ha sido
facilitado por la magia de las palabras. Pues, contra lo
que opinan muchos espíritus distinguidos, me inclino a
creer que nada existe, ni siquiera el «meollo del corazón»,

mientras no le hemos ajustado un término conveniente que venga a vestirlo como un guante. Pero estas reflexiones me llevarían demasiado lejos... Por ahora, se trata simplemente de un abuelito que le ha comprado un juguete a su nieta, y nada más.

Pero cada alma busca su economía a su modo, y yo no esperaba la sorpresa. La nietecita se aquerenció con la muñeca, y ciertamente que hablaba a solas con ella: la dotaba de vida sin necesidad de darle un alma, como el piadoso aristócrata arruinado de Anatole France lo hacía con sus títeres; desquitaba sobre ella la autoridad de que la rodeaban las personas mayores; en ella ejercitaba su instinto maternal y sus tentaciones de educadora, y por rechazo, se engrandecía a sí misma. Hasta aquí, nada inesperado.

Pero hubo más. La niña resultó dotada de una sensibilidad vivísima. Las agencias exteriores, que caen y resbalan sobre una epidermis normal, a ella la lastimaban casi. El mantenerse en cambio y relación ecológica con el ambiente era demasiado para ella. Si nada sucediera, pase. Pero esto de vivir se reduce a darse cuenta de que están sucediendo sin cesar cosas y cosas. ¡Insoportable! Había que buscar un biombo protector contra la brutalidad del suceder, como ese guardafuego que nos defiende del excesivo calor del fogón o de la chimenea. O había que buscar, como lo hacen la superstición y la magia, algunos simulacros en quienes descargara toda la fuerza de los destinos y donde perdiera su virulencia el acontecimiento nefasto (y lo es todo acontecimiento para el que lo siente o percibe con demasiada agudeza), de suerte que éste llegue a nosotros como fulminante ya quemado, como flecha ya despuntada o como cuchillo embotado.

Y pronto la nietecita descubrió que la muñeca –no en vano se usan muñecos en las brujerías– podía servirle como la capa ante el toro o como el pararrayo bajo la nube tempestuosa. En su trato con los demás, se escondía detrás de la muñeca. Cuando alguien se le acercaba, no huía; había inventado algo mejor. Corría al encuentro del importuno, del intruso que irrumpía en su independencia y en su soledad, y exhibiendo ostentosamente la muñeca, como el esgrimista que ofrece «la tentación del vientre», exclamaba: «¡Mira mi muñeca!». Nos tapaba los ojos con el juguete. Era lo que se proponía. Y si se hubiera atrevido a tanto y sus recursos hubieran sido mayores, de seguro nos hubiera dicho:

—No te me acerques, no me hables, trata lo que quieras con mi muñeca. Ella me lo transmitirá después y te llevará la respuesta. A mí no me perturbes. No entres en mí, rompiendo la bóveda de mi cielo. No me despedaces, no me hagas daño, no me disminuyas ni desmedres con tu presencia, con tu acción sobre mí. Habla con mi muñeca, mira mi muñeca. Es mi escudo y mi defensa. Déjame a mí vivir a mi modo.

¿Y no será éste el origen de la abogacía y cuantas profesiones se le parecen? El especialista en hacer y padecer a cuenta de nosotros (oficio de la muñeca) lo toma a su vez con cierto despego y serenidad, por lo mismo que es afán ajeno. De suerte que la electricidad se descarga un poco en el vacío. De aquí que la caridad instituida, profesional, sea siempre algo fría. De aquí muchas otras consecuencias que se me ocurren... ¡Pero basta ya!

[Julio de 1948]

El destino amoroso

ONOCÍAMOS Y APRECIÁBAMOS A ALMENDRITA. Nunca nos hubiéramos resignado a una interpretación vulgar de sus actos, a una interpretación superficial o de primer plano. Aquella criatura tenía, en todo y por todo, eso que se llama personalidad. Y la personalidad consiste en escapar constantemente a las generalizaciones que implica el uso mismo de un sustantivo o un adjetivo; para decirlo de una vez: en escapar a la sentencia común. La palabra es mortal enemigo de lo individual, de lo distinto. Así, de pronto, era mucha la tentación de aplicar nombres corrientes a ciertos rasgos de la conducta de Almendrita. Pero había que pensarlo bien antes de incurrir en este error. ¿No parecía una comadre de vecindad cuando se pegaba por algún tiempo a este grupo, a esta familia, a esta tertulia, y luego, sin decir por qué o dando pretextos cualesquiera, rompía con ellos y se alejaba de ellos definitivamente? Pues esto es lo que hacía Almendrita, por mucho que nos apene confesarlo. ¡A ver, veámoslo de cerca y procuremos ahondar en su conducta!

Uno de sus amigos había observado con sutileza que los pretextos de Almendrita para alejarse de aquellos amigos de ocasión parecían siempre insustanciales. En suma, que Almendrita alegaba siempre razones de muy poco peso. Es decir: saltaba a los ojos que siempre se trataba de verdaderos pretextos. Ahora bien, quien dice pretexto dice disimulo. Luego la primera conclusión a que llegamos, aquella tarde de lluvia en que –a falta de mejor cosa– pusimos a Almendrita sobre la mesa de disección, fue que ella ocultaba, en estos casos, sus verdaderos motivos.

Esto, dicho así de pronto, casi era inaceptable para quien la conociera aun superficialmente. ¿Ocultar Almendrita algo, y sobre todo ocultar sistemáticamente cierta clase de cosas, cuando la naturaleza la había dotado de esa extraña facultad de empuñar y manejar las verdades con tanta dulzura, persuasión y evidencia? Ella se las arreglaba siempre para hacer aceptar al instante sus actos, sus dichos, aun en casos y cosas que a nadie le serían aceptados. Aparte de su lucidez, disponía Almendrita, para estos trances, de una perfecta y no aprendida claridad de expresión, y de toda la muda elocuencia de su linda persona, de su cara expresiva, de sus ojos irresistibles. Lo que en otra mujer hubiera parecido imperdonable, en ella hasta resultaba digno de aplauso. La profunda motivación y la perfecta y altiva naturalidad con que desenvolvía su conducta la transportaban a otro plano moral. Se asegura que un amante la había encontrado en brazos de otro. A las primeras palabras de Almendrita, él no había podido siquiera protestar. Ella no era usada por los hombres, como suelen serlo estas mujeres. Al contrario, ella los usaba. Y una especie de sentimiento tácito, entre cuantos habían disfrutado de sus caricias, era la gratitud de todos para una criatura que jamás había abusado villanamente de estos poderes, de estos derechos, ni por bajo interés, ni por morbosidad o sadismo: ni para aprovecharse del dinero de nadie, ni para recrearse en ver sufrir a nadie.

Explicar, pues, aquel misterio de ciertos apegos amistosos seguidos de distanciamientos, conformándose con decir que ella disimulaba sus verdaderas razones no era explicar nada: era cambiar de sitio el misterio. No sólo porque así seguíamos sin saber sus motivos reales para obrar de modo tan extraño (extraño, una vez admitido que ninguna vulgaridad le era achacable), sino porque, además, era enigmático a más no poder el que Almendrita disimulara alguna cosa, el que ocultara algo, el que no diera los pasos de frente como solía.

Otro de los exégetas presentes declaró que, aunque sin duda Almendrita era casi un ángel, no llegaba a serlo del todo, y que algo debía pagar a su índole femenina. Y que, o él no entendía nada en estos achaques, o las mujeres, todas ellas sin excepción, y por paradójico que parezca tratándose de las más descocadas, siempre que escondían algo lo hacían por pudor, o por vanidad ofendida, o bien por una mezcla de ambos sentimientos, mezcla muchas veces indiscernible. Pronto advirtió y confesó él mismo que la palabra «vanidad» era, para el sujeto de nuestro análisis, muy cruda. Propuso atenuarla con la palabra «orgullo», lo que ya nos pareció a todos mucho mejor. Pero, a pocas vueltas, reconocimos que el carácter de esta inasible mujer no acomodaba en las generalidades del término «orgullo», ni menos en el de «vanidad». ¿Cómo llamarlo?

Alguno, como recurso extremo, propuso que a ese sentimiento defensivo del yo, que se cierra como la sensitiva al tocarlo, le llamáramos X, al modo matemático, para así seguir operando. ¡Qué confesión de fracaso! ¿Tener que usar una X fría e inhumana para tratar de una mujercita de carne y hueso, ¡ay, qué carne y qué hueso! (exclamó el más trivial de los presentes), de una mujercita llena de integridad vital, de calor, y provista como muy pocas de esa virtud magnética que nos hace reconocer en el prójimo al próximo, y desear su compañía y su contacto carnal y espiritual?

Bien: no le llamemos a eso de ningún modo. Pero el enigma aún no se entrega. ¿Qué atrae a Almendrita, y qué la rechaza después, en este diálogo, siempre movedizo y cambiante, entre ella y determinados círculos amistosos? Parece que el círculo la retiene un instante, mientras la contamina de su propia electricidad, y luego la radia, y que ella –por una mezcla de pudor y de agravio– no explica después suficientemente las causas de este alejamiento.

—¡Diálogo! –gritó el más filósofo. «Diálogo» se ha dicho, y se ha dicho bien, para imitar al hablador de Cervantes. Hay, en efecto, dos personas en el problema. Una, la persona individual, es la constante: Almendrita. Otra, la persona colectiva, es la variable, el grupo, familia, célula social que primero frecuenta y luego rehúye Almendrita. Si del examen de la sola constante no hemos sacado nada en limpio, examinemos ahora el grupo variable.

—¿Cómo examinarlo?

—Descriptivamente. ¿No posee este grupo, o mejor dicho, no poseen estos grupos algún carácter común, alguna constancia en su variabilidad, algún dato permanente de que podamos asirnos? Porque, si estamos ante el cambio absoluto, desde ahora renuncio, no sólo a explicarlo, sino también a interrogarlo.

—¡Hombre! Se trata de grupos de hombres y mujeres.

—Hombres y mujeres –repitió, meditabundo, el dialéctico–. Es una aparente perogrullada, pero creo que nos da alguna luz. Donde hay hombres y mujeres se establecen las corrientes magnéticas que ya sabemos, las atracciones y repulsiones, los juegos de danzas y contradanzas de amor o los sentimientos afines («afinidades electivas») o los remedios sociales que los acompañan en cortejo. ¿No será que Almendrita, al irrumpir siempre sola en estos ambientes, perturba, por decirlo así, la «danza calabaceada», la danza de las parejas?

—¡Evidentísimo! –gritó alguien–. ¡Tanto meditar, para dar al fin con una explicación tan sencilla!

—Pero ¿se tratará simplemente de unos vagos celos colectivos, informes, por parte de las mujeres (y los hombres) del grupo?

—¿Qué quiere usted insinuar?

—Me explicaré. Siempre me ha parecido que, en el grupo, sea cual fuere, el de ayer o el de antes de ayer, se destaca una pareja eminente, y que esta pareja, sea de matrimonio, de amor actual o bien de amor en gestación –y gestación que, acaso, la misma presencia de Almendrita está llamada a hacer madurar–, esta pareja, repito, toma especialmente por su cuenta a Almendrita: viene a recogerla en su auto, la trae de regreso a casa...

—¿Y usted se atreve a pensar que Almendrita, como una persona vulgar, como una «Donjuana» cualquiera, se dedica a enredar entre la pareja, creando *liaisons dangereuses,* o seduciendo al varón y traicionando a la hembra?

—No seamos tan simplistas y elementales, amigos míos. En Almendrita, ante todo, algo hay de «Donjuana» involuntaria. El dios de las criaturas la modeló y la hizo para la seducción. Es ello como un destino físico y visible. Pero el dios, o demiurgo, cargó la mano, y la seducción de Almendrita perturba también a las mujeres. No quiero decir procacidades; no hablo de vicios definidos, sino de esas atracciones inconscientes que suelen producirse aun entre hombres y hombres perfectamente varoniles, y con más razón (dada la índole de estos seres) entre una y otra mujer. Una amiga de Almendrita puede sufrir ante ella una verdadera fascinación, y a través de este sentimiento confuso, puede llegar a asociarse de algún modo indeciso a la vida libre de Almendrita, o puede llegar a asociarla a la afición que experimenta por su propio esposo, amante, novio, pretendiente. Almendrita, por su solicitud natural, se presta a ser no la mediadora, entendámonos, sino la tercera en concordia; se presta a dar el equilibrio del triángulo...

—¿Inocentemente?

—¡Oh, no necesariamente! Almendrita es demasiado consciente de su fuerza, y nunca ha cerrado las puertas a sus apetitos naturales. Esta cariñosa asociación en el amor ajeno la halaga, la excita. No se interroga entonces; sabe bien que su destino la hará caer tarde o temprano en alguna combinación de amor con una o con las dos personas. Ni lo provoca, ni lo teme: simplemente lo espera, tal vez sin desearlo siempre. Y, cuando llega el caso, lo disfruta con sabiduría perfecta, mientras suena la hora en que los otros dos, hasta entonces embobados, se sacuden el frenesí de un instante. Y se asustan los dos: ya él se arrepiente de su audacia y vuelve a su rutinaria pasión; ya la otra se escandaliza de pronto y teme perderse o perderlo. La misma intensidad de la descarga quema los plomos y sobreviene el corto circuito. Y entre los dos, poco a poco rodean a Almendrita de una red de equívocos, acaso murmuraciones, desconfianzas, vilezas sobreentendidas o manifiestas, «después del niño ahogado tapan el pozo», etcétera, todo lo cual obliga a Almendrita a abandonar la asociación transitoria.

—¿Y la culpa?

—La culpa no es de nadie. La culpa es de los campos eléctricos que determina a su paso esta pila humana, con su sola presencia y a pesar suyo. ¿Han meditado ustedes en la historia de la Helena de Troya? Como siempre le pasa igual, Almendrita lo acepta ya como una forma natural de su vida. Sin liviandad y sin presunción. Pero como tampoco está ciega y no ignora que su destino es un destino muy singular, es explicable que no lo pregone, que lo esconda. Sabe que para justificarlo tendría que justificar muchas cosas, demasiadas cosas que no dependen de ella, y entre éstas, algunas imponderables. Sabe que, si el grupo antes vivía pendiente de sus labios, vive ahora de «comérsela viva», y que ahora se complace en presentar bajo las luces más desfavorables «el caso Almendrita». Pudor y agravio la obligan entonces a alejarse. Yo creo que, cuando era más joven, cuando estas experiencias eran aún nuevas para ella, debe de haber sufrido extremadamente. Ahora sabe que no puede evitarlo; y entonces, fiel a su salubre naturaleza, goza de ellos mientras le es dable. Y, anticipándose al rechazo, se aleja oportunamente, se retira la víspera del desenlace, con un leve mohín. También con un poco de amargura, y sin otro contentamiento que el de sentirse irresistible. A veces, cuando le pregunto si ya no visita a éstos o ya no frecuenta a los

otros, después de darme sus explicaciones triviales, me
ha parecido sorprender en sus ojos, y hasta en esos impagables hoyuelos que le salen a la cara, una sonrisa que se
desborda. En esta sonrisa secreta hay, no puede negarse,
mucho de desquite donjuanesco, y también un bogar a solas por ese lago de los recuerdos...

Todos quisimos añadir algo, pero nos sentíamos pertur-
bados. Callamos. Y como cada uno quería meditar a solas,
nos despedimos. Un poco después, muertos de risa, nos
encontramos otra vez todos en casa de Almendrita. Así
son las cosas.

[México, julio de 1948]

SAN JERÓNIMO, EL LEÓN Y EL ASNO

ÉSTA ES LA ESTACIÓN DE LOS CUENTOS, AL AMOR DE la lumbre, mientras las criaturas rodean al abuelo. También yo quiero contar mi fábula sencilla. Trasladada de uno a otro ambiente, es una versión religiosa de «Androcles y el león». De boca en boca se transforman los cuentos, conservando siempre su sentido. (Tal es «la emigración de las fábulas», estudiada por Max Müller a propósito del tema de la lechera que rompió el cántaro.) Oscar Wilde contaba a su manera la historia pagana de Androcles. Según él, Androcles era un experto dentista que un día, en el monte, había curado la dentadura a un león afligido de dolor de muelas; y poco después, encarados en el circo, el león se había dado el gusto de devorar a su dentista, con las mismas poderosas fauces que él le había aliviado. Pero la tradición popular no suele ser tan cruel, y en general, conserva el sesgo piadoso de las leyendas.

Mi historia procede de la colección Migne, *Vita Divi Hieronymi*. Qué sea la colección Migne es cosa que los eruditos están ya hartos de saber. Y al lector general le basta quedar informado de que, desde fines del siglo IV a fines del siglo XII de nuestra era, abundan estos relatos de mutuas caridades entre las bestias y los santos.

Comienza, pues, nuestro viejo y empolvado texto asegurando que es imposible repetir lo mucho que se refiere sobre la austera vida de Jerónimo. Pero quedaba, sobre todo, un milagro en la memoria de las gentes muy digno de recordación, un milagro que los hombres piadosos de Belén se contaban unos a otros.

Cierta vez, cuando ya anochecía, Jerónimo, rodeado de sus hermanos, les leía la lección como es el uso en los monasterios. De tiempo en tiempo, lo interrumpían oportunos comentarios. De repente, entró por el desnudo claustro nada menos que un león. Venía cojeando en tres patas y traía una mano en alto. Como es natural, casi todos huyeron. Pero Jerónimo se adelantó a recibir a la fiera y le dio la bienvenida.

Conforme el santo y la bestia se acercaban, era manifiesto que ésta le mostraba al santo su mano herida. El santo ordenó a los hermanos que lavaran aquella garra inofensiva y averiguaran lo que pasaba. Era una espina, ya se sabe. Fue fácil extraerla, aplicar fomentos, y curar al león en un santiamén.

Y el león, depuesto su natural feroz, paseaba de un lado a otro, agradecido, como lo haría cualquier animal doméstico. Al verlo, Jerónimo dijo a sus hermanos:

—¿Qué haremos con este animal? ¿Podríamos darle algún quehacer que, sin ser excesivo o inadecuado, resulte en provecho de nuestra comunidad? Pues yo entiendo que Dios pudo haberlo curado a su manera y como Él suele, y que si lo ha enviado a nosotros es con alguna oculta intención y con idea de proveer a nuestras necesidades.

Concertáronse entre sí los hermanos, y contestaron con humildad:

—Padre, ya sabes que el asno encargado de traernos la leña necesita de algún guardián, mientras anda por ahí pastando en el campo, para no caer presa de alguna fiera silvestre. Si a ti te parece, podemos encargar al león que cuide del asno, que lo saque a pastar y lo traiga de nuevo a casa. Y así se hizo. El león ascendió a la categoría de pastor del asno. Juntos salían por los bosques, y si el asno se detenía a pacer, ya había quien lo guardara. Y cuando era hora de volver, el león traía otra vez al paciente animal con una puntualidad maravillosa.

Pasó algún tiempo. Un buen día, mientras el asno andaba pastando, un sueño invencible se apoderó del león, que se quedó dormido.

Entretanto, he aquí que adelantan por la carretera, camino de Egipto, unos mercaderes que traficaban en aceite. Vieron al descuidado burro, no vieron a su dormido y silencioso guardián, y sencillamente se robaron al burro.

Despertó el león, no encontró por ningún lado a aquél de quien tenía encargo. Desesperado, lo anduvo buscando inútilmente de aquí para allá. Daba rugidos, que ningún rebuzno contestaba (pues ya ambos se habían habituado a conversar de esta suerte). El día iba cayendo, y el león, derrotado, volvió solo y contrito a la puerta del monasterio.

Consciente de su falta, no osaba entrar. Violo Jerónimo, viéronlo con desazón los hermanos. ¿Qué habría sido del asno? ¿Y por qué el león volvía tan tarde? Sin duda se le había despertado de pronto la congénita ferocidad, y acosado por el hambre, había devorado al pobre burro. Indignados, en vez de llevarle su ración habitual, lo despidieron con airadas voces:

—¡Vete cuanto antes! ¡Acaba tu festín y consume los

últimos despojos del asno hasta saciar tu horrible y sanguinario apetito!

Con todo, allá en su interior, no se sentían muy seguros de sus imputaciones. Una secreta voz sembraba la duda en su ánimo.

Salieron al campo, recorrieron los sitios donde el asno solía pastar. No encontraron huellas de violencia. Y regresaron, perplejos, al monasterio, para contárselo al bendito Jerónimo.

—No culpéis al león —les dijo éste—. Penetraos de que es inocente de la desaparición del asno. Tratadlo como de costumbre, y que no le falten sus alimentos. Fabricadle un arnés como el que cargaba antes el asno, y que el león mismo se encargue de traernos las ramas que encuentre caídas en el bosque.

Y así sucedió. El león cumplía regularmente su tarea. Y llegó la época en que los mercaderes volvían a pasar por aquellos alrededores.

Un día, cuando ya había regresado el león con su montón de leña, se apoderó de él una rara impaciencia, que se entiende —aunque se tratara de un bruto— como una inspiración. Y otra vez se echó al campo y anduvo recorriendo un espacio cada vez más extenso, «así como se ensancha una rueda». Algo le decía que iba a ver de nuevo a su camarada.

Por último, cansado pero todavía ansioso, trepó a una altura que se divisaba al lado del camino, para dominar mejor el horizonte. De lejos columbró una caravana que venía acercándose: hombres, camellos cargados, y a la cabeza, un asno que no pudo reconocer al pronto. Con todo, el león se acercó arrastrándose cautelosamente, por entre los matojos.

En aquel país, los mercaderes acostumbraban, para las jornadas de consideración, usar de guía a un asno, a cuyo cuello ataban la cuerda de los camellos que venían detrás. Conforme se aproximaba la caravana, el león ya no dudó: aquél era su asno «en persona».

Lanzó entonces un espantoso rugido para amedrentar a los hombres, sin hacerles daño. Ellos se dieron a la fuga, abandonando a sus animales, mientras el león saltaba, barría el suelo con la cola y hacía toda suerte de simulacros feroces. Como vio despejado el campo, bonitamente se adueñó de la larga reata de camellos, arreando al asno rumbo al convento.

Cuando los hermanos vieron venir aquel prodigioso desfile, con el león a la retaguardia hecho un caporal de ganados, y el asno trotando ufano a la cabeza, no cabían en sí de asombro.

El bendito Jerónimo les mandó que abrieran las puertas, bañaran y alimentaran al asno, y pusieran a buen seguro los camellos y fardos, en tanto se manifestaba la voluntad divina. Y el león, entretanto, como en los buenos tiempos, paseaba orgullosamente, meneando la cola, seguro de haber merecido el perdón de su descuido y contento de verse libre de la criminal imputación.

—Preparaos, hermanos –dijo el sabio Jerónimo–. Que pronto vamos a tener huéspedes y hay que recibirlos con decoro.

Y mientras todos se hacían lenguas, comentando el caso inaudito, se presentó un mensajero para anunciar que unos caminantes recién llegados pedían permiso de hablar con el padre. Abriéronse las puertas, entraron los caminantes, que apenas se atrevían a hacerlo, corridos y confusos. Postráronse a los pies de Jerónimo y, confesando su falta, imploraron su perdón.

Él los perdonó, los confortó y los amonestó para que no volvieran a incurrir en una tentación tan funesta, recordándoles que vivían a la presencia del Señor. Luego les ofreció algunos refrigerios y les dijo que, en cuanto descansaran un poco, podían seguir su jornada, llevando consigo sus camellos.

Y los mercaderes, a una voz:

—Al menos, padre, permítenos que te dejemos la mitad de la carga de aceite para las lámparas del convento y el servicio de la capilla. Pues estamos ciertos de que para tu bien nos condujo aquí Quien nos guía, más que para hacer negocios en Egipto.

—No –contestó Jerónimo–. Nosotros estamos aquí para apiadarnos de los demás y socorrerlos, y no para sacar ventaja del prójimo.

Y ellos:

—Pues no probaremos bocado ni cargaremos con nuestros bienes, a menos que aceptes lo que te ofrecemos. Recibe por ahora la mitad del aceite, y ya encargaremos a nuestros herederos de que os traigan todos los años siquiera un *hin* (medida hebrea de unos cinco litros).

Tuvo que acceder el bendito padre, y entonces ellos comieron tranquilos, recogieron sus camellos y el resto de su cargamento, y se fueron tan campantes.

Así lo contaban unos a otros los hombres piadosos de Belén. Yo, lector amigo, a ti te he dedicado el proemio, y a tus hijos, la narración.

[Diciembre de 1948]

La mano del comandante Aranda

E L COMANDANTE BENJAMÍN ARANDA PERDIÓ UNA mano en acción de guerra, y fue la derecha, por su mal. Otros coleccionan manos de bronce, de marfil, cristal o madera, que a veces proceden de estatuas e imágenes religiosas o que son antiguas aldabas; y peores cosas guardan los cirujanos en bocales de alcohol. ¿Por qué no conservar esta mano disecada, testimonio de una hazaña gloriosa? ¿Estamos seguros de que la mano valga menos que el cerebro o el corazón? Meditemos. No meditó Aranda, pero lo impulsaba un secreto instinto. El hombre teológico ha sido plasmado en la arcilla, como un muñeco, por la mano de Dios. El hombre biológico evoluciona merced al servicio de su mano, y su mano ha dotado al mundo de un nuevo reino natural, el reino de las industrias y las artes. Si los murallones de Tebas se iban alzando al eco de la lira de Anfión, era su hermano Zeto, el albañil, quien encaramaba las piedras con la mano. La gente manual, los herreros y metalistas, aparecen por eso, en las arcaicas mitologías, envueltos como en vapores mágicos: son los hacedores del portento. Son *Las manos entregando el fuego* que ha pintado Orozco. En el mural de Diego Rivera (Bellas Artes), la mano empuña el globo cósmico que encierra los poderes de creación y de destrucción: y en Chapingo, las manos proletarias están prontas a reivindicar el patrimonio de la tierra. En el cuadro de Alfaro Siqueiros, el hombre se reduce a un par de enormes manos que solicitan la dádiva de la realidad, sin duda para recomponerla a su guisa. En el recién descubierto santuario de Tláloc (Tetitla), las manos divinas se ostentan, y sueltan el agua de la vida. Las manos en alto de Moisés sostienen la guerra contra los amalecitas. A Agamemnón, «que manda a lo lejos», corresponde nuestro Hueman, «el de las manos largas». La mano, metáfora viviente, multiplica y extiende así el ámbito del hombre.

Los demás sentidos se conforman con la pasividad; el sentido manual experimenta y añade, y con los despojos de la tierra, edifica un orden humano, hijo del hombre. El mismo estilo oral, el gran invento de la palabra, no logra todavía desprenderse del estilo que creó la mano –la acción oratoria de los antiguos retóricos–, en sus primeras exploraciones hacia el caos ambiente, hacia lo inédito y hacia la poética futura. La mano misma sabe hablar, aun prescindiendo del alfabeto mímico de los sordomudos. ¿Qué no dice la mano? Rembrandt –recuerda Focillon– nos la muestra en todas sus capacidades y condiciones, tipos y edades: mano atónita, mano alerta, sombría y destacada en la luz que baña la Resurrección de Lázaro, mano obrera, mano académica del profesor Tulp que desgaja un hacecillo de arterias, mano del pintor que se dibuja a sí misma, mano inspirada de san Mateo que escribe el Evangelio bajo el dictado del Ángel, manos trabadas que cuentan los florines. En el *Enterramiento* del Greco, las manos crean ondas propicias para la ascensión del alma del conde; y su *Caballero de la mano al pecho,* con sólo ese ademán, declara su adusta nobleza.

Este dios menor dividido en cinco personas –dios de andar por casa, dios a nuestro alcance, dios «al alcance de la mano»– ha acabado de hacer al hombre y le ha permitido construir el mundo humano. Lo mismo modela el jarro que el planeta, mueve la rueda del alfar y abre el canal de Suez.

Delicado y poderoso instrumento, posee los más afortunados recursos descubiertos por la vida física: bisagras, pinzas, tenazas, ganchos, agujas de tacto, cadenillas óseas, aspas, remos, nervios, ligámenes, canales, cojines, valles y montículos, estrellas fluviales. Posee suavidad y dureza, poderes de agresión y caricia. Y en otro orden ya inmaterial, amenaza y persuade, orienta y desorienta, ahuyenta y anima. Los ensalmadores fascinan y curan con la mano. ¿Qué más? Ella descubrió el comercio del toma y daca, dio su arma a la liberalidad y a la codicia. Nos encaminó a la matemática, y enseñó a los ismaelitas, cuando vendieron a José (fresco romano de Saint-Savin), a contar con los dedos los dineros del Faraón. Ella nos dio el sentimiento de la profundidad y el peso, la sensación de la pesantez y el arraigo en la gravitación cósmica; creó el espacio para nosotros, y a ella debemos que el universo no sea un plano igual por el que simplemente se deslizan los ojos.

¡Prenda indispensable para jansenistas o voluptuosos! ¡Flor maravillosa de cinco pétalos, que se abren y cierran como la sensitiva, a la menor provocación! ¿El cinco es número necesario en las armonías universales? ¿Pertenece la mano al orden de la zarzarrosa, del nomeolvides, de la pimpinela escarlata? Los quirománticos tal vez tengan razón en sustancia, aunque no en sus interpretaciones pueriles. Si los fisonomistas de antaño —como Lavater, cuyas páginas merecieron la atención de Goethe— se hubieran pasado de la cara a la mano, completando así sus vagos atisbos, sin duda lo aciertan. Porque la cara es espejo y expresión, pero la mano es intervención. Moreno Villa intenta un buceo en los escritores, partiendo de la configuración de sus manos. Urbina ha cantado a sus bellas manos, único asomo material de su alma.

No hay duda, la mano merece un respeto singular, y bien podía ocupar un sitio predilecto entre los lares del comandante Aranda.

La mano fue depositada cuidadosamente en un estuche acolchado. Las arrugas de raso blanco —soporte a las falanges, puente a la palma, regazo al pomo— fingían un diminuto paisaje alpestre. De cuando en cuando, se concedía a los íntimos el privilegio de contemplarla unos instantes. Pues era una mano agradable, robusta, inteligente, algo crispada aún por la empuñadura de la espada. Su conservación era perfecta.

Poco a poco, el tabú, el objeto misterioso, el talismán escondido, se fue volviendo familiar. Y entonces emigró del cofre de caudales hasta la vitrina de la sala, y se le hizo sitio entre las condecoraciones de campaña y las cruces de la Constancia Militar.

Dieron en crecerle las uñas, lo cual revelaba una vida lenta, sorda, subrepticia. De momento, pareció un arrastre de inercia, y luego se vio que era virtud propia. Con alguna repugnancia al principio, la manicura de la familia accedió a cuidar de aquellas uñas cada ocho días. La mano estaba siempre muy bien acicalada y compuesta.

Sin saber cómo –así es el hombre, convierte la estatua del dios en bibelot–, la mano bajó de categoría, sufrió una *manus diminutio,* dejó de ser una reliquia, y entró decididamente en la circulación doméstica. A los seis meses, ya andaba de pisapapeles o servía para sujetar las hojas de los manuscritos –el comandante escribía ahora sus memorias con la izquierda–; pues la mano cortada era flexible, plástica, y los dedos conservaban dócilmente la postura que se les imprimía.

A pesar de su repugnante frialdad, los chicos de la casa acabaron por perderle el respeto. Al año, ya se rascaban con ella, o se divertían plegando sus dedos en forma de figa brasileña, carreta mexicana, y otras procacidades del folklore internacional.

La mano, así, recordó muchas cosas que tenía completamente olvidadas. Su personalidad se fue acentuando notablemente. Cobró conciencia y carácter propios. Empezó a alargar tentáculos. Luego se movió como tarántula. Todo parecía cosa de juego. Cuando, un día, se encontraron con que se había calzado sola un guante y se había ajustado una pulsera por la muñeca cercenada, ya a nadie le llamó la atención.

Andaba con libertad de un lado a otro, monstruoso falderillo algo acangrejado. Después aprendió a correr, con un galope muy parecido al de los conejos. Y haciendo «sentadillas» sobre los dedos, comenzó a saltar que era un prodigio. Un día se la vio venir, desplegada, en la corriente de aire: había adquirido la facultad del vuelo.

Pero, a todo esto, ¿cómo se orientaba, cómo veía? ¡Ah!

Ciertos sabios dicen que hay una luz oscura, insensible para la retina, acaso sensible para otros órganos, y más si se los especializa mediante la educación y el ejercicio. Y Louis Farigoule –Jules Romains en las letras– observa que ciertos elementos nerviosos, cuya verdadera función se ignora, rematan en la epidermis; aventura que la visión puede provenir tan sólo de un desarrollo local en alguna parte de la piel, más tarde convertida en ojo: y asegura que ha hecho percibir la luz a los ciegos, después de algunos experimentos, por ciertas regiones de la espalda. ¿Y no había de ver también la mano? Desde luego, ella completa su visión con el tacto, casi tiene ojos en los dedos, y la palma puede orientarse al golpe del aire como las membranas del murciélago. Nanuk el esquimal, en sus polares y nubladas estepas, levanta y agita las veletas de sus manos –acaso también receptores térmicos– para orientarse en un ambiente aparentemente uniforme. La mano capta mil formas fugitivas, y penetra las corrientes translúcidas que escapan al ojo y al músculo, aquellas que ni se ven ni casi oponen resistencia.

Ello es que la mano, en cuanto se condujo sola, se volvió ingobernable, echó temperamento. Podemos decir, que fue entonces cuando «sacó las uñas». Iba y venía a su talante. Desaparecía cuando le daba la gana, volvía cuando se le antojaba. Alzaba castillos de equilibrio inverosímil con las botellas y las copas. Dicen que hasta se emborrachaba, y en todo caso, trasnochaba.

No obedecía a nadie. Era burlona y traviesa. Pellizcaba las narices a las visitas, abofeteaba en la puerta a los cobradores. Se quedaba inmóvil, «haciendo el muerto», para dejarse contemplar por los que aún no la conocían, y de repente les hacía una señal obscena. Se complacía, singularmente, en darle suaves sopapos a su antiguo dueño, y también solía espantarle las moscas. Y él la contemplaba con ternura, los ojos arrasados en lágrimas, como a un hijo que hubiera resultado «mala cabeza».

Todo lo trastornaba. Ya le daba por asear y barrer la casa, ya por mezclar los zapatos de la familia, con verdadero genio aritmético de las permutaciones, combinaciones y cambiaciones; o rompía los vidrios a pedradas, o escondía las pelotas de los muchachos que juegan por la calle.

El comandante la observaba y sufría en silencio. Su señora le tenía un odio incontenible, y era –claro está– su víctima preferida. La mano, en tanto que pasaba a otros ejercicios, la humillaba dándole algunas lecciones de labor y cocina.

La verdad es que la familia comenzó a desmoralizarse. El manco caía en extremos de melancolía muy contrarios a su antiguo modo de ser. La señora se volvió recelosa y asustadiza, casi con manía de persecución. Los hijos se hacían negligentes, abandonaban sus deberes escolares y descuidaban, en general, sus buenas maneras. Como si hubiera entrado en la casa un duende chocarrero, todo era sobresaltos, tráfago inútil, voces, portazos. Las comidas se servían a destiempo, y a lo mejor, en el salón y hasta en cualquiera de las alcobas. Porque, ante la consternación del comandante, la epiléptica contrariedad de su esposa y el disimulado regocijo de la gente menuda, la mano había tomado posesión del comedor para sus ejercicios gimnásticos, se encerraba por dentro con llave, y recibía a los que querían expulsarla tirándoles platos a la cabeza. No hubo más que ceder la plaza: rendirse con armas y bagajes, dijo Aranda.

Los viejos servidores, hasta «el ama que había criado a la niña», se ahuyentaron. Los nuevos servidores no aguantaban un día en la casa embrujada. Las amistades y los parientes desertaron. La policía comenzó a inquietarse ante las reiteradas reclamaciones de los vecinos. La última reja de plata que aún quedaba en el Palacio Nacional desapareció como por encanto. Se declaró una epidemia de hurtos, a cuenta de la misteriosa mano que muchas veces era inocente.

Y lo más cruel del caso es que la gente no culpaba a la mano, no creía que hubiera tal mano animada de vida propia, sino que todo lo atribuía a las malas artes del pobre manco, cuyo cercenado despojo ya amenazaba con costarnos un día lo que nos costó la pata de Santa Anna. Sin duda Aranda era un brujo que tenía pacto con Satanás. La gente se santiguaba.

La mano, en tanto, indiferente al daño ajeno, adquiría una musculatura atlética, se robustecía y perfeccionaba por instantes, y cada vez sabía hacer más cosas. ¿Pues no quiso continuarle por su cuenta las memorias al comandante? La noche que decidió salir a tomar el fresco en automóvil, la familia Aranda, incapaz de sujetarla, creyó que se hundía el mundo. Pero no hubo un solo accidente, ni multas, ni «mordidas». Por lo menos –dijo el comandante– así se conservará la máquina en buen estado, que ya amenazaba enmohecerse desde la huida del chauffeur.

Abandonada a su propia naturaleza, la mano fue poco a poco encarnando la idea platónica que le dio el ser, la idea de asir, el ansia de apoderamiento, hija del pulgar oponible: esta inapreciable conquista del *Homo faber* que tanto nos envidian los mamíferos digitados, aunque no las aves de rapiña. Al ver, sobre todo, cómo perecían las gallinas con el pescuezo retorcido, o cómo llegaban a la casa objetos de arte ajenos –que luego Aranda pasaba infinitos trabajos para devolver a sus propietarios, entre tartamudeos e incomprensibles disculpas–, fue ya evidente que la mano era un animal de presa y un ente ladrón.

La salud mental de Aranda era puesta ya en tela de juicio. Se hablaba, también, de alucinaciones colectivas, de los *raps* o ruidos de espíritus que, por 1847, aparecieron en casa de la familia Fox, y de otras cosas por el estilo. Las veinte o treinta personas que de veras habían visto la mano no parecían dignas de crédito cuando eran de la clase servil, fácil pasto a las supersticiones, y cuando eran gente de mediana cultura, callaban, contestaban con evasivas por miedo a comprometerse o a ponerse en ridículo. Una mesa redonda de la Facultad de Filosofía y Letras se consagró a discutir cierta tesis antropológica sobre el origen de los mitos.

Pero hay algo tierno y terrible en esta historia. Entre alaridos de pavor, se despertó un día Aranda a la medianoche: en extrañas nupcias, la mano cortada, la derecha, había venido a enlazarse con su mano izquierda, su compañera de otros días, como anhelosa de su arrimo. No fue posible desprenderla. Allí pasó el resto de la noche, y allí resolvió pernoctar en adelante. La costumbre hace familiares los monstruos. El comandante acabó por desentenderse. Hasta le pareció que aquel extraño contacto hacía más llevadera su mutilación y, en cierto modo, confortaba a su mano única.

Porque la pobre mano siniestra, la hembra, necesitó el beso y la compañía de la mano masculina, la diestra. No la denostemos. Ella, en su torpeza, conserva tenazmente, como precioso lastre, las virtudes prehistóricas, la lentitud, la tardanza de los siglos en que nuestra especie fue elaborándose. Corrige las desorbitadas audacias, las ambiciones de la diestra. Es una suerte –se ha dicho– que no tengamos dos manos derechas: nos hubiéramos perdido entonces entre las puras sutilezas y marañas del virtuosismo, no seríamos hombres verdaderos, no: seríamos prestidigitadores. Gauguin sabe bien lo que hace cuando, como freno a su etérea sensibilidad, enseña otra vez a su mano diestra a pintar con el candor de la zurda.

Pero, una noche, la mano empujó la puerta de la biblioteca y se engolfó en la lectura. Y dio con un cuento de Maupassant sobre una mano cortada que acaba por estrangular al enemigo. Y dio con una hermosa fantasía de Nerval, donde una mano encantada recorre el mundo, haciendo primores y maleficios. Y dio con unos apuntes del filósofo Gaos sobre la fenomenología de la mano... ¡Cielos! ¿Cuál será el resultado de esta temerosa incursión en el alfabeto?

El resultado es sereno y triste. La orgullosa mano independiente, que creía ser una persona, un ente autónomo, un inventor de su propia conducta, se convenció de que no era más que un tema literario, un asunto de fantasía ya muy traído y llevado por la pluma de los escritores. Con pesadumbre y dificultad –y estoy por decir que derramando abundantes lágrimas– se encaminó a la vitrina de la sala, se acomodó en su estuche, que antes colocó cuidadosamente entre las condecoraciones de campaña y las cruces de la Constancia Militar, y desengañada y pesarosa, se suicidó a su manera, se dejó morir.

Rayaba el sol cuando el comandante, que había pasado la noche revolcándose en el insomnio y acongojado por la prolongada ausencia de su mano, la descubrió yerta, en el estuche, algo ennegrecida y como con señales de asfixia. No daba crédito a sus ojos. Cuando hubo comprendido el caso, arrugó con nervioso puño el papel en que ya solicitaba su baja del servicio activo, se alzó cuan largo era, reasumió su militar altivez y, sobresaltando a su casa, gritó a voz en cuello:

—¡Atención, firmes! ¡Todos a su puesto! ¡Clarín de órdenes, a tocar la diana de victoria!

[México, febrero de 1949]

ÉRASE UN PERRO

POR LA TERRAZA DEL HOTEL, EN CUERNAVACA, COMO los inacabables mendigos y los insolentes muchachillos del chicle, van y vienen perros callejeros, en busca de un bocado. Uno ha logrado conmoverme. Es un pobre perro feo, pintado de negro y blanco, legañoso y despeinado siempre. Carece de encantos y de raza definida, pero posee imaginación, lo que lo enaltece en su escala. Como el hombre en el sofista griego –fundamento del arte y condición de nuestra dignidad filosófica–, es capaz de engañarse solo. Se acerca siempre sin pedir nada, a objeto de que la realidad no lo defraude. Se tiende y enreda por los pies de los clientes, y así se figura tener amo. ¿Algún puntapié, algún mal modo, alguien que lo quiere echar de la terraza? El perro disimula, acepta el maltrato y vuelve, fiel: nada solicita, sólo quiere sentirse en dependencia, en domesticidad humana, su segunda naturaleza.

Los amos no son siempre afables, pero él entiende; los tiempos son duros, la gente no está de buen humor, los países andan revueltos, el dinero padece inflación, o sea que el trozo de carne está por las nubes. Toynbee diría que cruzamos una «era de tribulaciones» (*age of troubles*), algo como haberse metido en una densa polvareda. El perro entiende. Por lo pronto, ya es mucha suerte tener amos, o forjárselos a voluntad.

A veces, una mano ociosa, a fuerza de hábito, le acaricia el lomo. Esto lo compensa de sus afanes: «Sí –se dice meneando el rabo–, tengo amo, amo tengo».

Hay algo todavía más expresivo cuanto a la ilusión del pobre perro, y es que se siente guardián del hotel, y gruñe a los demás perros y los persigue para que nadie moleste a sus señores ni mancille su propiedad.

Así, de espaldas a sus semejantes, sentado frente a su humana quimera, alza la cabeza, entra en éxtasis de adoración –y menea el rabo. (¿La «servidumbre voluntaria»?)

[México, 27 de diciembre de 1953]

La asamblea de los animales

TENÍA QUE SUCEDER AL FIN. VARIAS VECES NOS LO habían advertido y nunca quisimos hacer caso. Ello es que las fieras y animales silvestres, espantados por los desmanes del hombre, se reunieron secretamente en alguna ignorada región del África para tomar providencias ante una posible catástrofe del planeta.

Por supuesto, no se ha permitido la presencia a cualquiera. Se expulsó a los astutos insectos y otras alimañas menores, tan creídos de que son los futuros amos del mundo por su capacidad de «proliferar» entre las mayores abyecciones, sin perdonar siquiera a los hormigueros y a los panales, que –pese a la literatura– son los causantes de todo el daño, por haberse propuesto al hombre como tipo de la perfecta república: nacional socialista, claro está.

Algunas bestias mentadas en el Libro de Job, jeroglifos vivientes, fueron asimismo víctimas de la previa censura. Así la cabra montés y la corza, remisas e inasimilables, dotadas de posteridad pero no de continuidad, y que, como los malos teóricos, paren con esfuerzo, replegándose sobre sí mismas, lo que no existe, lo que se va y no vuelve.

También fue excluido el onagro, asno irregular, habitante

de los salados desiertos, que sobra en todas las agrupaciones sociales como el solterón sin deberes.

Lo propio se hizo con otro horrendo solitario, el rinoceronte, catapulta de un solo bloque, el cual nunca pudo ver más allá de sus narices porque se lo estorba, entre los biliosos ojillos de marrano, el cuerno plantado como enseña, alza en la pieza de artillería.

No se toleró a la avestruz, gallina abultada que entierra sin amor sus huevos, «maniquí de alta costura», con sus plumeros de embajador o cortesana, su indecente tallo de carne cruda que remata en una piña aplastada, sus desvergonzados muslos desnudos, su zig-zag de fugitiva constante –burla del caballo y del jinete– , sus aletas en cañones que ignoran el vuelo y aplauden la carrera; su estúpida pretensión de ocultarse cuando hunde la cabeza en el polvo, figurándose así –sofisma de «voluntad y representación»– que ella misma se esconde al mundo porque esconde el mundo a sus ojos.

Ni se dio cabida al gavilán ni al buitre, cuyos polluelos tragan sangre, que sólo se remontan a las alturas para mejor ver las carroñas abandonadas en el suelo y que giran incesantemente en círculos esclavos, dibujo de sus hediondos apetitos.

Quedaron, pues, los animales auténticos. Tigres, leones, panteras, osos y otras pieles de lujo, grandes y pequeñas, casi no hicieron más que escuchar: no habían tenido tiempo de reflexionar sobre el caso. El propio Maese Zorro, desmintiendo su tradición fabulosa, se encontraba desprevenido. Y, al revés de lo que pasa en los congresos humanos, el loro, por fortuna, calló. Unos cuantos animales obvios llevaron el peso del debate.

El asno, que presidía la sesión, tomó la palabra. El asno ha visto de cerca al hombre y, como todos saben, lo ha acompañado en algunas de sus más ilustres jornadas: excursiones militares de Dióniso, viaje redondo del Salvador. Pero no se hacía ilusiones. A su juicio, el destino de la criatura humana había agotado sus últimas promesas. ¿Qué hacen hoy por hoy los hombres? Destruirse entre sí. Cuando toda una especie se entrega frenéticamente a su propio aniquilamiento, es de creer que su locura responde a los altos designios de su Creador.

—Porque yo, hermanos míos —concluyó el asno en su prudencia–, *sí* creo en Dios.

Tras el silencio temeroso que sucedió a estas palabras, se oyó un relincho. Es aquel que, «entre las bocinas, dice: ¡Ea!, y de lejos huele las batallas, el estruendo de los príncipes y el clamor» (Job, xxxix, 25). El caballo, nuestro bravo camarada de armas, ráfaga crinada, no quiso disimular su despecho. El combate, heroico antes y que levantaba las energías cordiales, hoy es cosa de administración y de máquinas.

—Además —continuó–, ¡si el hombre sólo combatiera contra el hombre! Mucho se podría alegar en defensa de la guerra, la verdadera guerra en que era yo aliado del hombre. Pero hoy los humanos combaten ya contra la naturaleza y quieren desintegrarla y hacerla desaparecer, en su afán de adueñársela. La Tierra misma está en peligro.

Algunos ladridos de protesta fueron tumultuosamente acallados. Había consigna de no dejar hablar a los perros, sospechosos de complicidad con el hombre.

Pero habló el mono. Según él, no quedaba otro recurso que precaverse a tiempo y elegir un nuevo monarca. Nadie más indicado que el mono –la rama de los pretendientes destronados– para suceder al hombre en el gobierno.

—¡Oh, no! –reclamó el elefante–. Hace falta un animal de mayor gravedad y aplomo, de reconocida responsabilidad y de memoria probada, capaz de llevar a término sus empresas. El mono es un ente ridículo y cómico, una bufonesca imitación del hombre, y una criatura expuesta siempre a estériles inquietudes y nerviosidades; casi diríamos que es una ardilla, el candor en menos, cuyas vueltas y revueltas carecen de utilidad y sentido. ¿Sustituir al hombre por su caricatura? ¡Jamás!

Aquí un elefante enjaezado, vestido de telas verdes y rojas, alzó la trompa y lanzó un tañido; es decir, pidió la palabra. Era un elefante de circo, escapado de alguna pista del Far West. Traía todos los prejuicios que pueden adquirirse en el trato con los domadores y en la frecuentación de los espectáculos humanos, y estaba lleno de sofismas y ardides. Casi era un político profesional. En vano intentó que lo escucharan. No bien empezó a sonreír maliciosamente, meneando la trompa y diciendo chistes de mal gusto sobre la conveniencia de usar calzones, cuando los elefantes ortodoxos, los selváticos, lo hicieron callar, declarándolo representante de Wall Street.

La discusión comenzaba a tomar un sesgo amenazante; pero, a fuerza de prolongados silbos, un Ave Rara que lucía los penachos más atrayentes y centellaba de luz roja y plateada pudo imponer orden y empezó a decir con voz armoniosa:

—Voto por la abolición del hombre. Sea anulado el hombre y no tenga sucesor ninguno. ¿Qué falta le hace a la Tierra? Alternen los días y las noches, las auroras y los crepúsculos, las calmas y las tempestades, las lluvias y los soles. Nadie estorbe el roncar de las frondas, el voluble besuqueo de los arroyos y el contundente discurso de las cataratas. Bailen a su gusto las olas verdes. Pósense o vuelen a su talante los nubarrones plomizos. Los vientos de larga cola concierten los corros y los minués de hojas amarillas. Crezca y cunda la vegetación a su antojo. El campo ahogue y borre a las ciudades. Olvídese para siempre al hombre. Desaparezca de una vez este funesto accidente de la Creación.

Las ovaciones hicieron temblar las montañas. Entre el entusiasmo general, los perros, a todo correr, llegaron a la próxima estación telegráfica y denunciaron el caso a los «grandes rotativos».

[México, 17 de enero de 1953]

El hombrecito del plato

SIENTO VERME EN TRANCE DE CONTRIBUIR YO TAM-
bién al sobresalto de la opinión con una noticia es-
candalosa; pero no todo ha de ser vivir y vivir para
jamás contar.

Ello es que yo perdí el sueño una de estas noches y, a
pesar del frío inclemente, empecé a pasear por mi terraza. Hacia las dos de la madrugada oí un suave zumbido,
algo como una bola de luz cayó a pocos pasos del sitio en
que yo me encontraba, y yo sentí una ligera conmoción.
Aquello era un plato volador, simplemente; y del plato volador salió un hombrecito, un «hombrecito entre dos platos», como decían del pobre gibado Ruiz de Alarcón; un
hombrecito de hasta un metro de estatura, con una cabeza deforme y unos ojos vivos y penetrantes.

La curiosidad pudo más que el temor. Se me ocurrió
acercarme sonriendo. La sonrisa —me dije— debe ser un
lenguaje universal, y sin duda el raro huésped interplanetario comprenderá mis intenciones amistosas. En efecto,
el hombrecito del plato hizo a su vez una mueca que a mí
me pareció un saludo. «Estos visitantes —me dije— han
dado últimamente en solicitar la casa de los escritores.
Los periódicos dicen que, allá por Capri, andan rondando

nada menos que al novelista Curzio Malaparte. Sin duda quieren conversación y comercio con los humanos, y han escogido para empezar, con una perspicacia que realmente los honra, no a los políticos ni a los militares, sino precisamente a los profesionales de la expresión, del cambio de ideas; es decir, a los literatos, a la gente que usa el lenguaje como su arma o su instrumento por excelencia.»

Me dirigí a mi biblioteca, y el duendecito me siguió. ¿Cómo entablar un primer diálogo con un ser interplanetario? Discurrí tomar un papel y hacer un dibujo elemental del Sol –un círculo con rayos–, y junto a él dibujé otras ruedas a distinta distancia, las cuales venían a significar respectivamente los planetas Mercurio, Venus, la Tierra y Marte. Tracé una cruz en el círculo que representaba la Tierra, y señalé el suelo como para decir: «Estamos en la Tierra». Después, puse un dedo en el círculo que representaba a Marte. ¿Pues no nos han dicho que estos platívolos vienen de Marte? Y miré a mi interlocutor con una mirada interrogadora. Él comprendió. Alargó su mano y movió la mía del círculo de Marte al círculo de Venus. Apenas experimenté un leve toque eléctrico; debo decirlo para tranquilizar a los que se vean mañana en un caso semejante al mío. Entendí que, con esto, el duendecito quiso decir: «No vengo de Marte, vengo de Venus».

En efecto –reflexioné– mis pocos estudios astronómicos me dicen que, por sus generales condiciones, el verdadero planeta gemelo de la Tierra no es Marte, como se decía hasta hace unos treinta años, sino que es Venus. De acuerdo ya en este primer punto, volví a poner el dedo en Marte e hice una señal negativa con la cabeza: nuevamente puse el dedo en Venus (*honni soit...*) e hice entonces una señal afirmativa. El duendecito me entendió y repitió mis actos.

Habíamos llegado a un acuerdo sobre los dos extremos fundamentales del lenguaje: la señal del *no* y la señal del *sí*, contornos indispensables de toda conversación inteligente, polos de una lógica elemental o una representación del mundo. Me acordé de que los chinos –tan sabios y tan escarmentados– tienen un puñado de palabras para decir *no* y una sola para decir *sí*, pues lo primero y más importante es deslindar, alejar, afirmar la propia independencia ante las cosas, o sea *negar*; y lo segundo y accesorio (lógicamente hablando) es establecer cadenas o puentes con las cosas, tratados y pactos de relación, es decir, *afirmar*. *Sí* y *no* venían a ser mi *Órgano*, como hubiera dicho Aristóteles, mi estructura de lógica clásica o elemental para entrar en cambio y comercio con mi huésped, con el visitante de Venus. Le pregunté a señas si venía de lo alto, de alguna región celeste, y me contestó que sí con la cabeza. Los dos sonreímos satisfechos.

No quiso importunarme más. Esta gente de Venus es de una discreción pasmosa. Se encaminó nuevamente a la terraza. Produjo un extraño silbidito que yo creí interpretar así: «Ya volveré otra noche de éstas, en cuanto el tiempo lo permita». Trepó a bordo de su plato, y se elevó verticalmente, animado de un movimiento giratorio que yo, para mí, he considerado como una operación de tornillo para taladrar el espacio. Pero lo más curioso es que aquella peonza ultraterrestre, al elevarse, en vez del zumbido neutro que traía cuando bajaba, produjo ahora una verdadera música. Lo cual, sin duda, era una manera cortés de celebrar nuestro pacto de amistad y buen entendimiento. No poseo aún mucha experiencia sobre la música interplanetaria –a pesar de mis estudios sobre la filosofía de Pitágoras–, pero aquella música no me pareció desagradable y, acá en mi fuero interno, la traduje por algo así como una *Diana, diana, chin, chin, chin.*

¿Y cuál será el próximo paso? Ya lo he pensado. Tras el *Órgano* de la lógica clásica o aristotélica (un *Sí* y un *No*), tiene que venir el *Nuevo Órgano,* que diría Bacon: tiene que venir el *Qué sé yo* de toda lógica revolucionaria o innovadora. Pero ¿cómo comunicar al venusino el *Qué sé yo* y las expresiones de la duda metódica, sin lo cual nuestra relación será muy imperfecta? Aún no veo el modo, y cuando lo descubra, gustosamente daré cuenta de ello a mis lectores.

[Octubre de 1954]

La cotorrita

Sobre la especulación intelectual yo tengo un cuento que referiros. Estadme atentos, que dura poco. El historiador y crítico de la escultura española don Ricardo de Orueta, a quien sus compañeros andaluces solían llamar «el Viejo», reunía a varios amigos en casa de un hermano suyo, donde también estaba presente una sobrinita de pocos años. Acababan de obsequiar a ésta una cotorrita mecánica que chillaba y movía las alas. Y mientras las personas mayores hablaban de arte y literatura, la niña se entretenía con su juguete en un rincón de la sala, y nadie la recordaba siquiera. Era el invierno de Madrid.

De pronto, con un airecillo de satisfacción y suficiencia, la niña se acercó, e interrumpiendo la charla, exclamó con aquella inimitable gracia andaluza:

—¡Bueno! ¡Ya acabamos con la cotorrita!

Y, en efecto, había desmontado minuciosamente el juguete, pieza por pieza, de modo que ya ni se conocía lo que había sido antes de la catástrofe.

—¡Pero niña! –dijo, indignado, el padre, amenazando darle un sopapo.

—No, no la toque usted, ni la riña –intervino alguno de

los presentes que, por haber vivido en varios países, era ya más sabio que los otros–. No le diga nada. Ella no ha hecho más que ceder al muy humano y muy noble instinto de la curiosidad, madre de la filosofía.

—¡Es que ahora ya no podrá jugar! –se le contestó.

—Pues mire usted –dijo el otro–, lo mismo les pasa con el mundo a los filósofos, una vez que lo han desmontado. Déjela usted, que, con no poder jugar más, ya tiene castigo suficiente.

[Junio de 1954]

Ninfas en la niebla

ME LO HA CONTADO UN JOVEN POETA POTOSINO, y me pareció que en este sencillo relato palpitaba ya el esquema de una novela. (Las novelas suelen tener por fin premeditado y malévolo echar a perder los esquemas, ya se sabe.)

Unos muchachos estudiantes andaban de asueto por el campo. El día, nublado y frío, resollaba por entre los árboles esas volutas de niebla que ya se espesan o se despejan, que cortan de repente las perspectivas y luego las abren de nuevo como una sorpresa.

De pronto, los muchachos vieron venir un grupo de colegialas y no pudieron resistir a la tentación de los sátiros que persiguen a las ninfas silvestres. Corrieron sobre ellas dando saltos y gritos.

Las colegialas intentaron huir, pero ellos les iban dando alcance; y al fin, no teniendo dónde esconderse, se metieron en la bocanada de niebla que adelantaba por la cuneta y desaparecieron del todo a los ojos de sus perseguidores. Cuando la niebla se disipó un momento después, no quedaba rastro de las fugitivas, y los muchachos contemplaban, sin saber qué pensar, la llanura deshabitada.

Con menos se ha hecho la mitología.

[Julio de 1954]

El invisible

HABLABAN CINCO:

El Hombre del Chascarrillo dijo: Yo demuestro la no existencia de Dios en un abrir y cerrar de ojos: A ver, si existe Dios, que se aparezca ahora mismo. ¡Una, dos, tres! ¿Ya ven ustedes cómo no existe Dios?

Y dijo el Teólogo: ¡Mentecato! Dios se manifiesta en todo lo que existe. ¿Tú no lo ves? «Pues yo, dijo el Asno, sí lo veo.» (Estoy citando a Víctor Hugo, *Dios invisible para el filósofo.*)

Y dijo Jenófanes: Por necios como éste, para quienes Dios tiene que ser algo como un señor con barbas (o «un vertebrado gaseoso», como dirá un día vuestro Haeckel), advertí yo que si los bueyes, los caballos y los leones pintaran, figurarían a los dioses como bueyes, como caballos y como leones.

Y dijo el Mitólogo: ¡Insensato! No tientes a Dios. Semele, mal aconsejada, pidió a Zeus que se le apareciera en su verdadera presencia... y quedó fulminada.

Y dijo, por último, el Filósofo: Si los hombres tuviéramos un Dios visible –cosa peligrosísima– arrastraríamos

una vida de perros, literalmente. Es decir, la vida emo-
cional y subyugada que viven los perros junto al hombre,
para quienes el hombre es un dios tangible y palpable.

[Diciembre de 1955]

La cigarra

ASEGURAN QUE LA CIGARRA NO DESOYÓ A LA HORmiga, antes se dejó persuadir y se propuso muy cuerdamente, a partir de ese día, hacer provisión de alimentos durante la buena estación para soportar después las privaciones del invierno. Pero el destino había dispuesto otra cosa, y nuevas sorpresas la esperaban.

Lo primero, tropezó –digamos que «de manos a boca»– con un lirón, mientras ella andaba afanosamente buscando un hueco en algún tronco o raíz donde esconder sus hojas y yerbas.

—Pero tú –le dijo el lirón– ¿no te alimentas con gusanos y moscas, según nos cuenta La Fontaine?

—No, lirón –dijo la cigarra con impaciencia–. Yo soy vegetariana. ¡Cómo se ve que no has leído al entomólogo Fabre! La Fontaine, que entendía mucho de poesía y muchísimo de pasiones humanas, pero no tanto en punto a costumbres animales, me confundió, creo, con el grillo.

—¿Y para qué juntas provisiones?

—¡Toma! ¡Para poder soportar el invierno, cuando se seque la vida vegetal!

—¿Por qué no haces como yo? Es más cómodo. Yo procuro nutrirme bien cuando hay con qué; y cuando llega la mala estación, simplemente me echo a dormir, y así espero la primavera.

—¡Peregrina costumbre!

—Ya veo que ignoras la hibernación. Eso lo hacemos todos los animales hibernantes. Y te diré más. Hay también la costumbre de la estivación, que consiste en aletargarse durante el estío, pues ciertos estíos son insoportables. Así, yo duermo en invierno, pero el teurec de Madagascar duerme en verano.

—No sé si podré seguir tu consejo. Algo me dice que, como yo me duerma durante un invierno, ya no podré despertar más. Cada animal tiene su ley. Pero, por lo menos, de algo me ha servido tu ejemplo; pues, como la hormiga vuelva a ponérseme respondona, yo le haré ver que no es tan sabia como se figura y que tú, sin darte tantos humos de persona entendida en la administración y el ahorro, resuelves el caso del invierno con medios mucho más sencillos.

Y siguió haciendo sus provisiones. A poco descubrió a una urraca, que acababa de recoger por ahí un trocito de papel plateado y le hacía grandes festejos:

—¿Pero eso se come? –le preguntó desconcertada.

—¡Qué sandia eres, cigarra! ¡Cualquiera diría que no eres poeta! Yo junto estos papelitos brillantes, como las joyas que se les olvidan a las señoras, por mero placer artístico. Nada de esto se come, pero no sólo de pan vive el hombre... ni las urracas. Yo soy coleccionista, ¿entiendes? Me gusta convertir mi nido en un museo, y almaceno allí lo que han calificado las autoridades como *objets de vertu*: todas esas cositas lindas e inútiles que los anticuarios, a quienes en otro tiempo se llamó simplemente «aficionados a la curiosidad», se disputan a porfía: un estuche diminuto, un alfiler, un espejito, un punzón, un dedal.

—Y entonces, si das con una perla...

—La guardo, la guardo; no creas que voy a cambiarla por un grano como lo hizo el gallo, otra víctima de la fábula. Yo no me preocupo sólo en comer. Yo no vendo mi mayoridad a cambio de un plato de lentejas.

La cigarra se quedó pensando, y dijo al fin:

—Por lo visto, lo mejor es que cada uno obedezca a su naturaleza. Ya puede la hormiga guardarse para sí sus sermones. A mí me corresponde cantar, y cuando venga la muerte, sea bienvenida. Como dice la frase inglesa, «¡Providencia y mi guitarra!».

Y allí mismo se puso a templar su instrumento, abandonando todos los afanes del ahorro. Cantó varios meses, y cuando le faltó la comida, colgó la bandurria, se santiguó y cerró los ojos.

[Febrero de 1956]

Encuentro con un diablo

E N UNA POSADA DONDE SÓLO SE DETIENE UNO A
mudar cabalgadura, no puede escogerse la compañía. Se habla con el primero que llega, y acepta uno
un trago o lo ofrece.

Era casi la medianoche. Aquel impecable señor, prendi-
do con cuatro alfileres, viajaba en carroza. El chambergo
dejaba escapar ricillos negros por sus sienes. Tenía unos
bigotitos y una perilla de puñal.

No recuerdo cómo, entre copa y copa, me dejé arrastrar
por él, yo que sé tan poco, hasta las encumbradas regiones de la teología.

Y el desconocido habló del problema del mal, tan deba-
tido por los filósofos.

—¿Cómo puede ser que Dios –me decía–, en su omni-
potencia y su bondad, consienta el mal y el sufrimiento,
azotes de la humana familia?

Hice un esfuerzo –pues confieso que me sentía marea-
do y se me figuraba que las llamas de la chimenea chispo-
rroteaban por todo el ámbito– y recordando mi Ripalda
de a cinco centavos, le contesté con otra pregunta:

—¿Y no será por lo mismo que consiente en que haya
pecados?

—¿Es decir...?

—Es decir –cité textualmente–: «para nuestro ejercicio y mayor corona». Para encaminarnos, por la prueba y el merecimiento, a la salvación.

—Eso se lo enseñaron a usted cuando era un doctrino, y veo que no se le ha olvidado. ¡Bravo, bravísimo! ¿Otra copa?

—Ya no, gracias. Claro que hay también la solución de Pangloss, pero dejemos eso.

—Bien, ¿y si yo le dijera a usted que el mal y el sufrimiento humanos son perfectamente explicables sin acudir a la hipótesis cristiana, sencillamente porque el hombre no es el objeto final de la Creación?

Decididamente la estancia daba vueltas. Pero hacía rato que yo oía un leve silbidito, un tenue «juijua» que se dejaba escuchar rítmicamente a lo largo de nuestra charla. Y por eso comprendí que mi interlocutor era nada menos que un diablo, y se entretenía en menear la cola mientras bebía y conversaba conmigo.

«Si usa cola –dije yo para mi coleto– no es el Diablo en persona, pues Su Majestad Infernal bien puede dispensarse de estos juguetes y boberías. Éste no será más que un diablo, un pobre diablo. Ni Belfegor, ni Belial siquiera, ni otro espíritu de alto copete.»

Y en llegando a esta conclusión y descubierta ya su maniobra, preferí despedirme respetuosamente, barriendo el piso con la pluma de mi sombrero, y salí precipitadamente para continuar mi jornada, sin dar a entender al diablejo que había logrado descubrirlo, porque temí alguna mala jugada. Pues, como dice Tomás Moro, y antes lo había dicho Martín Lutero, los diablos no soportan burlas.

[Septiembre de 1958]

Apólogo de los telemitas

ERAN TIEMPOS ACIAGOS. POR TODAS PARTES ESTA-
llaban guerras y motines. Todas las místicas celes-
tes y todas las vanidades terrestres pugnaban entre
sí. Se vivía en continuo sobresalto. Pero nunca falta donde esconderse. Aquella discreta sociedad se había refu-
giado en una casona campestre que fue bautizada bajo el
nombre de Abadía de Telema. Los telemitas adoptaron la
palabra de Rabelais por enseña: «Haz lo que te plazca».
Pero eran gente de corazón y de refinada cultura. Y en
vez de aprovechar aquel olvido en que los dejó la confusión del mundo, entregándose a los excesos y revolviendo
las costumbres —como tantas veces sucede en ocasiones semejantes— decidieron distraer su mal aplacado sobresalto
y esperar tranquilamente el fin contándose casos curio-
sos, recuerdos sacados de los libros o de la experiencia,
decamerones y heptamerones de que todos, sin saberlo,
llevamos colgado al cuello un rosario. Y a lo largo de cada
día, se iban desensartando las cuentas.

Así lograron sobrevivir, y cuando la inercia de las cosas remansó de nuevo las aguas, no pudieron separarse
más. Habían descubierto que el cambiarse narraciones y
conversaciones es el uso más placentero de la existencia.

Allá se recluyeron, pues, de por vida. Allá murieron, uno a uno, y los sobrevivientes iban enterrando a sus compañeros en el parque ya ensilvecido. El último no hizo más que esperar su hora, tendido bajo un árbol.

Hombres casi convertidos en árboles ellos mismos, estos monjes de la amena conversación hablaban según soplaba el viento. La orden parlante de los telemitas merece nuestro respeto y nuestra envidia.

[Mayo de 1958]

ANALFABETISMO

S I DIOS ALIMENTA AL GAVILÁN, TAMBIÉN PROTEGE A los inocentes. El cine ha dado boga recientemente a aquel cuentecito de Somerset Maugham sobre el millonario analfabeto. Y Balzac (*Las ilusiones perdidas*) nos pinta, en aquellos tiempos, a cierto impresor de Angulema que no conocía ni la o por lo redonda, e hizo, sin embargo, una fortunilla. Es más: aunque se esforzó para que su hijo estudiara en París junto al célebre Didot, se atrevió a decirle: «¡Cuidado! Un impresor que lee libros no sabrá imprimirlos nunca».

El analfabetismo admite grados. Hay el analfabetismo absoluto, en rama, y es el más honesto de todos, el que merece bien del cielo. Hay el analfabetismo sin disculpa, el odioso analfabetismo de la joven María Antonieta. Hay, entre otros, el analfabetismo a medias, el de los empleados y sirvientes de hotel que van a los Estados Unidos y aprenden a hablar inglés, pero no a escribirlo. Hay cierto analfabetismo paradójico, que admite el conocimiento del leer y del escribir, pero que, por algún defecto en la ósmosis o permeabilidad psicológica, no deja del todo que la letra entre en la intuición, con sangre ni sin sangre. Gente conozco yo, y la conoces tú, disimulado lector, que cuando se le ofrece leer suda y tartamudea aunque propiamente sepa leer, y cuando se le ofrece escribir, aunque no lo ignore, padece verdaderas angustias, y la pluma le pesa mucho más que un remo de galera. Sé de alguien que prefiere las molestias del teléfono internacional antes que decidirse a borronear una tarjeta o telegrama.

Todos estos «caracteres» me parecen todavía candorosos y amables ante el más abominable de todos: el desalfabetizado voluntario, el que pasó por los libros y aun se graduó en alguna profesión liberal, y luego, dedicado a otra cosa, cerró los libros para siempre y los consideró en adelante con asco y disgusto, y hasta le importuna el periódico cuando da con él de casualidad.

¿Que este personaje no existe, que lo he inventado yo? Lector, yo no me atrevo a citarte nombres propios, no quiero disputas. Si tú no me crees bajo palabra, mejor será que no me leas; con lo cual, al fin y a la postre, pierdes poco, pero empezarás también, por tu cuenta, un lamentable proceso de «desalfabetización».

[Junio de 1958]

278

El bálsamo universal

R EFIÉRESE EN EL FRANCO CONDADO UN CUENTO tan singular que no sé si acertaré a repetirlo. Sin embargo, helo aquí. Un alquimista de Besanzón, a fuerza de trabajo y pesquisas, había descubierto la piedra filosofal, el elixir de larga vida y el llamado bálsamo universal. El primer descubrimiento le aseguraba la riqueza; el elixir, la longevidad y casi la inmortalidad; pero no se sabe por qué su virtud no podía transmitirse a nadie, fuera de su afortunado inventor. En cuanto al bálsamo –antecedente de la ampolla de Fierabrás que don Quijote traía consigo– curaba todas las heridas en un santiamén y sin dejar cicatriz alguna.

Pero la gente era descreída, y el sabio, para demostrar la eficacia de su bálsamo, se cortó diez veces la mano y aun la cabeza, si hemos de dar crédito a las crónicas, y luego al instante volvió las cosas a su estado primero, sin pena ni dificultad. Ni así logró disipar la desconfianza de los vecinos. Pues los ignorantes decían: «es un mágico que nos alucina»; los médicos: «es un charlatán»; los devotos: «un endemoniado»; los frailes: «un diablo en persona».

El alquimista ofreció importantes sumas a quienes aceptasen someterse a la prueba, respondiendo del éxito nada menos que con su vida. Al fin hubo tres saboyanos que se prestaron a ser «operados sin dolor». A éste le cortó el alquimista la mano izquierda; a aquél le sacó los ojos (¡válgame Dios!), y al otro le arrancó nada menos que los intestinos.

Para mejor mostrar el milagro, alguien pidió que se dejase un intervalo entre el mal y el remedio. «Esperemos hasta mañana», dijo el alquimista sonriendo. Y se llevó a casa miembros y entrañas, y encargó a su ama que lo pusiese todo en salmuera y lo guardase con cuidado. Descuidóse el ama, y el gato se llevó la mano, y el perro se comió lo demás. El ama, por no descubrirse, mató al gato y le sacó los ojos, compró las tripas de un cerdo, y cortó la mano de un ratero ahorcado aquella misma mañana.

Al otro día, ante el vecindario de Besanzón, el sabio puso al manco la falsa mano, sin hacer caso de que el paciente resultó ahora con dos manos derechas; al ciego le ajustó los ojos del gato, y al destripado, los intestinos del cerdo. Todo resultó a maravilla, y el pueblo aclamó entusiasmado. Los saboyanos desaparecieron, muy contentos de su recompensa. La Inquisición, que ya comenzaba a hacer de las suyas en el Franco Condado, amenazó al mágico, el cual prefirió mudar de aires.

Un año después, los tres operados se encontraron de casualidad. «Yo –confesó el primero– con esta mano que era izquierda y se me ha vuelto derecha no puedo menos de robar cuanto encuentro.» «Yo –dijo el segundo– veo ahora más claro de noche que de día.» «Pues yo –declaró

el tercero– he adquirido gustos insospechados, y me da
por comer siempre en compañía de los cerdos.»
Quédese para mañana la moraleja, y todo en paz.

[Septiembre de 1958]

El hombre a medias

COMO EL PERSONAJE DE UNA CONOCIDA NOVELITA, había perdido su sombra. La perdió a la vuelta de un camino y nunca la volvió a encontrar. La sombra se evaporó y volvió al cielo. Como los hombres-vampiro de los Cárpatos, había perdido su imagen en los espejos y en el agua, lo que hubiera sido el castigo verdadero para Narciso. Y el triste se lamentaba y decía:

—Apurar, cielos, pretendo, por qué cebáis en mí vuestra cólera y vuestra crueldad. Madrastra se mostró conmigo la naturaleza, y pues me ha dejado nacer, ¿por qué tan despiadadamente mutila mi condición de hombre? Cierto, yo no soy más que un hombre a medias, puesto que me hallo condenado a vivir sin sombra y sin reflejo. La vida terrestre exige un mínimo de conformidad con el cuerpo, con la materia humana, y este mínimo de conformidad no se sacia con ver yo mismo y palpar mi cuerpo (¡y menos mal que todavía no soy invisible a los ojos ajenos, como temo que me suceda un día, al paso que voy!), sino que también nos hacen falta la sombra y el reflejo como para mejor aceptarnos a nosotros mismos.

Así se lamentaba el triste, escondiendo a todos sus lágrimas, por no poder dar explicaciones sobre los tormentos que lo afligían. Y los que acaso lo sorprendieron diciendo entre dientes: «¡Soy un hombre a medias!», no siempre entendieron bien su amargura.

Pero una noche recibió un consuelo inesperado, aunque no sea fácil de comprender. Y ello fue que, a la luz de la humilde bujía con que se alumbraba, vio pasear sobre la pared de su cuarto la sombra de tres ángeles, cuyo bulto –inútil decirlo– era invisible. No puede expresarse lo que pasó en su alma, ni cómo transportó el portento que veía a modo de explicación negativa (o positiva) sobre su mísero estado. Pero una alegría, un contentamiento místico pareció inundarlo y bañarlo. Se consideró mucho menos descabal que antes, acaso completo. Entendió que también las realidades invisibles son realidades, y al cabo vivió y murió en paz sin maldecir ya de su suerte.

[4 de septiembre de 1959]

El mensaje enigmático

CUANDO LAS GRANDES EMPRESAS DE LAS POTENcias extienden su negocio y su imperialismo económico por países menos evolucionados o de vida muy diferente, suele crearse entre su personal algo como una agrupación de coto cerrado, con sus secretas prácticas de masonería social que solamente los iniciados conocen. A veces, algo semejante acontece con el cuerpo diplomático enclavado en un país distante. *La carrière*, el viejo libro de Abel Hermant, y *Les ambassades*, el reciente libro de Roger Peyrefitte, dan ejemplos de ello. Por singular flaqueza humana, es frecuente que estas minorías caigan en alguna extravagancia colectiva; en ocasiones, hasta en el cultivo de aficiones viciosas, entre las cuales no es rara aquella contradanza de trueques y cambios matrimoniales que el personaje de Jules Romains (*Les hommes de bonne volonté*) fue a descubrir en Inglaterra, una Inglaterra ya en franca rebeldía contra las convenciones victorianas.

Los que frecuentaban aquella embajada y disfrutaban de su ambiente —de su ambiente fácil y risueño, donde un aroma discreto de galantería flotaba a modo de constante promesa— se consideraban a sí mismos como una secta aparte, callaban sus misterios y se felicitaban de contar, en medio de la monotonía y el hastío mundanos, con aquella isla de esparcimientos, cuyos privilegios artificiales servían, al menos, para crear un refugio a la buena conversación, a cierto abandono sin grosería: sombra última de aquellos salones filosóficos en que la crema del siglo XVIII derivaba dulcemente la vida.

Todo se había ensayado ya: interpretar los sueños, jugar a la investigación del crimen, evocar espíritus en torno a la mesa magnetizada –a reserva de permitirse, de cuando en cuando, libertades de pies y piernas–, las cartas con penitencia, donde la penitencia consistía en irse deshaciendo de la ropa hasta quedar nada menos que en paños menores. Sólo una vez, por excepción, una dama –Amaranta por nombre– se atrevió a quedarse enteramente desnuda, lo que fue como una visitación divina, una *teoxenia*, y acabó de convencer a los que todavía dudaban sobre las ventajas de este nuevo rito o comunión.

Cuando había valija diplomática –siempre un mal momento– al embajador no le quedaba otro remedio que mandar servir una rueda más de whisky, dejar a sus amigos divirtiéndose solos y retirarse a las salas de la cancillería para hacerse cargo del despacho oficial. El embajador había aprendido el arte por excelencia de la diplomacia, que es no estorbar. En la cancillería lo esperaba ya el consejero, hombre compungido y puntual que no formaba parte de la masonería amistosa (aunque solía espiar detrás de la puerta), que todo el día estudiaba libros de Derecho Internacional, como si aún tuviera vigencia, y se pasaba horas enteras examinando los pactos entre varios países, como si alguien hiciera todavía caso de ellos.

—¡Pero mi querido Juanito Pipaón! –solía decirle el embajador como quien habla con un niño. ¿Todavía no se ha enterado usted de que hoy el Derecho Internacional y las prácticas diplomáticas se aprenden leyendo los periódicos?

Se abrió una tarde la valija. Contenía las habituales sandeces, recomendaciones inútiles, reclamaciones sobre el precio de una escoba, reglas relativas al margen de tantos centímetros en las notas oficiales, insistentes apremios para que no faltaran mes a mes los informes sobre los estrenos teatrales, encargos para comprar y remitir tal libro.

—¿Me toman por corresponsal de periódico o por agente de librería, Juanito? ¿O nos han visto a usted y a mí cara de imbéciles? –gritaba el embajador, dando puñetazos en su escritorio.

De repente apareció un criado con un breve telegrama en clave que empezaba con esta frase ostensible: *Recomiéndasele urgentemente ordene*, y aquí un enredijo de letras.

El embajador y Pipaón se pusieron a la tarea, pero no sacaban nada en limpio.

—¿No es verdad, Juanito Pipaón, que es una lástima esto de que las embajadas tengan algo que ver con sus gobiernos? ¿Por qué no nos dejan en paz?

Y Juanito quiso contestar con mucha compostura:

—Señor embajador, siendo así que el servicio diplomático...

Pero el embajador le atajó:

—Ande, ande, Pipaón, encienda usted otro cigarrillo y vamos a seguir trabajando.

Al cabo de una hora, era evidente que el mensaje cifrado no correspondía al código oficial de la embajada.

El embajador tuvo una idea repentina:

—Deme el telegrama, Pipaón, y espéreme o váyase. Se acabó la fiesta. Veré cómo me las arreglo.

Y dejando con la boca abierta al pobre de Juan Pipaón, cerró la cancillería de un portazo y se presentó otra vez ante sus amigos, con el malhadado telegrama en la mano:

—Señores –les dijo–, se ofrece un nuevo entretenimiento y un nuevo ejercicio para las mentes fatigadas. He recibido este telegrama cifrado. No hay modo de descifrarlo, ni corresponde a la clave de mi embajada.

—¿Está usted seguro? –preguntó Alvírez.

—Estoy seguro, Alvírez. Y ya sabe usted que Juanito Pipaón es ducho en estas cosas. Este telegrama es una equivocación o viene cifrado en clave diferente.

—¿Y qué pretende usted que hagamos?

—¡Qué voy a pretender, Mendiolea! ¡Que juguemos a descifrarlo entre todos! Tenemos que sacarlo todo de nuestras cabezas, porque mi clave no sirve para el caso.

—¿Y no teme usted –dijeron atropelladamente Mendiolea y Alvírez– que descubramos un secreto internacional?

—¿Qué secreto quieren ustedes que exista entre nuestros países amigos míos? Entre nosotros no hay más que amistad blanca: ni cambios comerciales, ni negocios entre los dos gobiernos, ni asuntos de turismo, ni nada. De modo que manos a la obra. Les advierto que no es tarea floja. Se vale quedarse en mangas de camisa.

—¿Y las señoras?

—Como les dé la gana, pero que nos ayuden también. Las mujeres tienen intuiciones extraordinarias.

Ya era de noche y habían pasado cerca de dos horas inútilmente. Las mesas de bridge y el suelo estaban llenos de papeles con garabatos, trazos geométricos, cálculos aritméticos, torres de abecedarios escritos en varios sentidos. Se habían intentado –por si se trataba de alguna confusión como la de Babel– varias lenguas, entre las más cultas del mundo. Todo inútil. El whisky, renovado incesantemente, comenzaba a hacer de las suyas.

—No desanimarse, caballeros. Hay un premio para el vencedor. Le ofreceremos a la señora Amaranta, que es al género femenino lo que era la octava real a la poética del Siglo de Oro.

Amaranta hizo un gesto, lanzó un voto que nunca se usa en sociedad, y preguntó:

—¿Y si no hay un vencedor, sino una vencedora?

—Entonces le ofreceremos al hombre de las hermosas barbas rubias, al barón de Cienfuegos que hasta ahora no ha dicho esta boca es mía y que parece no interesarse por lo que hacemos.

—No –dijo parsimoniosamente Cienfuegos–. Me intereso y mucho. Tanto es así que, tras de examinar varios de los intentos fracasados, creo haber llegado a una conclusión, y si ustedes me dejan hablar, voy a explicarme.

—¡Que hable Cienfuegos, que hable!

El barón se instaló cómodamente en un sillón, levantó su vaso y brindó por todos, y luego empezó su conferencia:

—Verdaderamente, señores...

Y explicó que, siendo él muy joven, durante la primera guerra europea, su padre, que se hallaba con él en Londres, quiso someterlo a un curso especial, cosa entonces muy a la moda, sobre sistemas de escritura secreta y criptogramas.

—Aunque no conservo de memoria, sino en apuntes que tengo en casa, todos los sistemas que aprendí, creo recordar uno que hace al caso. Escuchen ustedes con toda la atención que puedan. Acerquémonos a nuestro enigma. Helo aquí:

YKYPY. LRYLM. TSCJT. YSCJT. YBCQL. SBYPQC.

»Nuestro mensaje es tan breve que no nos permite sacar conclusión ninguna sobre la mayor o menor frecuencia de ciertas letras. Cuando el mensaje es más extenso, y se conoce o presume la lengua que le ha servido de base, cabe entregarse a ciertas suposiciones estadísticas respecto a las letras más frecuentes en las palabras españolas, francesas, inglesas, etcétera. Olvidemos, pues, estas consideraciones, por lo demás siempre aventuradas.

»Ahora bien, en este tipo de claves caben tres casos: *a)* Que, conforme a un código previo, una letra *no siempre represente la misma letra* que la sustituye, sino que, por ejemplo, represente una letra en el primer grupo, otra en el segundo, y así sucesivamente. Es el caso más complicado. *b)* Que cada letra esté representada por otra, *siempre la misma,* designada arbitrariamente en el código antes establecido; por ejemplo, la A por la M, la B por la C, etcétera, letras que no guardan entre sí ninguna relación fija en cuanto a su lugar en el alfabeto. Es también un caso muy complicado. *c)* Que, conforme al código llamado «Alfabeto César», cada letra esté representada por otra, *siempre la misma y siempre a igual distancia alfabética,* hacia adelante o hacia atrás: la A por la B, la B por la C, etcétera. Naturalmente, hay que suprimir esos estorbos de la LL y la Ñ.

»Siempre se debe comenzar por el supuesto más fácil, a reserva de ensayar otros si se fracasa. En nuestro ejemplo, apliquemos, pues, el sistema llamado «Alfabeto César». Tomemos la primera letra, Y. Verticalmente, sigamos hacia abajo escribiendo las sucesivas letras: Z, A, B, etcétera. Tomemos la segunda K, y sigamos verticalmente con las sucesivas: L, M, N, etcétera. En una de las líneas horizontales, tarde o temprano, tiene que resultar el texto comprensible. A ver, una hoja de papel, por favor:

YKYPYLRYLMTSCJTYBCQLSBYPQC

ZLZQZMSZMNUTDKUZCDRMTCZQRD

AMARANTANOVUELVADESNUDARSE

»No hemos tenido que ir muy lejos, amigos míos. Todos ustedes pueden ver que el tercer renglón nos da la frase descifrada, y el mensaje puede leerse así: "Recomiéndasele urgentemente ordene *Amaranta no vuelva desnudarse*".»

Hubo una verdadera tempestad de exclamaciones, gritos y risas. Amaranta, indignada, abandonó el salón. Y luego empezaron las preguntas:

—Pero ¿cómo se ha sabido lo que hizo la otra tarde Amaranta?

—¿Quién puede haber sido el traidor?

—¿Y por qué usar una cifra tan distinta de la establecida para la embajada?

—¿Y en qué situación queda el embajador ante su gobierno?

Nadie había visto que el consejero, Juanito Pipaón, estaba en un rincón de la sala, sonriendo con risa de conejo.

—Pipaón –dijo el embajador frunciendo el ceño–, ¿no

habrá sido usted? No lo creo capaz de esta villanía. Por lo pronto, ya ve usted lo que nos ha costado: Amaranta nos abandona.

—No, señor embajador, no he sido yo –protestó Pipaón apresuradamente–. Si usted quiere escucharme, se me ocurre una explicación, pero ruego a ustedes que me defiendan si alguien quiere agredirme.

—¡Hable usted, por Dios, que aquí nadie se atreverá a agredirlo!

—Señor embajador, me parece obvio que el mensaje ha partido de aquí en carta enviada a nuestro país, para que allá, algún amigo o corresponsal del responsable, nos retrasmitiera el mensaje como lo ha hecho. Este mensaje viene de una persona privada, y no del gobierno. Lo fraguó alguno de los asistentes a estas reuniones. Como no posee nuestra clave oficial, usó otra, seguro de que sólo él podría descifrarla. El autor es el señor barón de Cienfuegos, con perdón de ustedes. El señor embajador nos ha estado repitiendo desde hace un mes (y esta tarde, según entiendo, lo ha reiterado) que el que diera aquí la próxima sorpresa con algún entretenimiento de nuevo tipo tendría derecho, ¿cómo lo diré?, a ofrecerse por humilde servidor a la señora Amaranta. No creo ofender al barón de Cienfuegos si me figuro que él quiso así llamar la atención de la señora Amaranta sobre su persona y...

Un coro de carcajadas acogió estas palabras, y más cuando de repente la señora Amaranta abrió de par en par la puerta y otra vez se presentó completamente desnuda, a manera de desafío.

—¡Barón, llévesela usted de aquí cuanto antes y váyanse los dos al diablo!

Y el barón no esperó a que se lo dijeran dos veces, y todos reían y hablaban a un tiempo, como está mandado que suceda en estas ocasiones.

[2 de marzo de 1959]

El Indiscreto Africano

C UANDO CONSIDERO –COMENZÓ ELEUTERIO– LOS males que hoy nos aquejan, y cuyo único resultado benéfico ha sido el reunirnos en esta ínsula, pienso que la horaciana doctrina sobre la *aurea mediocritas* es intachable. La palabra, traducida al vulgar, resulta engañosa. No se trata, no, de esa ramplonería que hoy llamamos mediocridad, sino del término equilibrado entre los extremos. Toda extralimitación, por indolencia o por impaciencia, es *hybris* como decían los griegos, pecado que afrenta a los dioses. Hasta la invención desorbitada, hasta la industriosidad sin mesura, sin medida humana, es funesta. Es el Frankenstein, el autómata monstruoso. Atormenta al estudiante que lo formó con despojos del cementerio y lo animó con vida galvánica, según la novela de la señora Shelley. Ese muñeco es el símbolo de nuestra época, como los Reyes Holgazanes lo han sido de otras. Ni lo uno ni lo otro. Los inmortales maestros de la Academia y del Liceo proponían el freno o la espuela, según el caso, para educar al hombre justo. Sobre esto conozco una historia.

—Érase, pues –continuó–, aquel último crepúsculo de la antigüedad, ya ensombrecido por la noche de las invasiones bárbaras, noche cada vez más inminente. Ante la caída de Roma, san Agustín cierra los ojos para soñar la Ciudad de Dios, como si la columbrara más allá del telón de llamas. Tenía un aplicado discípulo, que lo era más de la cuenta. Le llamaremos el Indiscreto Africano. Se pasaba los días copiando y estudiando antiguos manuscritos. Como muchos hombres sedentarios, cayó en manías pintorescas. Siempre andaba semidescalzo. Quiero decir, sólo usaba la sandalia izquierda. Y no porque hubiera perdido la otra al transportar a Hera en sus hombros, por el río Anauros, como el joven Jasón, sino porque había adquirido aquel hábito extravagante. Nuevo aprendiz de brujo, se atiborraba con la ciencia de su maestro, pero luego la aplicaba torcidamente. El maestro, que también había conocido algunas extravagancias en su juventud –la más noble fue la herejía de los Maniqueos–, esperaba que el Indiscreto se corrigiera con los años, como sucedió a la adúltera del chascarrillo vulgar.

¿Y sabéis lo que aconteció? Que el Indiscreto Africano quiso adelantarse a los siglos de los siglos, y edificar por su cuenta y él solo, en su desmesura, la Ciudad de Dios, parodia ridícula de la utopía de su maestro. Pero tuvo, claro es, que conformarse con una fábrica en miniatura. Y con agua y arcilla y fuego se dio a edificar algo que hoy sería para nosotros un paisaje de Nacimiento. No contaba con la tierra entera y menos con el universo, y dispuso su ciudad ideal en el suelo de su posada, a falta de cosa mejor. Pero como debía su cojear por aquello de la sandalia, un día tropezó, cayó sobre sus creaciones y acabó con su Ciudad de Dios. No quiso esperar a que la edificara la única mano poderosa. Quería disfrutarla en vida. Lo cuenta cierto Padre de la Iglesia Latina, y luego se alarga en declamaciones sobre la soberbia de Babel.

—¿Es decir —comentó el reflexivo Antonio—, que si hubiera usado las dos sandalias, la de la izquierda y la de la derecha, hubiera podido seguir hasta el fin de sus días embobado con su juguete?

—¡Tal vez, tal vez...!

DE ALGUNOS POSIBLES PROGRESOS

Eí DE MUCHACHO —ME DIJO MI AMIGO GA-vilondo— una traducción de la *Evangelina* de Longfellow hecha por don Joaquín D. Casasús. Encontrándome de paso en Portland, quise visitar la casa del poeta. Pero yo no me había preparado, no había consultado una guía. Se me ocurrió preguntar al primer gendarme que hallé en la calle. No sólo me informó con toda precisión sobre el Museo Longfellow, sino que me dio una verdadera y sucinta lección de literatura, informándome sobre muchas circunstancias que yo ignoraba respecto a la vida y la obra del poeta. Confieso que me quedé asombrado.

Y no menos asombrado me quedé yo, y dando vueltas a esta historia tan singular, tuve aquella noche uno de esos sueños que no se olvidan.

Ya sabemos que algunos candorosos y bien inclinados sociólogos del pasado siglo llegaron a imaginar que el Estado podrá desaparecer algún día. Pero en tal caso —observaban— su última supervivencia será el gendarme.

Yo, en mi sueño, eché por otro atajo más lleno de amenidad y fantasía. Me sentí ciudadano de una dichosa república universal, habitada por el más culto de los pueblos, en el más culto de los mundos posibles. En aquella hermosa Edad de Oro, ya no había disputas, conflictos, crímenes y ni siquiera desavenencias. Los gendarmes (¡oh dioses!) habían asumido una función inesperada. Ante la constante demanda de saber, eran algo como unas enciclopedias vivientes, y su labor se limitaba a resolver todas las dudas científicas o literarias que les sometían los vecinos.

Me acerqué al gendarme de la esquina:

—Señor gendarme –le dije descubriéndome respetuosamente, mientras él se cuadraba con una gracia de bailarín–: ¿Quisiera usted decirme dónde habla Cervantes de aquel loco que creía ser Neptuno? ¿Y en qué pasaje del *Quijote* nos cuenta Sancho de cierta viuda que tenía tratos con un palurdo, porque, para lo que ella necesitaba de él, aquel palurdo sabía más que Aristóteles?

Lo más singular es que ni siquiera me detuve a oír la respuesta, sino que movilicé en un instante las últimas dudas que habían ocupado mis desvelos, y –dispuesto de una vez a salir de apuros– ametrallé materialmente al gendarme con una multitud de preguntas, mientras él se deshacía en ademanes como de ahogado, sin duda pidiéndome que le diera tiempo de contestarme.

—Señor gendarme –continúe precipitadamente–, ¿hacia qué momento de la literatura europea, y creo que sobre todo de la francesa, acontece ese curioso cambio en el uso de la palabra «naturaleza», que antes se empleaba para significar el temperamento humano, y poco a poco vino a significar, nada más, el «campo», el paisaje? Y, señor gendarme, ¿queda en los diarios cariocas algún rastro sobre el paso por Río de Janeiro de don Juan Valera, entonces joven diplomático español, que allí se documentó para su novela *Genio y figura*? Y, señor gendarme, ¿será verdad que don Marcelino Menéndez y Pelayo leía de tres en tres renglones a un tiempo las páginas de los libros y no necesitaba escribir las notas que tomaba en las bibliotecas, sino que se las llevaba a su casa de memoria? Y, señor gendarme, ¿habrá medio de averiguar por qué a ciertos críticos de nuestras tierras les ha dado por repetir mecánicamente que sólo me ocupo de Grecia, cuando en mis cerca de doscientos libros –contra cuatro o cinco sobre Grecia– he tratado, primero, de México, y después, de todos los países que existen y algunos más? Y, señor gendarme...

Pero aquí mi sueño hizo explosión: no hay otra palabra para decirlo. El contenido era ya mayor que el continente: hubo un estallido, una súbita oscuridad. Abrí los ojos, y todavía seguí pensando que, después de todo, también la servidumbre, como los esclavos sabios de la Antigüedad, podría acabar en enciclopedias vivientes, a poco que se lo propusiera. Hay, desde luego, un antecedente seductor: cuando el muchacho Rousseau era lacayo en casa de Gouvon, un día, sirviendo a la mesa de sus amos, sobrevino una discusión sobre cierta palabra francesa ya desusada. Gouvon vio que Rousseau sonreía discretamente. Le ordenó que hablase: el lacayo resolvió la cuestión, entre la perplejidad de los comensales. Este joven lacayo pertenecía, seguramente, a la familia de los gendarmes que yo conocí en mi sueño.

[21 de enero de 1959]

La basura

Los Caballeros de la Basura, escoba en ristre, desfilan al son de una campanita, como el Viático en España, acompañando ese monumento, ese carro alegórico donde van juntando los desperdicios de la ciudad. La muchedumbre famularia –mujeres con aire de códice azteca– sale por todas partes, acarreando su tributo en cestas y en botes. Hay un alboroto, un rumor de charla desordenada y hasta un aire carnavalesco. Todos, parece, están alegres; tal vez por la hora matinal, fresca y prometedora; tal vez por el afán del aseo, que comunica a los ánimos el contento de la virtud.

Por la basura se deshace el mundo y se vuelve a hacer. La inmensa Penélope teje y desteje su velo de átomos, polvo de la Creación. Un barrendero se detiene, extático. Lo ha entendido todo, o de repente se han apoderado de él los ángeles y, sin que él lo sepa, sin que nadie se percate más que yo, abre la boca irresponsable como el mascarón de la fuente, y se le sale por la boca, a chorro continuo, algo como un poema de Lucrecio sobre la naturaleza de las cosas, de las cosas hechas con la basura, con el desperdicio y el polvo de sí mismas. El mundo se muerde la cola y empieza donde acaba.

Allá va, calle arriba, el carro alegórico de la mañana, juntando las reliquias del mundo para comenzar otro día. Allá,
escoba en ristre, van los Caballeros de la Basura. Suena la
campanita del Viático. Debiéramos arrodillarnos todos.

[14 de agosto de 1959]

La Caída

(Exégesis en marfil)

E N EL MUSEO ARQUEOLÓGICO DE MADRID ENCONtré una vez el precioso objeto. Me hacía señas desde la vitrina, y yo, de momento, aunque lo aprecié con los ojos, que era ya bastante, no pude entender lo que me decía. Rodeado de otras reliquias de arte y de historia, llegaba hasta mí, más que acompañado, confundido en montón con muchas palabras y muchos símbolos. Fue menester que pasaran años y yo cambiara de ciudad y, un poco, de vida. Entonces, en la soledad del recuerdo, sobre las blandas almohadas de la memoria, comenzó a brillar como la joya en su escriño. Era una pequeña cosa de marfil. No sé ya ni para qué servía. Acaso era una caja, una arquilla, un estuche. No sé ya ni de qué siglo era, aunque creo que del XVIII, y que procedía de la eboraria madrileña de los Sitios Reales.

El marfil labrado, en marco de bronce áureo y plata barroca, parecía, de lejos, un enrejado o lacería caprichosa, mancha de movimientos blancos, nidada de larvas diminutas y palpitantes. Visto de más cerca, el misterio se iba revelando: era un grupo de figuras angélicas o diabólicas que, en trabazón cerrada y jeroglífica de brazos, piernas, alas y cuernos, caía; caía desde el cielo hasta el infierno. Era una representación de Satanás precipitado por Dios, que se derrumba arrastrando consigo la legión de espíritus despeñados. En el centro, el arcángel san Miguel blandía su espada. Tal vez andaban entre la madeja la Trinidad, Adán y Eva, y otras nociones.

El labrado era tan precioso en los huecos como en los relieves; y, expuesto a los cambios de luz, ya dejaba ver el grupo alegórico mismo, o ya un vaciado, un molde negativo, en que las figuras, patéticamente enredadas unas en otras, fingían un racimo de insectos suspendido en el espacio, a medio caer.

Cada vez me aficioné más a resucitar con la imaginación el marfil labrado. Y un día, la cosa exquisita me dejó deletrear –a la luz de una preocupación provechosa– su sentido escriturario y profundo. Sentí, comprendí, que el mito terrible de la Caída de los ángeles rebeldes no era más que una figuración sentimental de la caída de la materia; es decir, del curso de los astros; es decir, de la gravitación universal; es decir, de la pesantez, del peso. Comprendí por qué la levitación o poder de suspenderse en el aire es carácter que la Iglesia admite y reconoce en sus santos. Y me pregunté, sin atreverme todavía a contestarme, sobre el sentido teológico de la Ley de Newton y sobre la depuración del dogma que pueden significar las fórmulas de Einstein.

Al revés del santo, al revés del aeróstato, el demonio se enorgullece, se hincha de materia, y entonces cae. Esta derivación hacia abajo, yo –en mi joya de marfil– creo verla a modo de masa celeste de repente vuelta de piedra, hecha aerolito, prostituida de peso y arrancada así al firmamento, como en el Greco ciertos jirones de éter sólido que resultan acuchillados por las aspas luminosas de la cruz.

De suerte que el curso de los astros, y la pesada ley de mundo que anima los átomos como si de veras fuera la sangre de la creación visible, están regidos por la norma de la caída; son una precipitación, son un pecado. El mundo está hecho de pesantez, de caída; está labrado en la carne misma de Luzbel. El mal está en el origen de las cosas aprehensibles por los sentidos, y el pájaro del alma, si lo alcanza Satanás con sus perdigones de plomo, cae batiendo el ala dolorosa, como los ángeles heridos del marfil madrileño.

Todo el poema material de Lucrecio puede interpretarse al fulgor del mito de Satanás, y sigue teniendo sentido físico. La precipitación y el torbellino de átomos, los desprendimientos y atracciones, las condensaciones y emanaciones, la gran zarabanda del orbe, desde lo inasible diminuto hasta las enormes cuadrillas de las constelaciones, son una caída: La Caída. Y las trayectorias de los mundos vendrían a ser como el dibujo funesto de una mala idea, desplegada sobre el seno curvo y combo de los espacios.

El mundo se prueba por sus extremos: en el átomo y en la estrella pasa lo mismo. En el campo de las dimensiones intermedias (el hombre y la flor) hay disimulo, y hay veleidades de aroma y de albedrío. Las cosas planetarias y las microscópicas –es decir: las cosas– siguen siempre el camino más corto para poder recorrerlo con toda la lentitud posible. Si hay en la naturaleza velocidades vertiginosas, es porque la naturaleza no ha podido menos de adoptarlas, precisamente porque ellas representan un ahorro máximo de molestia; es porque ellas son proporcionales al declive mismo del medio en que acontecen. La luz, si pudiera, iría más despacio; pero como ocurre por las veredas más pendientes, resbala o se deja ir como desesperada. El mundo todo se viene abajo; hay un deshielo general, un deshacerse, un desintegrarse, de que la radiactividad es el caso agudo. Una especie de pereza cósmica rige al mundo; es la maldición de Luzbel. Todo deriva por la línea del menor esfuerzo. La nueva noción de la gravedad interplanetaria es un himno a la laxitud: el dinamismo se ha vuelto flojedad. Un astro no va hacia otro o no danza en torno a otro atraído por una fuerza positiva, sino que rueda o se deja caer por donde menos le cuesta, según los accidentes y colinillas de ese terreno matemático que hoy se llama el Espacio-Tiempo. Y lo propio hace el electrón en el átomo, y acaso el hombre ante la mujer. Y todos, como el arroyo que corre al mar: no atraído por el mar, sino abandonándose hacia el mar.

La «fuerza», en su antiguo concepto heroico, no es ya un postulado esencial de la mecánica. Asistimos al crepúsculo de la fuerza. Todo es derrumbe, como en el marfil de mis recuerdos. La fuerza ha venido a ser una convención verbal, una entidad mitológica para interpretar la desviación, la divergencia entre un sistema de geometría abstracta y apriorística, y un sistema de geometría natural. Para explicar toda alteración no prevista en un cuadro de quietud o de movimiento uniforme, se ha invocado la idea de fuerza, como antes se invocaba para ciertos casos la idea –no menos mitológica– de «horror al vacío». Hoy todo se explica por la pereza cósmica, por las ganas de

dejarse, ¡oh vicio! Inútil disimularlo: es la Pereza, no es
más que la Caída:

La pereza que mueve al sol y a las otras estrellas...

Visto el objeto a contraluz, entre las venas caladas del
marfil, entre la parrilla satánica, otro labrado indefinible
–el labrado del aire– me daba la pauta del trasmundo, del
trasmundo virgen aún para los sentidos y –debo decirlo–
prometedor.

Noticia editorial

«La primera confesión», en Alfonso Reyes, *Obras completas*, tomo III, México, Fondo de Cultura Económica, 1956, pp. 31-34; y en *El plano oblicuo* (cuentos y diálogos), Madrid, 1920, pp. 43-49.

«Silueta del indio Jesús», en Alfonso Reyes, *Obras completas*, tomo XXIII, México, Fondo de Cultura Económica, 1989, pp. 23-26; y en *Vida y ficción*, Fondo de Cultura Económica, México, 1970, pp. 35-40.

«La cena», en Alfonso Reyes, *Obras completas*, tomo III, *op. cit.*, pp. 11-17; y en *El plano oblicuo, op. cit.*, pp. 7-17.

«Floreal», en Alfonso Reyes, *Obras completas*, tomo XXIII, *op. cit.*, pp. 27-28; y en *Vida y ficción, op. cit.*, pp. 41-42.

«La casa del grillo», en Alfonso Reyes, *Obras completas*, tomo XXIII, *op. cit.*, pp. 119-136; y en *Quince presencias* (1915-1954), Obregón, México, 1955, pp. 13-35.

«Fuga de navidad», en Alfonso Reyes, *Obras completas*, tomo II, México, Fondo de Cultura Económica, 1956, pp. 135-137; y en *Las vísperas de España*, 1937, pp. 115-120.

«El testimonio de Juan Peña», en Alfonso Reyes, *Obras completas*, tomo XXIII, *op. cit.*, pp. 148-158; y en *Quince presencias, op. cit.*, pp. 53-66.

«Romance viejo», en Alfonso Reyes, *Obras completas*, tomo II, *op. cit.*, p. 359; y en *Calendario*, Madrid, 1924, pp. 179-180.

«El buen impresor», en Alfonso Reyes, *Obras completas*, tomo II, *op. cit.*, p. 313; y en *Calendario, op. cit.*, pp. 87-88.

«El origen del peinetón», en Alfonso Reyes, *Obras completas*, tomo II, *op. cit.*, p. 325; y en *Calendario, op. cit.*, pp. 114-115.

«Del hilo, al ovillo», en Alfonso Reyes, *Obras completas*, tomo II, *op. cit.*, pp. 326-327; y en *Calendario, op. cit.*, pp. 116-118.

«Diógenes», en Alfonso Reyes, *Obras completas*, tomo II, *op. cit.*, p. 323; y en *Calendario, op. cit.*, pp. 110-111.

«Campeona», en Alfonso Reyes, *Obras completas*, tomo XXIII, *op. cit.*, pp. 273-274; y en *Árbol de pólvora* (1925-1932), México, 1953, pp. 9-12.

«La Retro», en Alfonso Reyes, *Obras completas*, tomo XXIII, *op. cit.*, p. 299; y en *Árbol de pólvora, op. cit.*, pp. 89-91.

«Calidad metálica», en Alfonso Reyes, *Obras completas*, tomo XXIII, *op. cit.*, pp. 43-44; y en *Vida y ficción, op. cit.*, pp. 61-63.

«Tijerina», en Alfonso Reyes, *Obras completas*, tomo XXIII, *op. cit.*, pp. 300-301; y en *Árbol de pólvora, op. cit.*, pp. 92-96.

«Descanso dominical», en Alfonso Reyes, *Obras completas*, tomo XXIII, *op. cit.*, pp. 172-182; y en *Quince presencias, op. cit.*, pp. 85-99.

«La Obrigadiña», en Alfonso Reyes, *Obras completas*, tomo XXIII, *op. cit.*, pp. 301-302; y en *Árbol de pólvora, op. cit.*, pp. 97-101.

«La fea», en Alfonso Reyes, *Obras completas*, tomo XXIII, *op. cit.*, pp. 189-197; y en *Quince presencias, op. cit.*, pp. 109-121.

«Los estudios y los juegos», en Alfonso Reyes, *Obras completas*, tomo XXIII, *op. cit.*, pp. 218-229; y en *Quince presencias, op. cit.*, pp. 151-165.

«Fábula de la muchacha y la elefanta», en Alfonso Reyes, *Obras completas*, tomo XXIII, *op. cit.*, pp. 206-210; y en *Quince presencias, op. cit.*, pp. 133-139.

«Pasión y muerte de dona Engraçadinha», en Alfonso Reyes, *Obras completas*, tomo XXIII, *op. cit.*, pp. 198-205; y en *Quince presencias*, *op. cit.*, pp. 123-132.

«Entrevista presidencial», en Alfonso Reyes, *Obras completas*, tomo XXIII, *op. cit.*, pp. 65-71; y en *Vida y ficción*, *op. cit.*, pp. 91-99.

«El vendedor de felicidad», en Alfonso Reyes, *Obras completas*, tomo XXIII, *op. cit.*, pp. 424-426.

«La venganza creadora», en Alfonso Reyes, *Obras completas*, tomo XXII, México, Fondo de Cultura Económica, 1989, pp. 87-95; y en *Vida y ficción*, *op. cit.*, pp. 120-131.

«El "petit lever" del biólogo», en Alfonso Reyes, *Obras completas*, tomo XXII, *op. cit.*, pp. 32-38; y en *Marginalia* (primera serie, 1946-1951), México, Tezontle, 1952, pp. 19-26.

«La muñeca», en Alfonso Reyes, *Obras completas*, tomo XXII, *op. cit.*, pp. 67-69; y en *Marginalia* (primera serie, 1946-1951), *op. cit.*, pp. 57-59.

«El destino amoroso», en Alfonso Reyes, *Obras completas*, tomo XXIII, *op. cit.*, pp. 96-101; y en *Vida y ficción*, *op. cit.*, pp. 132-139.

«San Jerónimo, el león y el asno», en Alfonso Reyes, *Obras completas*, tomo XXII, *op. cit.*, pp. 72-76; y en *Marginalia* (primera serie, 1946-1951), *op. cit.*, pp. 63-68.

«La mano del comandante Aranda», en Alfonso Reyes, *Obras completas*, tomo XXIII, *op. cit.*, pp. 234-241; y en *Quince presencias*, *op. cit.*, pp. 173-183.

«Érase un perro», en Alfonso Reyes, *Obras completas*, tomo XXII, *op. cit.*, pp. 429-430; y en *Las burlas veras* (primer ciento), México, Tezontle, 1957, pp. 12-13.

«La asamblea de los animales», en Alfonso Reyes, *Obras completas*, tomo XXII, *op. cit.*, pp. 279-282; y en *Marginalia* (segunda serie, 1909-1954), México, Tezontle, 1954, pp. 135-138.

«El hombrecito del plato», en Alfonso Reyes, *Obras completas*, tomo XXIII, *op. cit.*, p. 102-104; y en *Las burlas veras* (primer ciento), *op. cit.*, p. 53-56.

«La cotorrita», en Alfonso Reyes, *Obras completas*, tomo XXII, *op. cit.*, p. 431; y en *Las burlas veras* (primer ciento), *op. cit.*, p. 14.

«Ninfas en la niebla», en Alfonso Reyes, *Obras completas*, tomo XXII, *op. cit.*, p. 446; y en *Las burlas veras* (primer ciento), *op. cit.*, p. 28.

«El invisible», en Alfonso Reyes, *Obras completas*, tomo XXII, *op. cit.*, p. 615; y en *Las burlas veras* (segundo ciento), México, Tezontle, 1959, p. 9.

«La cigarra», en Alfonso Reyes, *Obras completas*, tomo XXII, *op. cit.*, pp. 636-637; y en *Las burlas veras* (segundo ciento), *op. cit.*, pp. 29-31.

«Encuentro con un diablo», en Alfonso Reyes, *Obras completas*, tomo XXIII, *op. cit.*, pp. 105-106; y en *Las burlas veras* (segundo ciento), *op. cit.*, pp. 179-180.

«Apólogo de los telemitas», en Alfonso Reyes, *Obras completas*, tomo XXII, *op. cit.*, p. 762; y en *Las burlas veras* (segundo ciento), *op. cit.*, p. 151.

«Analfabetismo», en Alfonso Reyes, *Obras completas*, tomo XXII, *op. cit.*, pp. 767-768; y en *Las burlas veras* (segundo ciento), *op. cit.*, pp. 157-158.

«El bálsamo universal», en Alfonso Reyes, *Obras completas*, tomo XXII, *op. cit.*, pp. 787-788.; y en *Las burlas veras* (segundo ciento), *op. cit.*, pp. 175-177.

«El hombre a medias», en Alfonso Reyes, *Obras completas*, tomo XXIII, *op. cit.*, pp. 110-111; y en *Vida y ficción*, *op. cit.*, pp. 165-166.

«El mensaje enigmático», en Alfonso Reyes, *Obras completas*, tomo XXIII, *op. cit.*, pp. 342-348.

«El Indiscreto Africano», en Alfonso Reyes, *Obras completas*, tomo XXIII, *op. cit.*, pp. 83-84; y en *Vida y ficción*, *op. cit.*, pp. 115-117.

«De algunos posibles progresos», en Alfonso Reyes, *Obras completas*, tomo XXIII, *op. cit.*, pp. 107-109; y en *Vida y ficción*, *op. cit.*, pp. 146-148.

«La basura», en Alfonso Reyes, *Obras completas*, tomo XXII, *op. cit.*, p. 842; y en *Vida y ficción*, *op. cit.*, p. 162.

«La Caída», en Alfonso Reyes, *Obras completas*, tomo XXI, México, Fondo de Cultura Económica, 1981, pp. 45-47; y en *Ancorajes* (1928-1948), México, Tezontle, 1951, pp. 7-11.

ÍNDICE

Esta obra se imprimió y encuadernó
en el mes de septiembre de 2016,
en los talleres de Impregráfica Digital, S.A. de C.V.,
Av. Universidad 1330, Col. Del Carmen Coyoacán,
C.P. 04100, Coyoacán, Ciudad de México